ARIEL TACHNA

À VOTRE *Service*

ARIEL TACHNA

À VOTRE
Service

Publié par
DREAMSPINNER PRESS

5032 Capital Circle SW, Suite 2, PMB# 279, Tallahassee, FL 32305-7886 USA
www.dreamspinnerpress.com

À votre service
Copyright de l'édition française © 2016 Dreamspinner Press.
Titre original: At Your Service
© 2016 Ariel Tachna.
Traduit de l'anglais par Jade Baiser.

Illustration de la couverture :
© 2016 L.C. Chase.
http://www.lcchase.com
Les éléments de la couverture ne sont utilisés qu'à des fins d'illustration et toute personne qui y est représentée est un modèle

Édition e-book en français : 978-1-63477-305-8
Édition imprimée en français : 978-1-63477-304-1
Première édition française : mars 2016
Première édition : mars 2016
v 1.0

Édité aux Etats-Unis d'Amérique.

Pour Elizabeth et Zahra, avec qui j'ai partagé beaucoup de dîners spéciaux. Et pour Maurice, Paul et Florent – quels que soient leurs véritables noms – pour avoir rendu ces soirées encore plus inoubliables.

I

ANTHONY MERCER sortit du Salon du Livre en traînant les pieds d'épuisement. Il avait l'habitude de passer sept ou huit heures par jour au Book Expo America et aux autres salons auxquels il avait assisté pour *Along the Spectrum Press*, la maison d'édition pour laquelle il travaillait, mais cela ne l'avait pas préparé aux dix heures de frénésie qu'était l'événement parisien. Il s'était délecté de l'énergie dans le hall, des lecteurs alignés dans chaque allée pour rencontrer des auteurs, discuter des enjeux ou acheter des livres, mais même en bon extraverti qu'il était, dix heures d'affilée étaient une période *très longue* à endurer. Ils le sauraient pour l'année suivante – en supposant qu'ils reviennent au salon une deuxième fois – et ils auraient une seconde personne parlant le français à portée de main pour lui permettre de plus longues pauses. Chaque fois qu'il quittait le stand, même pour courir aux toilettes, il se sentait coupable d'abandonner Patricia, sa patronne, à une foule avec laquelle elle pouvait à peine converser.

— Surélève tes pieds pendant une demi-heure, Anthony, lui dit Patricia alors qu'ils se séparaient dans le hall de l'hôtel. Je vais voir avec le concierge s'il peut nous recommander un restaurant où dîner avant d'aller dormir. Nous avons encore trois jours comme ça.

Anthony gémit théâtralement à ce rappel. Patricia lui fit un sourire impénitent.

— Une demi-heure, répéta-t-elle.

Anthony hocha la tête et prit l'ascenseur jusqu'à sa chambre. Il se débarrassa de ses chaussures et se laissa tomber sur le lit. Ce serait si facile de s'endormir et de se passer de dîner, mais alors il se réveillerait affamé au milieu de la nuit, sans aucun moyen d'y remédier. Il pourrait prendre une

1

douche. Cela le réveillerait et lui ferait gagner du temps au moment de se coucher, parce qu'il se sentait suffisamment crasseux de sa journée au salon d'exposition pour ne pas être capable de dormir sans avoir pris une douche. Il ne pouvait qu'imaginer ce qu'endurait Patricia. Elle n'était arrivée que la veille. Il était quant à lui arrivé le week-end dernier afin de d'abord rendre visite à des amis à Lyon, alors il n'avait que l'épuisement du jour à gérer, pas le décalage horaire

La douche et des vêtements propres et confortables, au lieu de la chemise et de la cravate qui l'avait étranglé toute la journée, faisaient un monde de différence dans la façon dont il se sentait lorsqu'il descendit dans le hall afin de rejoindre Patricia pour le dîner. Cette dernière s'était également changée, ressemblant plus à l'amie avec laquelle il passait la plupart de ses journées qu'à la dirigeante d'entreprise qu'elle devenait lors de ces événements.

— Prêt ? demanda-t-elle.

— Toujours.

Il lui fit un sourire espiègle et esquiva sa tape.

— Où allons-nous ?

— Dans un petit restaurant familial au coin de la rue. Le concierge m'a dit qu'ils n'utilisaient que des produits biologiques, principalement régionaux. Tout est frais et de saison au lieu de trucs provenant d'on ne sait où.

— Ça me parait bien. Sais-tu où il se trouve ?

— Au coin de la rue, répéta Patricia. Vraiment. C'est à un demi-pâté de maison de la rue Vaugirard.

— Rien ne vaut un commerce bien situé.

Anthony se sentait mieux, mais il n'était tout de même pas prêt à une longue marche pour aller dîner. Ses pieds lui faisaient mal même dans des tennis au lieu de ses chaussures de ville.

Ils passèrent le coin de la rue et continuèrent jusqu'au petit restaurant, *Au cœur du terroir*. Un homme d'âge mûr – chauve sur le dessus avec un anneau de cheveux gris sur les côtés de sa tête et un sourire aussi lumineux que les lumières au plafond – les salua dès leur entrée.

— Deux pour dîner, s'il vous plaît.

Le français sortit de sa bouche aussi facilement que l'anglais, peut-être même plus après avoir parlé français toute la semaine depuis qu'il était arrivé.

— Avez-vous une réservation ?

2

C'était vendredi. Anthony n'avait même pas pensé à cela quand ils avaient parlé du restaurant.

— Non, nous n'en avons pas. Pouvez-vous nous trouver une petite table ?

L'homme pinça les lèvres pendant un instant, puis hocha la tête et leur fit signe de le suivre. Il les conduisit vers un petit box à l'arrière du restaurant. Toutes les tables qu'ils dépassèrent étaient pleines ou portaient une pancarte 'réservé'. C'était de bon augure pour la qualité de la nourriture, pensa Anthony.

— Bon appétit.

— Merci.

Anthony se glissa dans le box en face de Patricia.

— C'est un endroit très fréquenté.

— Apparemment. Qu'y a-t-il au menu ?

Anthony se concentra sur le menu et sur sa traduction pour Patricia. Il leva les yeux quand leur serveur s'approcha de la table avec un sourire qui l'atteignit comme un coup de poing dans l'estomac. Il portait un jean et une chemise blanche boutonnée avec une élégance que les Américains n'avaient tout simplement pas. Anthony avait passé des années à essayer de mettre le doigt sur ce qui faisait la différence, ce quelque chose d'ineffable qui définissait un homme français, mais il n'avait jamais réussi à l'exprimer avec des mots, se contentant de le reconnaître quand il le voyait. Leur serveur en avait à revendre.

— Bonsoir. Puis-je vous servir quelque chose à boire ?

Anthony avait un faible pour les hommes séduisants qui parlaient français. Il avait accepté cela à son sujet depuis longtemps, mais cela ne fit rien pour adoucir l'effet que la voix du serveur – basse et un peu rauque – eut sur lui.

— Avez-vous de l'eau pétillante ? demanda Patricia en anglais pendant qu'Anthony récupérait son sang-froid.

— *Of course*, répondit le serveur en anglais, d'une voix au délicieux accent français qui détruisit tout le travail qu'Anthony avait fait sur lui-même.

Il allait se transformer en flaque sur le sol d'ici la fin de la soirée, rien qu'en écoutant leur serveur parler. Un frisson d'anticipation le parcourut. Cela faisait longtemps qu'il n'avait pas ressenti le besoin de se laisser aller aux fantasmes, et maintenant il en avait un en chair et en os.

— *And for you*, monsieur ?

3

— Un kir, s'il vous plaît.

Anthony appréciait la volonté du serveur de parler anglais avec Patricia, mais il était à Paris. Il voulait parler français. Et plus encore, il voulait écouter le serveur parler français.

— Bien sûr, monsieur.

Le serveur repassa au français avec un sourire chaleureux. Anthony savait ce dont il allait rêver ce soir.

— *Oh, I want one of those too*, dit Patricia en brisant le moment. *Only the one with bubbles.*

— Un kir royal pour ma patronne, traduisit pour elle Anthony au cas où le serveur n'aurait pas compris.

Si cela lui donnait une chance de lui faire clairement comprendre que Patricia était uniquement son amie et rien de plus, il considérait ça comme un bonus. Le serveur jeta un coup d'œil à Patricia avec un hochement de tête, mais il se retourna vers Anthony presque immédiatement avec ce qui ressemblait à un intérêt supplémentaire dans le regard.

— Nous avons deux plats du jour qui ne sont pas sur le menu ce soir. Du flétan avec de la purée de pommes de terre et des asperges blanches, et du magret de canard dans une sauce au vin rouge et au vinaigre balsamique. Et bien sûr, les raviolis farcis au foie gras fait maison sont toujours très appréciés.

— Tout cela semble délicieux.

Anthony laissa son regard s'attarder sur le serveur. Patricia ne se formaliserait pas s'il flirtait un peu. Elle l'encouragerait probablement. Elle était toujours sur son dos pour qu'il sorte plus souvent. Surtout depuis… Il repoussa cette pensée. Il avait autre chose à faire que de revenir sur le passé. Comme rassembler autant de matière qu'il le pouvait pour entretenir ses fantasmes.

— Quel est votre plat préféré ?

— Le magret, répondit immédiatement le serveur. Tout ce qui sort de la cuisine est délicieux, mais le canard est exquis.

Se sentant audacieux, Anthony lança au serveur un regard approfondi avant de sourire.

— Tout à l'air absolument délicieux.

— Je vous laisse regarder le… *menu*. Si vous avez des questions, je serai heureux d'y répondre lorsque je vous apporterai vos boissons.

— Il est mignon, dit Patricia dès que le serveur disparut.

— Il l'est. Cela ne veut cependant pas dire qu'il est gay ou disponible.

4

Il avait besoin de ce rappel pour lui-même. Les fantasmes, c'était bien, mais c'était peut-être tout ce que c'était.

— S'il est hétéro, je paie le dîner, rétorqua Patricia.

— C'est toi qui paies le dîner de toute façon.

— Exactement.

Anthony rit comme elle l'avait sans doute prévu.

— Il y a du flétan en plat du jour ainsi que du saumon sur le menu normal si tu veux du poisson. Il y a du canard si tu es d'humeur pour ce genre de choses. Et il a également mentionné des raviolis au foie gras fait maison. Comprends-tu le reste ou as-tu besoin de moi pour le traduire ?

— Je pense que je peux m'en sortir. Je te demanderai si j'ai des questions.

Ils passèrent les minutes suivantes dans un silence agréable alors qu'ils étudiaient le menu. Anthony savait déjà qu'il allait commander le canard, simplement parce que le serveur l'avait recommandé, mais il était également affamé, ayant sauté le déjeuner afin de rester sur le stand pour parler à la file de gens qui les attendaient.

— Le plateau de charcuterie est tentant. Veux-tu le partager avec moi ?

— Tu sais que je mangerai tout ce que tu mettras en face de moi, répondit Patricia. Commande-le si tu veux et je le partagerai avec toi, et trouve une bouteille de vin que nous pourrons également partager.

— J'essaie de le convaincre que nous ne sommes pas un couple, la taquina Anthony. Tu ne m'aides pas, là.

— Partager une entrée ou une bouteille de vin ne signifie pas que nous sommes en couple. Par contre, si nous nous tenions la main...

Anthony mit sa main hors de portée avant qu'elle puisse l'attraper. Il ne savait pas quand le serveur serait de retour, et il ne voulait pas gâcher ses chances, aussi minimes soient-elles, parce que ce dernier aurait vu Patricia lui tenir la main.

— Que veux-tu que je commande pour toi ?

— Est-ce de l'agneau ? demanda Patricia en pointant une ligne sur le menu.

— Oui, ils appellent ça l'agneau de sept heures. Cuit lentement et servi avec des pommes de terre mille-feuilles. C'est comme une pâtisserie, sauf que ce sont des tranches de pommes de terre au lieu de pâte à tarte.

— Je vais prendre ça.

Le serveur réapparut quelques instants plus tard. Il déposa la boisson de Patricia devant elle avec une petite révérence. Lorsqu'il se tourna vers

5

Anthony, il évita la révérence, mais son regard s'attarda tandis qu'Anthony portait le verre à ses lèvres pour une première gorgée. C'était acide et sec à cause de l'aligoté avec juste un soupçon de douceur dû au cassis.

— Exactement comme je l'aime, dit-il, en espérant qu'il avait réussi à transmettre plus que son approbation pour la boisson.

— Je vis pour satisfaire.

La voix du serveur s'approfondit alors qu'il parlait, le timbre rauque titillant l'épiderme d'Anthony comme une caresse. Il était possible qu'il ait imaginé son intérêt un peu plus tôt, mais plus maintenant. Ce n'était pas possible. Le moment s'étira presque au point de devenir inconfortable, avant que le serveur sourie et demande ce qu'ils voulaient pour le dîner. La routine de passer leur commande – comprenant une bouteille de Hautes-Côtes de Beaune sur la recommandation du serveur – remit les idées d'Anthony en place.

Son équilibre disparut à nouveau lorsque le serveur prit le menu et que ses doigts effleurèrent ceux d'Anthony. Cela aurait pu être un accident, mais ce n'était pas du tout l'impression que ça donnait.

Patricia laisse échapper un sifflement bas.

— Il n'est pas un peu audacieux ?

— Ce n'est pas moi qui m'imagine des choses, alors ?

Anthony ne voyait pas comment cela pourrait être le cas, mais avoir un deuxième avis ne ferait pas de mal. Pas quand le cœur battant la chamade rendait difficile de penser clairement. Il ne faisait pas ce genre de choses, mais bon sang, il était tenté.

— Non, ce n'est pas toi. Si tu peux rester éveillé jusqu'à ce qu'il termine son service ce soir, il est à toi.

— C'est bien là le problème, n'est-ce pas ? Nous nous traînons déjà à cause de cette journée, et nous en avons une autre de dix heures devant nous demain.

— La matinée n'a pas été très active aujourd'hui. Je peux gérer jusqu'à midi. Certains des traducteurs ont dit qu'ils allaient passer par le stand. Je peux demander à l'un d'eux de m'aider au besoin.

— Je ne suis pas désespéré à ce point de tirer un coup, protesta Anthony. Je suis ici pour affaires.

— Tu as fait beaucoup d'affaires d'aujourd'hui, et tu en feras d'autres au cours des trois jours qui restent, mais je ne t'ai pas vu ressentir une telle attirance immédiate pour quelqu'un depuis longtemps. Prends ce qu'il t'offre. Considère cela comme ta déclaration d'indépendance : une aventure printanière sans attaches à Paris. Exactement ce dont tu as besoin pour finir de te remettre de l'autre connard.

Anthony sourit comme cela avait été l'intention de son amie, mais le rappel faisait toujours mal. Cela faisait six mois que Doug l'avait quitté. Anthony pensait qu'ils construisaient quelque chose de réel valant le coup de s'y accrocher, pas quelque chose de temporaire que l'on pouvait abandonner pour des broutilles. Il s'était trompé.

Peut-être que Patricia avait raison. Peut-être qu'il était temps de cesser de s'apitoyer sur lui-même et de se concentrer sur sa vie. Il avait trouvé le serveur séduisant avant même qu'il ouvre la bouche. Si l'on ajoutait sa voix à l'équation, il pourrait probablement déclencher un orgasme en parlant sans avoir besoin de toucher du tout Anthony. Il serait honnête dès le départ sur le fait qu'il était seulement à Paris pour cinq jours. Si le serveur pouvait vivre avec ça, Anthony accepterait l'offre implicite dans son regard.

LA NOURRITURE était aussi succulente qu'Anthony l'avait espéré, et Paul – il avait enfin appris son nom – flirta de plus en plus à chaque visite à la table. Lorsque ce dernier eut débarrassé tous les plats, Anthony était convaincu que cela pourrait fonctionner.

— As-tu un stylo ? demanda-t-il à Patricia une fois que Paul eut apporté l'addition.

Patricia sourit alors qu'elle le lui tendait à travers la table. Anthony écrivit son numéro de portable au dos d'une de ses cartes de visite et la glissa sur le plateau sur lequel se trouvait leur note, sous la carte de crédit de Patricia. Il ne pouvait pas être plus clair que ça. Si Paul était intéressé, ce serait à lui de faire le pas suivant.

— Je vais rentrer à l'hôtel, d'accord ? dit Patricia. Tu peux signer le reçu de la carte de crédit. Ton nom est sur le compte de l'entreprise. De cette façon, tu pourras lui parler sans public.

— Tu es sûre ?

— Oui, et fais une réservation pour demain soir avant de partir. La nourriture était incroyable, et les prix étonnamment raisonnables. Cela ne me dérangerait pas de manger ici le reste des soirées où nous sommes à Paris. Surtout si cela rend les choses plus faciles pour toi.

— Je suppose que cela va dépendre de lui.

— Il serait fou de ne pas accepter ton offre.

Patricia lui donna une étreinte rapide et quitta le restaurant.

7

Paul réapparut un instant plus tard.

— Votre patronne est partie ? demanda-t-il.

— Oui, elle était fatiguée et prête à aller au lit.

— Et vous ?

— Je suis prêt à aller au lit, répondit Anthony, ses doigts le picotant sous le frisson illicite de ce qu'il s'apprêtait à faire. Mais je n'ai pas sommeil du tout.

— Maintenant que la patronne est partie, la souris veut jouer ? demanda Paul en lui faisant un clin d'œil.

Il ramassa la carte de crédit et sourit lorsqu'il trouva la carte d'Anthony en dessous.

— Quelque chose comme ça, répondit Anthony. Si je ne suis pas présomptueux.

— Pas du tout, mais je ne finis pas mon service avant une bonne heure.

Le pouls d'Anthony battit dans ses oreilles. Il allait vraiment faire ça. Il allait accepter l'offre de Paul. Il allait avoir une aventure à Paris. Ses amis allaient le charrier d'être tombé dans ce stéréotype, mais cette chance – cet homme – incarnait des années de fantasmes réunis dans un corps élancé qui était du sexe sur pattes. Il prit une profonde inspiration et lança à Paul son sourire le plus engageant.

— Pourquoi ne pas utiliser cette carte pour payer le dîner et ouvrir un autre compte pour moi ? Je vais prendre un cognac en attendant.

— Je reviens tout de suite, dit Paul. Je dois encore m'occuper de mes autres tables. Je ne veux pas contrarier mon père. Il est connu pour nous faire rester plus tard s'il pense que nous nous relâchons.

Anthony hocha la tête. Bien sûr, il ne pouvait pas avoir toute l'attention de Paul alors que le restaurant était ouvert. Il allait prendre tout ce qu'il pouvait maintenant, en attendant d'être le seul centre d'attention de Paul plus tard.

Celui-ci revint quelques minutes plus tard avec la carte de crédit de Patricia et un cognac pour Anthony. Ce dernier prit une gorgée et ferma les yeux de bonheur sous la lente brûlure dans sa gorge.

— Je me demande ce qui pourrait également provoquer une telle expression sur ton visage.

Paul se pencha en avant alors qu'il parlait, donnant à Anthony une bouffée de son eau de Cologne. Ce dernier n'avait jamais prétendu être un expert en parfums, mais l'odeur fraîche d'agrumes sur du bois de santal l'attira plus près du serveur.

— Tu devras le découvrir.

Le regard de Paul devint brûlant.

— C'est ce que j'ai l'intention de faire.

Les joues d'Anthony s'échauffèrent sous la promesse contenue dans les paroles de Paul, mais c'était ce qu'il voulait. Oh, combien il le voulait ! Il y avait si longtemps qu'on ne l'avait pas regardé de cette façon, comme s'il valait la peine qu'on passe du temps avec lui.

— Bien.

Sa voix était bizarre à ses oreilles, comme s'il n'avait pas tout à fait réussi à faire sortir le mot avec la boule qu'il avait dans la gorge, mais Paul ne semblait pas contrarié. Il se pencha un peu plus près et Anthony dût résister à l'envie de l'embrasser là et maintenant.

— Es-tu un doux petit passif qui attend qu'une grosse queue le baise à fond ? Ou es-tu celui qui baise ?

Les mots étaient à peine un murmure à l'oreille d'Anthony, mais ils le laissèrent tremblant sous une vague soudaine de désir. Un son étranglé s'échappa avant qu'il puisse le ravaler. Il essaya de respirer, d'aligner une pensée cohérente, mais avant qu'il n'arrive à penser au-delà du désir qui le traversait de part en part, Paul recula en entendant quelqu'un appeler son nom.

— Je viens, papa. J'apportais simplement un verre à l'une de mes tables.

Il se retourna vers Anthony.

— Penses-y.

Anthony le regarda s'éloigner, les yeux collés sur ses fesses jusqu'à ce qu'il soit hors de vue. Putain de merde, dans quoi s'était-il fourré ? Il s'ajusta subrepticement sous la table. Quelques regards persistants et cette voix, et son cerveau avait déjà court-circuité. Paul lui avait dit d'y penser. Comme s'il pouvait penser à autre chose. Si seulement il savait comment répondre, parce que les deux scénarios avaient leur attrait. Cela faisait six mois qu'il n'avait pas eu de relations sexuelles d'aucune sorte, alors les deux seraient un répit bienvenu. Peut-être qu'il laisserait Paul décider, bien que son offre à elle seule suggérait qu'il n'avait pas de préférence. Que voulait-il de plus ? Paul avait une assurance qui perdurait certainement au lit, ce qui signifiait qu'il donnerait à Anthony une nuit inoubliable s'il choisissait cette voie. Mais il avait toujours aimé être celui qui prenait le

9

contrôle d'un homme fort, quelque chose de beaucoup plus facile à faire s'il était au-dessus.

— As-tu décidé ?

La voix de Paul électrisa les terminaisons nerveuses d'Anthony. Il prit une gorgée de son cognac pour se donner du courage et gagner un peu de temps. Il ne faisait pas cela. Il n'avait jamais fait ça, mais il allait le faire ce soir.

— Règles de la maison. Tu décides.

Le sourire de Paul s'élargit et son regard s'assombrit.

— Tu ne le regretteras pas.

Anthony n'avait aucun doute à ce sujet.

II

La rue de Vaugirard était une rue animée et vibrante, même à minuit, exactement ce à quoi s'attendait Anthony d'une zone commerciale parisienne. Cependant, pratiquement au moment où ils quittèrent la grande artère pour s'engager dans les rues secondaires, ils laissèrent l'agitation derrière eux pour trouver le calme d'un quartier résidentiel. Un autre pâté de maisons jusqu'à la rue du Hameau, et Paul guida Anthony vers la porte d'entrée d'un immeuble du XVIIIe siècle en pierre blanche ou jaune pâle – il ne pouvait pas vraiment distinguer à la lumière des réverbères.

— Tu n'as pas quelquefois l'impression de ne jamais quitter ton travail en vivant si près du restaurant ? demanda Anthony alors que Paul fouillait dans sa poche pour récupérer ses clés.

— C'est une entreprise familiale, répondit Paul avec un sourire. À moins que je quitte le restaurant et que je n'aille plus jamais aux réunions familiales, je ne m'en éloignerai jamais, peu importe où je vis.

— Ce n'est pas faux.

Paul déverrouilla la lourde porte en bois et introduisit Anthony à l'intérieur d'une main chaude sur le bas de son dos. Ce dernier se tint dans l'obscurité pendant un moment jusqu'à ce que Paul trouve l'interrupteur qui illumina le hall d'entrée. L'intérieur du bâtiment correspondait à l'extérieur, un sol en pierre polie brillant dans la lumière vive et un garde-corps en fer forgé surmonté d'une rampe en bois menant à un escalier en colimaçon.

— Nous allons prendre l'ascenseur, à moins que tu veuilles absolument prendre les escaliers, dit Paul en suivant le regard d'Anthony. Je vis au quatrième étage.

Ce qui signifiait qu'ils auraient à monter quatre volées de marches, et non pas trois. Il avait bu trop de vin au dîner pour cela. Sans compter qu'il était prêt pour la promesse implicite de la main qui était revenue sur le bas de son dos.

— Nous pouvons prendre l'ascenseur. Je pourrais admirer l'architecture une autre fois.

Paul lui sourit.

— Cela veut-il dire qu'il y aura une autre fois ?

Anthony déglutit.

— Je suis à Paris pour encore cinq jours. Je dois être au Salon du Livre durant la journée, mais Patricia m'a clairement fait comprendre que mes soirées étaient libres quand elle est partie sans moi ce soir. Je ne vois pas pourquoi cela devrait n'être qu'une aventure d'une nuit, du moment que nous comprenons bien tous les deux que je pars mercredi.

Paul ouvrit la porte de l'ascenseur et poussa Anthony à l'intérieur. La minuscule cabine, probablement vieille d'un siècle, pouvait à peine les contenir tous les deux, mais cela ne sembla pas déranger Paul alors qu'il appuyait sur le bouton du quatrième étage et collait Anthony contre le mur. Ce dernier se pencha vers lui, laissant leurs corps entrer en contact sur le plus de surface possible. Paul pencha la tête et posa la bouche sur la mâchoire d'Anthony, ses lèvres frottant le début de barbe que l'Américain n'avait pas pris la peine de raser avant le dîner.

— Je me raserai demain avant de venir au restaurant, haleta Anthony.

— Ne t'embête pas avec ça. Une petite irritation ne me dérange pas.

Paul fit glisser sa bouche dans le cou de son compagnon jusqu'au col de son sweat-shirt. Il poussa le tissu de côté et s'attaqua sur la peau en dessous.

— Toi, si ?

— Cela pourrait se voir, demain.

Sa voix paraissait brisée à ses propres oreilles, mais il s'en moquait complètement. Paul était en train de le faire éclater en mille morceaux, et il ne voulait surtout pas qu'on le recolle de sitôt.

— Mis à part ça, non.

L'ascenseur sonna et la porte intérieure s'ouvrit en glissant. Paul le poussa hors de la cabine avec lui et le retourna de sorte que son dos frappe la porte en bois derrière lui. La poignée s'enfonça dans son dos, mais il l'ignora, préférant faire courir ses mains sur les épaules et les bras de son compagnon. Sous la simple chemise, il pouvait sentir les muscles solides,

12

preuve des lourds plateaux qu'il portait au restaurant. Il aspirait à voir autant qu'à sentir, mais il attendrait jusqu'à ce qu'ils soient à l'intérieur pour cela. La porte de Paul n'était pas la seule de l'étage, et il ne voulait pas que quelqu'un sorte et les voit à moitié nus.

Paul ne semblait pas partager cette inquiétude au sujet de ses voisins, compte tenu de la façon dont il faisait courir ses mains sous le sweat-shirt d'Anthony.

— *Fuck*, grogna Anthony.

Paul se mit à rire et recula.

— Devrais-je être flatté de tant t'exciter que tu parles anglais au lieu de français ? le taquina-t-il.

Il avait parlé en anglais ? Il ne s'en était même pas rendu compte.

— Oui, répondit Anthony en repassant sciemment au français.

Il n'avait pas eu à réfléchir pour parler français ces derniers jours, mais les exclamations étaient toujours les dernières choses à lui venir naturellement, et Paul lui avait déjà bien embrouillé le cerveau.

— Qu'as-tu dit ? demanda Paul.

Anthony ne réfléchit à sa réponse que pendant un instant. Il pourrait le traduire comme un simple juron – putain ou merde, ou quelque chose d'approchant puisqu'il ne pouvait pas imaginer que Paul ne comprenne pas le mot '*fuck*' – ou il pourrait obtenir ce qu'il voulait vraiment.

— *Fuck me*. Baise-moi.

Les yeux de Paul s'agrandirent momentanément avant qu'un sourire s'étale sur son visage.

— Avec plaisir.

Il ouvrit la porte et fit entrer Anthony, la main qui avait reposé si consciencieusement au-dessus de sa ceinture dans le hall d'entrée et dans l'ascenseur serrant maintenant ses fesses de manière provocante. Anthony frissonna. Il ne s'était pas rendu compte à quel point il avait besoin de ça.

Paul ne prit pas la peine d'allumer les lumières alors que la porte se refermait derrière eux. Il attira simplement Anthony dans ses bras et valsa avec lui dans le couloir jusqu'à sa chambre. La lumière de la lune et d'un lampadaire extérieur filtrait à travers la fenêtre, suffisamment pour qu'Anthony voie l'expression captivée de Paul – la même, il en était convaincu que l'on pouvoir voir sur son propre visage. Il tendit la main vers les boutons de la chemise blanche de Paul au moment où ce dernier soulevait son sweat-shirt. En riant, Anthony leva les bras pour le laisser le débarrasser du pull et du tee-shirt qu'il avait enfilé après sa douche. Dès que

13

ses mains furent libres, il retourna à sa tâche de défaire la chemise de Paul. Il voulait qu'ils soient tous les deux nus dès que possible.

Paul se débarrassa de sa chemise au moment où Anthony finit de la déboutonner, la laissant tomber négligemment sur le sol. Ne voulant pas attendre, Anthony tendit le bras vers la boucle de ceinture de son compagnon. Le sourire de ce dernier s'élargit, si cela était possible, alors qu'il enlevait ses chaussures et se débarrassait du reste de ses vêtements dans un mouvement né de l'expérience.

— À ton tour.

Anthony hocha la tête et ouvrit son jean. Il ne réussit pas le reste avec la facilité qu'avait eue Paul, mais ce dernier ne sembla pas gêné par sa maladresse – il n'y avait pas de façon gracieuse d'enlever des chaussettes.

Paul l'embrassa par-derrière alors qu'il se redressait, son sexe s'encastrant parfaitement dans la raie de ses fesses. Il gémit alors qu'une douce chaleur envahissait son corps. La chambre était fraîche, mais la chair de poule sur sa peau n'avait rien à voir avec la température, et tout à voir avec la façon dont les mains de Paul parcouraient son corps.

Il se cambra sous la caresse, se délectant du désir évident de son compagnon. Si Paul pensait à quelqu'un d'autre, rien ne le montrait dans la façon dont il prodiguait toute son attention à Anthony, et être le centre d'attention d'un homme séduisant faisait des merveilles à son ego meurtri. Doug pouvait aller se faire foutre en ce qui le concernait. Il était à Paris, passant une nuit avec un Français sexy qui ne pouvait pas se rassasier de lui si la façon dont il suçait et mordillait son épaule était d'une quelconque indication. Anthony pencha la tête sur le côté, l'invitant à poursuivre son exploration.

Il se raidit lorsqu'il sentit les lèvres de Paul se déplacer jusqu'à son cou, mais avant qu'il puisse protester, son compagnon lui mordilla le lobe de l'oreille.

— Pas de marques où elles pourraient se voir. Je n'oublierai pas.

La tension disparut des muscles d'Anthony, et il se pencha plus en arrière contre Paul. Ce dernier supporta son poids sans difficulté, posant une main sur son sternum alors qu'il faisait courir l'autre sur son ventre. Anthony inclina les hanches, l'invitant à se déplacer plus bas, mais Paul l'ignora et traça à la place des cercles autour de son nombril avec un long doigt. Anthony gémit sous la caresse apparemment innocente en essayant et en échouant de ne pas imaginer ce même doigt taquinant un autre orifice.

14

Il prit une profonde inspiration lorsque Paul explora un peu, le chatouillant.

— Attention, l'avertit-il. Tu ne voudrais pas casser l'ambiance.

— Chatouilleux ? demanda Paul.

Anthony hocha la tête.

— Un peu de rire pendant le sexe ne m'a jamais dérangé, mais je préfèrerais que tu te tortilles parce que je te fais du bien plutôt que parce que je te chatouille. Veux-tu que j'arrête ou simplement que j'exerce un contact plus ferme ?

L'abdomen d'Anthony avait toujours été extrêmement sensible, des étincelles lui parcouraient le corps au moindre contact, mais il pouvait généralement s'empêcher de se tortiller loin des mains d'un amant si elles prenaient soin de garder un contact permanent avec sa peau.

— Un contact plus ferme, répondit-il. C'est plus agréable.

— Je veux que ce soit plus qu'agréable, murmura Paul.

Il incita Anthony à aller sur le lit.

— Voyons ce que je peux faire pour te faire crier.

Anthony s'allongea contre les oreillers et regarda, l'impatience contractant son ventre, alors que Paul rampait sur son corps à quatre pattes. Il s'arrêta lorsque son visage fut au niveau de l'estomac d'Anthony. Sa peau se tendit alors qu'il attendait de voir ce qu'il allait faire. Remonterait-il pour un baiser, l'épinglant sur le lit avec son poids ? S'arrêterait-il à mi-torse afin de sucer et mordiller ses mamelons ? Ou se déplacerait-il plus bas afin de lécher son sexe ? Il ne se plaindrait d'aucune de ces options. Paul devait simplement se dépêcher et se décider. L'attente était en train de le tuer.

Paul lui fit un clin d'œil, enflammant toutes ses terminaisons nerveuses, et enfouit son visage contre l'abdomen d'Anthony pour frotter sa barbe naissante d'avant en arrière sur la peau sensible. Anthony sursauta et se tordit sous la caresse. C'était presque des chatouilles, mais Paul maintint le contact suffisamment ferme pour l'éviter. Anthony ferma les yeux sous l'intimité érotique du moment. C'était gagné d'avance – Paul devait bien s'en rendre compte – et pourtant il prenait quand même le temps de le séduire. Il posa une main sur la tête de Paul, l'encourageant à continuer. Lorsqu'il agita sa langue sur le nombril d'Anthony, il fut parcouru de frissons, le rendant désespéré d'en avoir plus.

— S'il te plaît.

Paul leva suffisamment la tête pour croiser son regard dans la pièce sombre.

— S'il me plaît, quoi ? Que veux-tu ?

Anthony aurait pu répondre à cette question d'un millier de façons différentes, mais cela aurait exigé de mettre des mots sur un désir qu'il ne savait comment exprimer. Il laissa retomber sa main sur la couette, donnant à Paul un contrôle complet sur tout ce qui allait suivre.

— Toi.

Le sourire de Paul s'adoucit.

— Tu m'as.

Pendant quelques jours tout au plus, mais cela serait suffisant. Anthony rentrerait alors chez lui avec une semaine de souvenirs et cela en vaudrait vraiment la peine.

Ses pensées disparurent complètement lorsque Paul retourna à ce qu'il faisait. Il s'abandonna à ses bons soins, perdu dans les sensations que son amant lui faisait ressentir avec ses mains, ses lèvres, sa barbe, sa langue. Une chaleur lui traversa le corps en vagues de plus en plus fortes. Il haleta, gémit et ondula sur le lit, suppliant sans un mot pour tout ce Paul voudrait bien lui donner.

Lorsque Paul l'incita à rouler sur lui-même, Anthony s'exécuta avec impatience, se mettant à quatre pattes en préparation de la baise rapide à laquelle il s'attendait. Ils n'étaient pas amants après tout, seulement des copains de baise qui recherchaient un peu de plaisir et de satisfaction. D'une seconde à l'autre, il allait sentir des doigts lubrifiés le préparer. Cela serait agréable – tout ce que Paul lui avait fait avait été agréable – et puis se serait fini et il retournerait à son hôtel afin de se rendre à son travail le lendemain matin. Il écarta un peu plus largement les genoux dans une invitation silencieuse.

Au lieu d'utiliser ses doigts, Paul prodigua au dos d'Anthony la même attention qu'il avait donnée au devant de son corps, frottant sa barbe naissante sur sa peau. Anthony s'affala sur le lit, étourdi devant la tournure inattendue qu'avait prise la soirée. Il avait considéré normal le premier round de préliminaires afin de les exciter tous les deux et de les préparer pour l'événement principal, mais ce point était dépassé depuis longtemps à en juger par la dureté qui aiguillonnait son genou, et pourtant Paul ne semblait pas pressé de conclure l'affaire. Les règles d'un coup d'un soir avaient-elles changé ? Certes, cela faisait un moment qu'il n'avait pas ramassé un mec juste pour le sexe – probablement depuis l'université – mais il ne pensait pas que les choses avaient beaucoup changé en quinze ans.

Peut-être était-ce simplement que les Français étaient plus prévenants ? Si tel était le cas, il ne voulait pas rentrer chez lui. Il avait eu des amants de longue durée qui ne lui avaient pas prodigué autant d'attention que le faisait Paul !

— Tu sens bon, murmura ce dernier contre sa peau.

— Je me suis douché avant le dîner, répondit-il. J'en avais besoin après avoir passé la journée au Salon du Livre.

Paul mordilla son omoplate.

— Bien. Comme ça, je peux faire ça.

Anthony sursauta sous les dents de Paul, puis laissa échapper un cri rauque lorsque ce dernier se déplaça entre ses fesses et lécha sa raie. Ses cuisses tremblaient alors qu'il les écartait encore plus largement. Il n'aurait jamais osé rêver que Paul ferait... Le picotement de la barbe naissante de Paul le laissa haletant tandis que le Parisien s'installait pour festoyer. Des sons se déversaient de sa bouche, un mélange de suppliques et de jurons en français et en anglais, ou tout simplement des inepties. Il n'arrivait pas à penser et il pouvait à peine respirer. Paul le rendait fou à chaque passage de sa langue. De la sueur coulait de son front où il était pressé contre ses avant-bras. Il se balançait contre la bouche de Paul, désespéré d'en avoir plus. Puis Paul tendit la main entre ses jambes et entoura son sexe d'une poigne ferme, et Anthony hurla.

Paul le caressa paresseusement, comme s'il avait tout le temps du monde, mais Anthony avait atteint les limites de son contrôle. Il rua dans la caresse, ses hanches se balançant de manière saccadée alors qu'il recherchait sa libération. Paul resserra encore plus son emprise, créant un canal pour Anthony dans lequel il put se pousser. Il y plongea, toute pensée évanouie alors que son désir augmentait. Une vague électrique parcourut sa colonne vertébrale lorsque la langue de Paul passa son sphincter et que son pouce glissa sur la pointe de son sexe. Son corps tout entier trembla alors qu'il atteignait sa jouissance.

Il entendit vaguement un grognement derrière lui avant qu'un jet de liquide brûlant s'écrase sur ses fesses. Merde... Paul avait joui rien qu'en l'ouvrant avec sa langue et en le masturbant. C'était presque suffisant pour à nouveau exciter Anthony, mais l'épuisement le rattrapait, et il devait encore revenir à pied jusqu'à l'hôtel, sans parler de prendre une autre douche soit avant de se coucher, soit le lendemain matin. Patricia n'apprécierait pas qu'il travaille sur le stand avec une odeur de sexe.

Il roula sur le côté avec l'intention de se lever et de faire ses adieux, mais Paul l'arrêta d'une main tendre sur sa hanche. Anthony se retourna pour le regarder, mais Paul se contenta de sourire.

— Ne bouge pas. Laisse-moi te nettoyer.

Anthony céda, aussi mauvaise que cette idée soit-elle. Il serait si facile de voir quelque chose dans la considération de Paul, mais il repoussa cette pensée. Ce n'était qu'une partie de jambes en l'air, pas le début d'une relation, même s'ils voulaient que ce le soit. Il partait mercredi. Paul revint un instant plus tard avec un gant de toilette chaud. Il essuya le bas du dos d'Anthony, puis tendit le bras pour nettoyer le devant.

C'était plus d'intimité qu'Anthony pouvait gérer pour le moment. Il prit le morceau de tissu et s'occupa de la tache humide et de la matière collante qui recouvraient encore son sexe.

— Merci.

— Je t'en prie, dit Paul.

Il mit le gant de côté et s'étira à côté d'Anthony. Ce dernier attendit d'avoir un indice quant à ce qui allait se passer ensuite, mais Paul se contenta de poser la main sur son torse et de jouer nonchalamment avec les poils sur sa poitrine.

— À quelle heure dois-tu être au Salon demain ? finit par lui demander Paul.

— Ça ouvre à dix heures, mais Patricia a dit que je pouvais ne venir qu'à midi si j'étais trop fatigué, répondit Anthony.

— Je dois être au restaurant à 10 heures 30 étant donné que c'est moi qui fais l'ouverture, dit Paul. Tu peux rester si tu veux, mais je comprendrais que tu préfères retourner à ton hôtel.

Anthony n'avait même pas envisagé de rester, mais il était fatigué et repu, et la pensée de devoir s'habiller et marcher jusqu'à l'hôtel dans le froid et la nuit ne l'attirait pas du tout.

— Je ne devrais pas rester.

— Tu n'aurais pas dû suivre un étranger dans son appartement et avoir des relations sexuelles avec lui non plus, répondit Paul. Mais je ne t'ai pas entendu te plaindre à ce sujet.

— Il n'y avait aucune raison de me plaindre à ce sujet.

— Et y en a-t-il une pour dormir dans mon lit ? Il est certainement plus confortable que celui de ta chambre d'hôtel. Les lits d'hôtel ne le sont jamais vraiment.

Le matelas de Paul était doux et accueillant, et si Anthony restait, il pourrait peut-être obtenir un second round dans la matinée.

— Si tu es sûr que ça ne te dérange pas.

— Je ne te l'aurais pas proposé si c'était le cas.

18

Paul se blottit un peu plus contre lui et plaça sa jambe sur les cuisses d'Anthony tandis que sa tête venait se poser sur sa poitrine.

— Mmm. Parfait.

C'était loin d'être parfait pour Anthony, mais la nuit avait été la chose la plus proche de la perfection qu'il avait connue depuis longtemps. Il allait se détendre et en profiter plutôt que de regarder les dents d'un cheval offert. Si tout lui explosait à la figure demain, il gèrerait ça quand l'heure viendrait.

III

LA LUMIÈRE du soleil filtrant à travers les portes-fenêtres réveilla Anthony le lendemain matin. Il pressa l'oreiller sur ses yeux avec un grognement. Il n'était pas encore prêt à se réveiller.

— Je suis désolé, dit Paul. J'ai oublié de fermer les volets.

Anthony bâilla et se frotta le visage.

— C'est bon. Des volets qui ferment sont un luxe que je n'ai pas aux États-Unis. Le soleil me réveille tous les jours en été à la maison.

Il s'étira, sentit son dos craquer, puis se rallongea sur le lit.

— Je devrais débarrasser le plancher afin que tu puisses te préparer pour aller travailler.

— Si tu veux, dit Paul. Mais il m'est aussi facile de faire le café pour deux que pour un. Veux-tu prendre un bain pendant que je prépare le petit déjeuner ?

— Est-ce que tu es réel ? demanda Anthony. Tu ne me connais même pas.

— Ça ne me coûte rien de traiter mes amants avec courtoisie, que nous passions une seule nuit ensemble ou des années, répondit Paul avec un haussement d'épaules. C'est toi qui vois. Tu n'es pas obligé de rester.

— Non, je suis désolé. J'ai eu des petits amis qui ne m'ont pas traité aussi bien que tu le fais. Je ne m'attendais pas à ça d'une rencontre d'un soir, mais je ne vais pas refuser. C'est agréable, admit-il.

— Et c'est pourquoi je le fais. J'aime que mes amants se sentent spéciaux, dit Paul.

Ça se voyait.

— Je vais accepter ton offre pour un bain, alors. Merci.

— Il y a une serviette supplémentaire sur le radiateur. Sers-toi de tout ce dont tu as besoin. Je vais préparer le café.

La salle de bain de Paul avait la taille d'un timbre-poste, avec seulement une baignoire, un lavabo et des toilettes. Anthony ferma le clapet de la baignoire et ouvrit le robinet d'eau chaude. Il espérait qu'il se souviendrait du 'truc' pour utiliser le tuyau de douche, car la baignoire n'avait pas de rideau pour garder l'eau à l'intérieur. Lorsque ce fut à la bonne température, il monta dans la baignoire et s'assit, coinçant le tuyau entre ses genoux. Cela éclaboussa un peu, mais il réussit à ne pas mettre d'eau partout comme il l'avait fait la première fois qu'il avait essayé de prendre un bain en France. Il rit un peu à ce souvenir alors qu'il se lavait les cheveux et le corps. Il avait cru que l'odeur de Paul provenait d'une eau de Cologne lorsqu'il l'avait senti la nuit dernière, mais le gel douche sur le bord de la baignoire avait le même parfum distrayant. Oh putain, il était foutu. Il allait passer toute la journée en sentant comme Paul. Il ne serait jamais en mesure de se concentrer sur le travail. Il espérait seulement qu'aujourd'hui ce ne serait que des ventes de livres et non pas essayer de conclure des affaires. Il ne réussirait jamais à discuter de tirages, d'options de distribution et de commandes en librairie dans l'état où il était maintenant. Il envisagea brièvement de se masturber dans le bain, mais Paul l'attendait et ils devaient tous les deux se rendre à leur travail. Il n'avait plus qu'à espérer que Paul serait intéressé par un autre round – peut-être un moins égoïste de sa part – ce soir. Paul ne semblait pas être autre chose qu'enchanté par la conclusion de la soirée précédente, mais Anthony aimerait avoir la chance de lui retourner la faveur.

Il enfila son jean et son pull. Il ne les avait portés que quelques heures la nuit dernière. Ils conviendraient pour retourner à l'hôtel, où il pourrait se changer et mettre un costume pour la journée. En ayant fini avec ses ablutions, il quitta la salle de bain pour être accueilli par l'odeur de bienvenue de la caféine. Du vrai café, pas le truc édulcoré que tant d'Américains préféraient. Il se laissa guider par son nez à travers l'appartement jusqu'à la cuisine. Paul était appuyé contre un comptoir de granit avec un bol de café dans les mains.

— Je mange au restaurant presque tous les soirs, dit ce dernier lorsqu'Anthony chercha une table des yeux. Je n'ai pas de table.

— Ce n'est pas grave, déclara Anthony. Je peux boire mon café debout.

— J'ai commencé à te servir, mais je me suis rendu compte que je ne savais pas comment tu l'aimais. Il y a du lait et du sucre si tu veux. Et il y a un croissant, un pain au chocolat et un chausson aux pommes. Tu peux n'en prendre qu'un ou tous.

— Tu n'aurais pas dû prendre tout ça pour moi, protesta Anthony.

Paul se pencha et l'embrassa, son haleine embaumant le café.

— Tu es en France, tu t'en souviens ? La pâtisserie en bas de la rue baisse les tarifs quand on en achète plusieurs. J'ai payé cinq euros pour nos deux petits déjeuners.

— Quelle pâtisserie ? demanda Anthony. Je devrais prendre quelque chose pour Patricia en chemin pour le Salon du Livre.

— Ta patronne ?

— Oui. Elle ne parle pas très bien français, comme tu l'as remarqué la nuit dernière. Non pas que cela l'arrête. Mais puisqu'elle doit ouvrir le stand sans moi ce matin, je me dis que le moins que je puisse faire, c'est de lui apporter le petit déjeuner.

— Tu aurais dû me le dire. J'aurais fait sonner le réveil, dit Paul.

— Elle m'a dit de ne pas me dépêcher. Elle... eh bien, elle a approuvé que je rentre avec toi la nuit dernière. Elle pense qu'il est temps pour moi d'aller de l'avant dans ma vie.

— C'est ce qu'était la nuit dernière ? demanda Paul d'une voix chaleureuse et amusée.

Du moins, Anthony espérait que c'était de l'amusement. Certes, la façon dont ses yeux brillaient appuyait cette interprétation.

— Ta déclaration d'indépendance ?

— Plutôt le fait que je vois un homme très attirant et que j'ai le bon sens de ne pas le laisser filer, répondit Anthony.

Il ne voulait pas parler de Doug. C'était de l'histoire ancienne et il ne voulait pas passer la matinée à parler de lui.

— Je peux penser à des choses pires pour un homme, dit Paul. Nous avons quatre jours de plus pour célébrer ta liberté.

Quelque chose dans la poitrine d'Anthony s'épanouit. Paul n'était pas offensé et il ne le repoussait pas.

— J'aimerais beaucoup ça. Nous reviendrons pour le dîner, et je rentrerai ici avec toi quand tu auras fini ton service.

Il plongea la main dans le sac de pâtisserie et sortit le pain au chocolat. Il était aussi chocolaté et moelleux qu'il l'avait espéré.

— Qu'y a-t-il dans l'eau ici ? Je n'arrive pas à trouver des pâtisseries comme ça à la maison.

— Ce n'est pas l'eau. C'est l'air, répondit Paul avec un sourire.

— Non, je pense que c'est le manque de sucre, déclara Anthony après un moment. Même s'ils font correctement la pâte brisée, il y a toujours trop de sucre.

Paul sourit.

— J'ai la chose parfaite pour toi quand tu viendras au restaurant ce soir. Le chocolat noir, certainement pas trop sucré. Tiens, bois ton café.

— Ça m'a l'air décadent.

Anthony prit à deux mains le bol que Paul lui remit. Cela lui manquait également. Peu importe combien la tasse était grande, ce n'était jamais un bol. Le café, comme tout le reste, était riche et noir.

— Je ne vais pas t'offrir de sucre, mais veux-tu la crème ? demanda Paul.

Anthony secoua la tête.

— Non, c'est parfait comme ça. Tout a été parfait depuis le moment où nous sommes entrés dans le restaurant la nuit dernière. Je suis déjà impatient d'être à ce soir.

Il fit une pause.

— Mais ? le poussa Paul.

— Mais peut-être que ce soir, tu me permettras également de m'occuper de toi ? Je me sens un peu coupable que tu aies eu à te soulager tout seul.

— Ne le sois pas, répondit Paul. Tu m'avais tellement excité que je n'ai pas pu attendre. Mais je ne vais pas refuser quelques variantes ce soir. J'aime le sexe sous toutes ses formes.

Anthony sourit à cela et prit une autre gorgée de son café. Paul posa son bol dans l'évier et sortit un paquet de cigarettes.

— Je vais fumer, si ça ne te dérange pas.

— Tu es chez toi.

Anthony vivait en Caroline du Nord. L'odeur du tabac ne le dérangeait pas, bien qu'il n'ait pas remarqué l'odeur dans l'appartement de Paul.

— Oh, je ne fume pas à l'intérieur. Je vais sur le balcon. Ma mère ne me laissait pas fumer dans l'appartement. Même ici, je ne peux toujours pas le faire.

Anthony mit le dernier morceau de pâtisserie dans sa bouche et prit son bol de café.

— As-tu une belle vue de ton balcon ?

— Pas vraiment, dit Paul. Juste la rue, et elle n'est pas très intéressante. Aucun monument ou bâtiment historique.

Anthony sortit sur le rebord en pierre muni d'un rail de sécurité en fer forgé qui passait pour le balcon de Paul. Il ne pouvait pas voir le Sacré-Cœur ou la tour Eiffel d'ici, mais c'était quand même une vue de Paris, ce qui en faisait une belle vue en ce qui le concernait. Paul alluma sa cigarette et s'appuya contre la rambarde.

— Je sais que tu es ici pour le Salon du Livre, mais c'est le cas de milliers de personnes. Que fais-tu dans le monde de l'édition ?

— Tout ce que me dit Patricia, dit Anthony avec un petit rire.

Paul se mit à rire.

— Y compris flirter avec ton serveur au dîner ?

— Y compris ça, bien que ce soit Patricia l'amie et non pas Patricia la patronne, qui a donné cet ordre. Je suis autorisé à ignorer ceux-là.

— C'est bien, dit Paul. Tu n'as pas répondu à ma question.

— Patricia dirige une maison d'édition appelée *Along the Spectrum*, dit Anthony. C'est principalement de la science-fiction et du fantastique avec un peu de steampunk parfois, quand il est vraiment bon. Ce qui la distingue, c'est que tous ses livres – et par-là, je veux dire tous les livres que nous publions – ont un personnage principal qui tombe dans au moins une catégorie de la diversité. Ils peuvent faire partie d'une minorité ethnique, réelle ou fictive. Ou de l'éventail LGBTQ. Peut-être ont-ils un handicap physique ou mental. Ou encore peut-être appartiennent-ils à une classe sociale ou une caste qui les met en dehors de la majorité. Ce sont aux auteurs de lui vendre leur sens de la diversité, mais ce ne sont absolument pas des hommes blancs, riches, en bonne santé et hétérosexuels dans une position de pouvoir. Quelque chose doit briser ce moule. Dans beaucoup de cas, les personnages brisent bien plus d'un moule.

— C'est un vaste programme. Es-tu un relecteur ? Ou peut-être l'un des auteurs ?

— J'ai commencé à travailler pour elle en tant que relecteur, répondit Anthony. Mais même si je ne suis pas trop mauvais dans ce domaine, ce n'est pas mon point fort. Je suis responsable de l'expansion, comme l'appelle Patricia. Elle veut voir nos livres sur le plus de marchés possible, que ce soient ceux en anglais, ceux que nous traduisons nous-mêmes, ou ceux que nous faisons traduire par des sous-traitants. Mon travail est de déterminer ce qui marchera le mieux dans chaque marché différent et faire en sorte que ça se réalise.

— Et elle a des vues sur le marché français ? Puisque vous êtes ici, je veux dire.

— Nous avons reçu un certain intérêt de la part de petites maisons d'édition françaises, mais aucune n'avait un plan de développement qui satisfaisait complètement Patricia. Elles sont encore plus jeunes que nous le sommes. Nous recherchons toujours des options avec eux, mais nous avons également fait quelques traductions en interne. Le problème, c'est que nous sommes basés en Caroline du Nord, pas en France, et c'est un marché encore dominé par le format papier. Il est difficile de publier des livres en format papier lorsque vous ne disposez pas de quelqu'un sur le terrain pour gérer les stocks, pour approcher les librairies, et tout ce qui est nécessaire pour réussir le lancement d'un livre. Nous espérons mettre en place suffisamment de choses tant que nous sommes ici cette semaine pour faire avancer le dossier. Nous avons eu quelques réunions productives hier ainsi que d'autres, moins productives. Nous en avons encore plus de prévues pour lundi. Aujourd'hui et demain sont des jours principalement consacrés à la rencontre de nos lecteurs.

— Ça m'a l'air fascinant, dit Paul, et Anthony le croyait sincère.

Il avait déjà ennuyé jusqu'aux larmes plus d'une personne avec les détails de son travail, mais Paul semblait sincèrement intéressé.

— J'aime particulièrement la notion de diversité. À certains égards, la France gère mieux la diversité que l'Amérique – il n'y a qu'à voir quand nous avons approuvé le mariage pour tous – mais dans d'autres, nous luttons encore. Beaucoup d'endroits ne sont pas accessibles, ou très difficilement, si vous êtes dans un fauteuil roulant. Et puis il y a les conflits de races et de religions que nous avons en France en ce moment. Quelle quantité de diversité est la bonne ? Quand va-t-on trop loin ? C'est la question qui est à l'esprit de tout le monde en ce moment, ou qui devrait l'être. Il y a des musulmans qui veulent imposer la nourriture halal dans toutes les écoles afin que leurs enfants puissent manger dans les cantines scolaires. D'un côté, il n'est pas normal que des enfants se voient refuser l'accès à la nourriture à l'école s'ils ont besoin d'y manger, mais nous ne fournissons pas de repas spéciaux pour les enfants souffrant d'allergies ou autres restrictions alimentaires. Ils peuvent demander si certains plats sont conformes à leur régime alimentaire et acheter uniquement ceux qui le sont, ou ils peuvent rentrer chez eux pour manger ou apporter leur déjeuner avec eux. Pourquoi les enfants musulmans ne devraient-ils pas faire la même chose ? Ou peut-être que cela n'a pas d'importance. Peut-être que nous ne remarquerions

25

même pas la différence si la nourriture de la cantine était halal. Après tout, j'ai mangé dans des restaurants maghrébins qui étaient certainement halal et je ne m'en suis pas soucié parce que la nourriture était bonne.

— Tu envisages de te lancer dans la politique ? demanda Anthony.

— Il est de la responsabilité de chaque citoyen d'un pays de s'impliquer dans la politique, dit Paul. Si tu ne le fais pas, tu donnes la permission à ceux qui sont impliqués de prendre des décisions pour toi. Nous avons la chance de vivre dans un pays avec une grande variété de partis politiques. Quelles que soient nos croyances, il y a un parti qui nous correspond. Nous n'avons pas un système à deux partis uniques qui nous regroupent en tant que conservateur ou libéral. Nous avons un système qui permet toutes les différentes nuances et variations, mais il ne fonctionne que si les gens sont impliqués. Voilà le plus gros problème en France maintenant, plus que toutes les questions de religions, de races ou de diversité. L'apathie permet aux partis marginaux d'avoir plus de voix que ce qu'ils devraient avoir comparé à leur taille.

Il fit une pause et rougit.

— Pardon. Je suis un peu remonté à ce sujet.

— Ne t'excuse pas, dit Anthony. C'est formidable que tu sois tellement passionné par le sujet. C'est la même chose qui m'a attiré chez Patricia. Lance-la sur la signification de faire partie d'une minorité, et elle t'en parle pendant des heures. L'édition est encore dominée par les hommes blancs. Ils voient une femme noire entrer dans une pièce, même si elle porte un tailleur, et ils supposent que c'est la secrétaire de quelqu'un, un membre du personnel de la salle de réunion, ou quelque chose comme ça. Sauf s'ils l'ont rencontrée avant, bien sûr. Personne ne la sous-estime deux fois.

Paul termina sa cigarette. Anthony baissa les yeux et se rendit compte qu'il avait fini son café pendant qu'ils parlaient.

— Je devrais te laisser afin que tu ne sois pas en retard au travail, et je dois encore repasser à l'hôtel. Le Salon ferme à vingt heures, donc nous serons au restaurant au plus tard à 20 heures 30. Tu nous gardes une table ?

— Absolument, lui promit Paul. Laisse-moi prendre mon manteau et nous pourrons marcher ensemble. Dans quel hôtel séjournes-tu ?

— Le Mercure en face du parc des expositions, répondit Anthony.

— Alors nous pouvons faire le chemin ensemble jusqu'au restaurant. Tu dois aller dans cette direction pour rentrer de toute façon.

— Ça me plairait, dit Anthony.

Il pouvait retrouver son chemin, mais aussi ridicule que cela paraisse, il n'était pas prêt à lui dire au revoir, même pour la journée. Il avait décidé de rester un jour supplémentaire à Paris après la foire du livre avant de rentrer à la maison, et maintenant il était content de l'avoir fait.

— Que fais-tu mardi ?

— Je travaille. Pourquoi ? demanda Paul.

— Parce que le Salon du Livre se termine lundi soir, mais je ne rentre pas chez moi avant mercredi. J'avais prévu de passer la journée du mardi à faire du tourisme. Je me disais qu'éventuellement, si tu étais libre...

— Laisse-moi vérifier le planning, dit Paul. Mon père a son jour de congé le lundi. Florent, mon frère, prend en général le mardi, et je prends habituellement le mercredi. Mais Florent acceptera peut-être d'échanger avec moi. Ou alors, si j'ai de la chance, mon père m'a attribué le mardi cette semaine.

Anthony ne voulait pas trop espérer. Il ne le ferait pas. Ce serait insensé. Il avait déjà utilisé plus que sa part de chance en rencontrant Paul en premier lieu. En demander plus serait pousser.

Anthony vérifia ses poches pour s'assurer qu'il avait son portefeuille et la clé de l'hôtel tandis que Paul finissait de se préparer.

— Tiens, dit Paul en lui tendant le sac de pâtisseries alors qu'ils quittaient l'appartement. Prends-les pour ta patronne. De cette façon, tu n'auras pas à faire un arrêt supplémentaire et ils ne seront pas perdus.

L'ascenseur avait l'air tout aussi rempli avec tous les deux en descendant qu'il l'avait été en montant, mais l'excitation de la nuit précédente avait cédé la place à une familiarité facile qu'Anthony n'arrivait pas à expliquer. Il détestait les lendemains matins. C'était l'une des raisons pour lesquelles il avait arrêté les coups d'un soir à l'université. Il ne savait jamais comment s'en sortir après, mais il n'était pas mal à l'aise avec Paul. Il aurait pu rester sur son balcon et continuer à parler pendant des heures. Il avait déjà hâte d'être à ce soir, et pas seulement pour la chance d'avoir un autre round de sexe sacrément bon. Il ne dirait pas non au sexe, mais s'ils finissaient par parler toute la nuit, il ne se plaindrait pas non plus.

Paul ne prit pas la main d'Anthony alors qu'ils marchaient dans la rue vers le restaurant, mais il resta suffisamment proche afin que leurs épaules s'effleurent. Quiconque les apercevant devinerait certainement qu'ils étaient ensemble, parce que même avec la plus petite notion d'espace personnel qu'avaient la plupart des Français, ils ne se tenaient généralement pas aussi près, à moins de former un couple. Lorsqu'ils atteignirent le restaurant, Paul ouvrit le rabat de toile en plastique qui entourait la terrasse et tira sur la main d'Anthony. Quand ce dernier se rapprocha, Paul se pencha et l'embrassa.

— Merci pour la nuit dernière et ce matin. Passe une bonne journée, et je te verrai ce soir.

Ce devrait être à Anthony de remercier Paul.

— Je suis impatient d'y être, se contenta-t-il de dire, car s'engager dans une discussion pour savoir qui devait remercier qui ne les mènerait nulle part. À ce soir.

Il traînait des pieds et il le savait, mais cela ne rendit pas plus facile le fait de se retourner et de parcourir la rue de Vaugirard jusqu'à son hôtel. L'intérieur de sa chambre d'hôtel avait l'air encore plus stérile après sa nuit dans le lit de Paul et sa matinée dans l'appartement bien éclairé. Il regarda sa montre. 10 h 30. Patricia lui avait dit de ne pas venir avant midi, mais il allait devenir fou à rester assis tout seul dans sa chambre pendant une heure et demie. Il se changea rapidement pour mettre son costume, saisit le sac de pâtisseries et se dirigea vers le Salon du Livre.

— Eh bien, eh bien, dit Patricia d'une voix traînante lorsqu'Anthony se dirigea vers le stand. Regardez qui voilà.

— Je suis en avance d'une heure par rapport à ce que tu m'avais dit, répliqua Anthony en souriant malgré lui. Et je t'ai apporté le petit déjeuner. Sois gentille ou je le garderai pour moi.

Patricia tendit une main impérieuse vers les pâtisseries.

— Bonne nuit ? demanda-t-elle en regardant à l'intérieur du sac.

— Bonne nuit, et matinée encore meilleure, répondit Anthony.

— Oooh, bébé, dit-elle avec un regard lubrique. As-tu passé la nuit chez lui ? Je ne pensais pas que tu avais ça en toi. Ou peut-être était-ce lui que tu avais en toi ?

— Patricia, protesta-t-il. Ne sois pas vulgaire.

— Cela n'avait rien de vulgaire, répondit-elle. J'ai trois frères dans la marine. Je sais ce que c'est qu'être vulgaire. C'était légèrement... suggestif.

— Mon œil, dit Anthony en secouant la tête.

— Tu n'as pas répondu à ma question.

— Et je ne le ferai pas. Ma vie sexuelle n'est pas ouverte à la discussion publique. Nous avons une réservation pour le dîner à 20 heures 30. Paul a dit qu'il allait nous réserver une table.

— Dans sa section ?

Anthony l'espérait, mais Paul ne l'avait pas précisé.

— Probablement. Ce n'est pas comme si le restaurant était immense. Il m'a invité à revenir chez lui ce soir.

Les sourcils de Patricia se haussèrent.

— Tu as été très occupé, dis-moi. Je ne t'ai jamais vu comme ça, et je te connais depuis quinze ans. Es-tu sûr que c'est une bonne chose ?

— La nuit dernière, tu m'as dit de foncer.

— Et je suis heureuse que tu l'aies fait, mais tu as pour règle de ne pas avoir d'aventures sans lendemain, ce qui, soyons réalistes, ne peut pas être autre chose. Tu rentres chez toi mercredi.

— Je n'ai pas oublié, grommela-t-il. Paul va voir s'il peut échanger son jour de congé avec son frère afin que nous puissions passer le mardi en ville ensemble, avant que je parte. Je sais que ce n'est qu'une aventure, mais c'est agréable. Je ne m'attends pas à ce que cela se prolonge après mon retour à la maison, mais pour une fois, c'est agréable d'être désiré. Il ne me regarde pas en souhaitant que je sois quelqu'un d'autre.

Il n'aurait pas pris le temps de chercher les points sensibles d'Anthony s'il avait rêvé de quelqu'un d'autre.

— J'ai vécu dix-huit mois avec l'ombre d'un homme à l'autre bout du monde et contre lequel je n'ai jamais fait le poids. Je pense que j'ai mérité une semaine avec Paul.

— Tant qu'il ne te brise pas le cœur quand tu partiras.

— Je suis celui qui part. Si mon cœur est brisé, je ne pourrais blâmer personne d'autre que moi-même.

Patricia eut l'air d'avoir quelque chose à ajouter à ce propos, mais un client sur le stand détourna l'attention d'Anthony avant qu'elle puisse le dire, et lorsqu'il eut fini, elle ne remit pas le sujet sur le tapis.

IV

PAUL S'ATTARDA sur la terrasse alors qu'Anthony s'éloignait. Bon sang, cet homme remplissait bien son jean. Cette pensée amena un sourire sur son visage. Il avait passé une bonne nuit. Une super nuit, même. Beaucoup mieux que sa récente série de malchances en ce qui concernait les hommes. Un frisson au souvenir du plaisir éprouvé glissa le long de sa peau. Anthony avait été brûlant et lourd dans ses bras, ses fesses pressées contre l'aine de Paul toute la nuit. Et il se réjouissait de la promesse qu'il avait déjà pour ce soir. Peut-être qu'il se familiariserait encore mieux avec ces fesses. Paul n'avait jamais été un amant égoïste, prenant plaisir à faire en sorte que ses amants se sentent bien, et les réactions d'Anthony la nuit dernière l'avaient rendu encore plus désireux de lui prodiguer du plaisir. Lorsqu'Anthony tourna finalement au coin de la rue et hors de sa vue, Paul obligea son esprit à se concentrer sur la journée à venir. *Au cœur du terroir* avait une certaine réputation grâce à son ambiance familiale et la qualité de son service. Il pouvait lui arriver de flirter occasionnellement avec un client comme il l'avait fait avec Anthony, mais il ne laissait jamais cela bouleverser la façon dont il faisait son travail.

— Tu souris, dit Florent lorsqu'il pénétra à l'intérieur.

— Et cela vaut la peine de le mentionner parce que... ? demanda Paul en lançant un regard sévère à son frère cadet.

— Parce que tu détestes les matins. Tu ne souris jamais avant que le premier client arrive.

Paul haussa les épaules.

— J'ai passé une bonne nuit.

— Fais attention que papa ne t'entende pas dire ça. Il déteste quand tu dragues un mec au restaurant.

— Ça ne veut pas dire que c'est quelqu'un que j'ai dragué ici.

Florent leva les yeux au ciel.

— C'est toujours le cas.

Paul saisit une pile de serviettes en tissu et commença à les plier pour le service du déjeuner.

— Je ne suis pas si nul que ça.

Florent s'assit en face de lui afin de l'aider avec les serviettes.

— À quand remonte la dernière fois où tu as fréquenté quelqu'un que tu n'avais pas rencontré ici ?

Paul ouvrit la bouche pour répondre, puis la referma.

— Je ne suis pas intéressé par des rendez-vous. Je ne suis pas prêt à m'installer, finit-il par dire.

Gilles y avait veillé.

— Très bien. À quand remonte la dernière fois où tu as couché avec quelqu'un que tu n'avais pas rencontré au restaurant ?

— Où pourrais-je rencontrer des gens ? demanda Paul. Je suis ici six jours par semaine.

— Tu viens de confirmer mes dires.

— Je ne sais pas pourquoi ça contrarie autant papa, dit Paul en soupirant. Je fais mon travail. Je ne 'pousse' pas. Je me contente de répondre à l'intérêt qu'on me porte. Et je ne le fais pas souvent. Une ou deux fois par mois au maximum.

— Il veut que tu sois heureux, dit Florent. Et il ne pense pas que le sexe anonyme te rende heureux.

— Personne ne pourrait s'accommoder de mes horaires.

— Maman l'a fait.

— Maman était une sainte, répondit Paul.

— Bonjour Paul, Florent, dit leur père en entrant, les bras chargés de baguettes de la boulangerie en bas de la rue.

Il se pencha pour embrasser les joues de Paul et Florent malgré la charge dans ses bras.

— Nicolas est-il arrivé ?

— Il est dans la cuisine, en train de tout préparer pour le déjeuner, dit Florent. Nous l'aurions dérangé en étant là-bas.

Nicolas, leur chef, était une vraie tornade dans la cuisine, et Paul avait appris des années plus tôt que tout le monde était content si on le

31

laissait travailler en paix. Les sous-chefs arriveraient dans peu de temps, mais Nicolas faisait tout le travail de préparation lui-même.

— Je vais demander quels sont les plats du jour, offrit Paul.

Comme prévu, Nicolas commença à jurer à la minute où il passa les portes.

— Je ne vais pas te déranger, lui promit Paul quand Nicolas fit pause pour reprendre son souffle. Dis-moi seulement quels sont les plats du jour afin que je puisse les mettre sur la carte.

— Filet de sole aux câpres et au beurre de citron, répondit sèchement Nicolas. Si l'on me laisse suffisamment tranquille afin que je puisse les préparer. Dehors !

Paul secoua la tête et se dirigea vers la salle. Florent dressait déjà les tables, alors Paul décrocha l'ardoise noire où ils inscrivaient les plats du jour et changea le flétan et le canard de la veille pour la sole. Son écriture n'était pas aussi artistique que l'avait été celle de sa mère, mais elle était tout de même beaucoup plus lisible que celles de son père et de Florent. Il raccrocha l'ardoise à sa place au-dessus du comptoir et passa sa main sur le bois lisse. Tant de souvenirs étaient attachés à l'acajou marqué. Il se demandait ce que sa mère penserait si elle pouvait les voir maintenant. Elle s'était autant investie qu'eux dans le restaurant, jusqu'à ce que le cancer l'emporte beaucoup trop tôt loin d'eux. Certaines nuits, il pouvait encore sentir son parfum se mêler aux arômes de la cuisine et de la fumée de cigarette sur la terrasse. Il avait appris à marcher en se tenant aux pieds des tables.

— Paul, as-tu réapprovisionné le bar avec des verres propres ?

La voix de son père le sortit de ses souvenirs.

— Je suis en train de m'en occuper, répondit-il.

Il souleva le plateau de verres propres de derrière le comptoir et commença à les accrocher chacun à leur place. Ils servaient beaucoup plus de vin et de champagne que de cocktails, mais ils étaient préparés à toute éventualité. Henri et Romain, les assistants de Nicolas, arrivèrent alors qu'il mettait les derniers verres en place.

— Il est d'une humeur de chien aujourd'hui, les avertit Paul.

— Il est toujours d'une humeur de chien, répondit Romain. Nous y sommes habitués. As-tu besoin d'aide ici ?

Paul regarda autour de lui. Il avait préparé le bar et Florent avait dressé les tables.

32

— Je ne pense pas. Nous vous ferons savoir si nous finissons par être débordés.

Le samedi était généralement soit complet, soit très calme. Quand il y avait un événement au parc des expositions, ils avaient plus de monde que lorsqu'il n'y en avait pas, mais un grand nombre de participants mangeaient sur le pouce à l'intérieur plutôt que d'avoir à sortir et faire la queue afin de pouvoir rentrer à nouveau. Ils auraient un monde fou ce soir, mais le déjeuner était généralement calme le samedi.

Henri et Romain disparurent dans la cuisine, laissant Paul terminer les préparatifs de dernière minute. Il installa les menus de sorte que son père puisse accueillir facilement leurs clients, et il remplit quelques carafes d'eau. Cela fait, il attrapa ses cigarettes et sortit pour en fumer une rapidement avant l'ouverture du restaurant.

La nicotine envahit presque immédiatement son système lorsqu'il prit une longue bouffée, une ruée d'énergie et de chaleur le parcourant avec la fumée. Il avait encore moins d'heures de sommeil que d'habitude, ayant veillé tard avec Anthony puis s'étant levé tôt le matin afin qu'ils aient tous les deux le temps de se préparer, alors le coup de fouet était le bienvenu. Il s'en sortirait bien si le restaurant était bondé pour le déjeuner. Sinon... eh bien, sinon, il pourrait toujours sortir à nouveau pour fumer une autre cigarette s'il commençait à traîner. Peut-être pourrait-il s'éclipser l'après-midi, quand le restaurant serait fermé, et faire une petite sieste, parce qu'il ne pouvait pas se permettre d'être fatigué plus tard. Anthony venait encore chez lui ce soir.

Il laissa son esprit vagabonder vers la veille, lorsqu'il avait eu Anthony au lit avec lui. Cela avait été une montée d'adrénaline bien plus puissante que tout ce qu'il pourrait obtenir d'une cigarette, et la pensée de ce qu'ils pourraient faire d'autre pour chauffer son sang lui fit desserrer la légère écharpe qu'il avait autour du cou. Il l'avait mise pour se protéger de l'air piquant du petit matin printanier, sachant qu'elle ne serait plus nécessaire une fois qu'il serait occupé dans le restaurant, mais il ne l'avait pas encore retirée, car les radiateurs n'avaient pas encore vaincu le froid de la nuit. Il sourit au souvenir d'Anthony insistant qu'il ne lui laisse pas de marques où elles pourraient se voir. Il ne pensait pas en avoir laissé au-dessous du col non plus, un oubli auquel il remédierait dès qu'il aurait à nouveau Anthony dans son lit. Il tira une autre longue bouffée sur sa cigarette à la pensée de ses suçons qui couvraient le torse de son nouvel amant. Son cœur battait comme un adolescent devant son premier béguin, une réaction ridicule étant donné son âge et la diversité de son expérience, mais cela ne ralentit pas la course de son pouls pour autant.

Le laissez-passer journalier pour le Salon du Livre n'était que de dix ou quinze euros, s'il s'en souvenait correctement. Il pouvait justifier cette dépense pour errer un après-midi parmi les livres et vérifier ce que la société d'Anthony proposait.

La voix de Florent interrompit ses rêveries.

— Paul ? Papa te cherche.

— J'arrive.

Il écrasa sa cigarette et suivit son frère à l'intérieur.

— Oui, papa ?

— Tu as ajouté une réservation ce matin ? demanda ce dernier.

— Oui. Le couple de la nuit dernière. Ils veulent revenir ce soir, et j'avais oublié de le noter avant de rentrer chez moi. Je l'ai mis dans le carnet ce matin, dit Paul.

Les yeux de son père s'étrécirent comme s'il ne croyait pas entièrement à son histoire, mais Paul lui lança son regard le plus innocent et pria afin que Florent garde sa bouche fermée. Son père comprendrait probablement ce qui se passait lorsqu'Anthony arriverait ce soir, mais cela maintiendrait la paix jusque-là.

— PAUL, NOUS sommes complètement à court de citrons et d'autres petites choses. Le camion de livraison de la ferme n'est pas passé ce matin. J'ai besoin que tu ailles au marché pour voir ce que tu peux trouver. Au moins trois douzaines de citrons, et des légumes qui te sembleront bons. Nicolas ne peut remplacer la garniture que nous avons servie avec les plats d'hier soir qu'à partir du moment où il a quelque chose pour les remplacer.

— Ce ne serait pas mieux d'envoyer Henri ou Romain ?

Paul entendit le geignement dans sa voix et se détestait pour ça, mais il avait été tellement impatient d'aller au Salon du Livre et de voir Anthony. Il ne pouvait pas le faire s'il passait son après-midi de liberté sur marché.

— Ils ont une meilleure idée de ce qui pourrait aller avec ce que Nicolas a prévu.

— Ils sont en train de l'aider à adapter le menu de ce soir par rapport à ce que nous avons en stock, dit son père. Nous ne pouvons pas nous en passer pour l'instant. Tu sais à quoi ressemblent des légumes frais.

Il tendit à Paul la carte de crédit du restaurant.

— Prends ma voiture afin que tu puisses tout ramener.

Paul étouffa un soupir. L'inconvénient de tenir un restaurant qui se targuait d'avoir des produits frais locaux, c'était que parfois, il leur manquait des choses à la dernière minute. Il avait passé son enfance à regarder sa mère ajuster les menus et revoir le contenu des plats afin d'utiliser ce qu'ils avaient en stock au lieu de ce qu'ils avaient prévu à l'origine. Même s'il aurait voulu être ailleurs cet après-midi, il ne pouvait guère refuser la demande de son père.

— Je serai de retour dès que je pourrai pour qu'ils sachent ce avec quoi ils vont devoir travailler. Y a-t-il un légume dont nous n'avons pas besoin ?

— Des pommes de terre, répondit son père. Nous en avons beaucoup. Nicolas est déjà en train de chercher les différentes façons de les préparer afin que chaque plat n'ait pas la même garniture ce soir, même si elles seront toutes à base de pommes de terre. Tout ce que tu pourras trouver d'autre sera le bienvenu.

Paul hocha la tête et se dirigea vers la porte arrière qui donnait sur la ruelle où son père laissait sa voiture. Parfois, il se demandait pourquoi il la gardait alors qu'il vivait à l'étage et prenait le Métro pour se rendre partout où il avait besoin d'aller, mais alors quelque chose comme aujourd'hui se produisait. La vieille 2CV roulait encore comme si elle était neuve et elle pouvait contenir un nombre surprenant de sacs sur la banquette arrière et dans le coffre ouvert. Il se dit que rien que pour ça, le coût de l'assurance en valait la peine.

La cohue du matin sur le marché s'était calmée lorsque Paul arriva, mais cela signifiait également que les stands avaient été bien pillés. Il passa beaucoup plus de temps que ce qu'il avait espéré à tâter les produits. Son père allait râler au sujet du temps que cela lui avait pris, mais l'autre option était de dépenser de l'argent pour des légumes abîmés, ou pas assez mûrs, ou autrement inutilisables. Son esprit vagabonda alors qu'il faisait sa sélection. Il se demanda ce que faisait Anthony, s'il avait pu prendre une pause-déjeuner ou s'ils avaient été trop occupés pour qu'il puisse s'absenter du stand. Anthony n'avait pas mentionné la présence de quelqu'un d'autre de la société avec eux à Paris, et sa patronne ne parlait pas français. S'ils étaient submergés, il serait piégé toute la journée sans aucun moyen de manger un morceau. Paul se promit d'acheter un sandwich le lendemain matin lorsqu'il irait chercher le petit déjeuner de sorte qu'Anthony ait au moins ça pour son déjeuner. Il chargea la voiture et se dirigea vers le restaurant. Il s'assurerait d'ajouter un petit quelque chose à l'assiette d'Anthony ce soir, quand personne ne regarderait.

Son père et Florent le rejoignirent dès qu'il se gara dans la ruelle. Ils déchargèrent ses achats et les portèrent dans la cuisine. Nicolas tergiversa et se plaignit, mais il emporta les légumes pour commencer à les préparer, de sorte que Paul imputa sa réaction à son irascibilité naturelle. La seule personne à qui il ait parlé sans jamais être hargneux était la mère de Paul, et elle avait disparu depuis près de quinze ans.

— Est-ce que j'ai le temps de passer à la maison pour changer de chemise ? demanda Paul à son père une fois que la voiture fut complètement déchargée. Il faisait plus chaud sur le marché que je m'y attendais. J'aimerais être frais pour ce soir.

Son père le regarda fixement pendant un long moment avant de soupirer et de lui faire signe d'y aller.

— Sois de retour pour dix-huit heures. Ton frère et moi ne pouvons pas faire seuls toute la préparation pour le dîner.

Paul regarda sa montre. Il n'était pas tout à fait dix-sept heures, ce qui lui laissait un peu plus d'une heure. Pas assez de temps pour passer au Salon du Livre, mais certainement assez pour prendre un bain s'il le voulait.

— Merci, papa. Je ne serai pas en retard.

Il vérifia qu'il avait ses clés et se précipita vers la porte arrière qui donnait dans la ruelle puis la rue, et vers son appartement. Il s'arrêta à la pharmacie pour acheter une autre bouteille de lubrifiant et plus de préservatifs. Ils n'en avaient pas eu besoin la veille, et peut-être qu'ils n'en auraient pas besoin ce soir non plus – Paul pouvait penser à beaucoup de choses qu'il voulait faire à Anthony qui n'en nécessiteraient pas – mais il ne voyait aucun mal à être préparé.

Il gravit les marches jusqu'à son appartement parce que c'était plus rapide que d'attendre l'ascenseur. Ses cuisses le brûlèrent sous l'effort, mais cela le maintenait en forme. Il entra dans son appartement sombre et frais, et déposa son paquet sur la table près de la porte. Il le rangerait lorsqu'il irait dans la salle de bain, mais il se dirigea d'abord vers la cuisine. Les bols du café de ce matin étaient encore dans l'évier. Il fallait qu'il les mette au lave-vaisselle avant de partir afin qu'Anthony ne pense pas qu'il était un véritable porc. Il prépara une cafetière et nettoya la cuisine pendant que le café passait. Quand ce fut fait, il s'en servit une tasse et prit ses cigarettes pour aller sur le balcon. Il aurait voulu comprendre ce qui l'intriguait chez Anthony. Le sexe avait été fantastique et Anthony avait accepté de passer la nuit chez lui, ce qui le distinguait de la plupart des hommes avec qui Paul finissait la soirée, mais cela n'expliquait pas le fait que l'Américain avait été dans ses pensées tout au long la journée.

Cela avait peut-être quelque chose à voir avec le très léger accent qu'il avait, quoique pour être honnête, s'il ne l'avait pas entendu parler anglais avec sa patronne, il ne l'aurait probablement pas remarqué. Bien sûr, la mâchoire carrée, les cheveux blonds et les yeux bleus ne gâchaient rien non plus. Il n'était pas le plus bel homme avec qui Paul avait couché, mais il n'était pas en reste en ce qui concernait son apparence. Il avait été si honnête dans ses réactions, si agréablement avide de tout ce que Paul choisissait de faire pour lui. Et puis ce matin, il l'avait écouté parler et avait répondu honnêtement quand Paul l'avait questionné sur sa carrière et ses intérêts. C'était la véritable différence. Anthony aurait pu revenir à la maison avec lui uniquement pour le sexe, mais il avait été intéressé par plus que l'acte lui-même. Il avait traité Paul comme une personne, et pas seulement un bon coup.

Peut-être que Florent avait raison. Peut-être qu'il devrait sortir un peu plus et rencontrer des gens autrement que pour le sexe, si une simple conversation était suffisante pour qu'il s'accroche à un homme qui quittait la ville dans quatre jours.

Il finit sa cigarette et avala son café. Il penserait à tout ça plus tard. Pour le moment, il avait quatre jours à passer avec Anthony. Il n'allait pas les gâcher avec des 'et si'. Il prit un bain et se lava soigneusement avant d'enfiler des vêtements propres. Hier soir, Anthony s'était douché avant de venir au restaurant. Paul voulait être prêt s'il faisait la même chose ce soir. Et s'il ne le faisait pas... la baignoire était suffisamment grande pour les contenir tous les deux si cela ne les dérangeait pas de se serrer un peu.

V

À 19 heures 30, Paul était déjà débordé, les seules tables encore vacantes étant celles avec un panneau 'Réservé' dessus. Même son père aidait à servir, chose qu'il ne faisait que très rarement dernièrement. Beaucoup de clients étaient des habitués – Arnaud et son équipe qui fêtaient leur victoire sur le terrain de rugby ; Éric et Emmanuel qui venaient dîner avant de sortir en boîte ; Marc, qui vivait en bas de la rue, et les collègues qu'il avait convaincus de sortir avec lui – mais au moins la moitié des tables étaient remplies par des visages que Paul ne connaissait pas.

Il endossa son comportement le plus professionnel et essaya de prétendre qu'il ne surveillait pas la porte pour l'arrivée d'Anthony alors qu'il servait des boissons et apportait entrées et plats. Il ne voulait pas que son père lui demande pourquoi il était tellement distrait. C'était samedi soir. Ils ne pouvaient pas se permettre de distractions.

Anthony et sa patronne arrivèrent à 20 heures 30 précise, et cette fois-ci, Anthony portait toujours son costume, mais il avait desserré sa cravate. Son père les conduisit à leur table dans la section de Paul, et ce dernier eut l'eau à la bouche alors qu'Anthony se débarrassait de sa veste avant de s'asseoir. Il aurait de la chance s'il ne se jetait pas sur l'Américain avant qu'ils soient de retour chez lui.

Il attrapa une bouteille de Badoit et se dirigea vers la table dès que son père les laissa.

— Paul, dit Anthony avec un sourire alors qu'il approchait.

— Vous avez apporté de l'eau pétillante, s'exclama en anglais la patronne d'Anthony avant que Paul puisse répondre. Vous êtes mon nouveau serveur préféré.

Paul rit avec Anthony tandis qu'il versait l'eau dans leurs verres.

— Bienvenue à nouveau, dit-il, s'adressant lui aussi en anglais à la femme.

Elle était au courant à leur sujet, mais il devait sauver les apparences.

— Un kir royal à nouveau ce soir, madame ?

— Oui, s'il vous plaît. Et appelez-moi Patricia. Étant donné que vous connaissez très bien Anthony, il n'y a aucune raison de s'en tenir aux formalités d'usage.

Les joues de Paul s'enflammèrent. Elle avait encouragé Anthony à rester avec lui la veille, et elle lui avait dit qu'il pouvait être en retard le lendemain matin afin qu'il puisse profiter de sa nuit, mais l'entendre en parler était inattendu.

— Bien sûr, Patricia. Anthony, que veux-tu ?

— Juste un kir, répondit Anthony. Je ne veux pas de bulles.

— Je vous apporte vos apéritifs pendant que vous regardez le menu et décidez de vos entrées.

Paul battit rapidement en retraite, beaucoup plus troublé par l'échange qu'il aurait dû l'être. Pourquoi ce que savait ou pensait savoir Patricia avait-il de l'importance ? Il avait parlé d'Anthony à Florent ce matin, et d'après ce que lui avait dit Anthony, Patricia était autant une amie qu'une patronne. Anthony n'avait aucune raison de lui cacher ses activités pour la soirée, et Paul n'avait pas le droit d'attendre qu'il le fasse. Et pourtant, il avait l'impression que c'était comme si son père le découvrait. Il prit une profonde inspiration et se rendit au bar afin de préparer leurs boissons. Il n'était pas vraiment barman, mais il pouvait faire des choses simples comme des kirs.

Il posa les boissons sur le bar et vérifia ses autres tables, mais tout le monde était en train de manger. Il s'éloignerait après avoir pris la commande de Patricia et d'Anthony et s'être assuré qu'ils n'avaient besoin de rien, mais il pouvait d'abord satisfaire un peu son besoin d'être près de l'Américain.

Il déposa leurs boissons sur la table avec panache, gagnant un sourire de la part d'Anthony et un éclat de rire ravi de Patricia. Le son détendit quelque chose en lui. Qu'importe ce qu'elle savait, cela ne la dérangeait pas.

— Avant de vous décider sur quoi que ce soit, le plat du jour de ce soir est une sole au beurre de citron et câpres. Il ne me reste que six portions, alors si vous en voulez, dites-le-moi vite.

— Oui, s'il vous plaît, lui répondit immédiatement Patricia.

— Ça m'a l'air appétissant, acquiesça Anthony. Mets-en deux.

— Et une bouteille de vin, ajouta Patricia.

— Que nous recommandes-tu ? demanda Anthony en français. Tu nous as fait une très bonne suggestion hier soir.

Paul examina la carte des vins pendant un moment. Ils avaient de bons vins dans une variété de gammes de prix, mais il ne pensait pas que Patricia ou Anthony cherchaient à impressionner quelqu'un avec une bouteille couteuse.

— Nous avons un bon Chablis ou un Saint-Véran qui est peu plus rond en bouche. Les deux iraient très bien avec le poisson de ce soir.

— Le Saint-Véran, dit Anthony. Nous pouvons nous procurer du Chablis aux États-Unis, mais le Saint-Véran est plus difficile à trouver.

Paul réfléchit un instant à ce qu'il ressentirait s'il ne pouvait pas avoir accès à ses vins préférés, avant de décider qu'il ne voulait même pas y penser.

— Il te faudra revenir en France pour y goûter à nouveau.

— Le vin n'est pas la seule chose qui vaut la peine d'être goûté à nouveau, dit Anthony avec un doux sourire, et Paul fut reconnaissant que Patricia ne parle pas français.

— Gardez le flirt pour après l'apparition de la nourriture. Je meurs de faim, déclara Patricia en anglais.

Le visage d'Anthony prit une teinte rouge vif jusqu'à la racine de ses cheveux blonds. Au moins, Paul n'était pas le seul à être embarrassé.

— Voulez-vous une entrée ou juste la sole ?

— Tu as dit que tu voulais goûter les escargots durant notre séjour, dit Anthony à Patricia. Ils en ont sur le menu.

— Six ou douze ? demanda Paul.

— Douze, répondit Patricia. Je vous ai dit que je mourrais de faim.

— Douze escargots, deux soles, et une bouteille de Saint-Véran, dit Paul. Je vous apporte ça le plus vite possible.

Il passa la commande à Nicolas et alla vérifier ses autres tables.

— C'est ton nouveau mec ? demanda Florent lorsque Paul revint au bar afin de prendre le Saint-Véran pour Patricia et Anthony.

— Je ne l'appellerais pas mon 'mec' alors qu'il n'est ici que jusqu'à mercredi, mais oui, c'est Anthony. Oh, ce qui me rappelle... Tu veux bien échanger nos jours de congé cette semaine afin que je puisse passer la journée de mardi avec lui, avant qu'il s'en aille ?

Florent fronça les sourcils.

— Tu es sûr que c'est une bonne idée ? Pas d'échanger nos jours, cela m'est complètement égal. Je parle du fait de passer autant de temps avec lui quand tu sais que rien n'en résultera.

Paul haussa les épaules.

— Je l'aime bien. J'aime passer du temps avec lui. Je sais que cela n'aboutira à rien, mais il n'y a pas de mal à passer du temps ensemble tant qu'il est ici. Il me fait me sentir bien, d'accord ?

— D'accord, répondit Florent. Je dirai à papa que tu as accepté d'échanger avec moi. Comme ça, il ne te harcèlera pas pour savoir pourquoi tu as besoin d'un jour de congé différent cette semaine.

— Merci, dit Paul.

Il attrapa la bouteille, vérifia qu'il avait un tire-bouchon, et prit deux verres sur l'étagère.

— À charge de revanche.

Il apporta tout à la table et déboucha le vin afin qu'Anthony le goûte. S'il mania le tire-bouchon avec un peu plus d'emphase que d'habitude, Florent n'était pas là pour le voir et le taquiner à ce sujet, et cela fit sourire Anthony.

Ce dernier prit une gorgée de vin, dardant sa langue pour lécher les gouttelettes s'attardant sur ses lèvres, et Paul dut détourner le regard avant de se rendre ridicule. Le jean qu'il portait n'était pas serré, mais s'il avait une érection, ce serait visible, et étant donné qu'il était debout tandis qu'Anthony était assis, cela mettrait le renflement au niveau de ses yeux. Il fallait qu'il arrête de penser à ces choses, parce que le niveau des yeux n'était pas très loin de la bouche et...

— Le vin est parfait. Merci pour ta recommandation.

Les mots prosaïques d'Anthony étaient tellement en contradiction avec les pensées lubriques de Paul qu'il dut cligner des yeux plusieurs fois afin de se recentrer sur le présent. Merde, il était mordu. Florent avait peut-être raison de s'inquiéter, après tout.

— Je t'en prie, dit-il. Je vais voir où en sont les escargots. Ils devraient être bientôt prêts.

Il fuit la table avant de se rendre ridicule, en espérant qu'il n'avait pas gâché ses chances pour le reste de la soirée. Il n'arrivait pas à se rappeler la dernière fois qu'un simple flirt l'avait autant troublé.

Mais c'était la différence, n'est-ce pas ? Même si Anthony partait dans quelques jours, leur conversation ce matin-là avait transporté tout ça

41

hors du domaine de ses simples flirts habituels. Il avait rarement l'occasion de connaître au-delà de l'aspect physique les hommes dans son lit. Dans certains cas, ils n'étaient pas intéressés. Dans d'autres, c'était lui qui ne l'était pas, mais d'une façon ou d'une autre, il les regardait partir sans se poser de questions. Anthony avait été intéressé et intéressant. S'il avait vécu à Paris, ils auraient pu être amis. Des amis avec des avantages, mais des amis tout de même. Et parce qu'il ne vivait pas ici, Anthony n'aurait pas le temps de se lasser de l'emploi du temps de Paul et de le quitter. Il partirait de toute façon, Paul pouvait se détendre et profiter de la camaraderie et du sexe tant que cela durerait sans se soucier de savoir quand le couperet tomberait.

Romain plaçait les escargots dans l'assiette lorsque Paul entra dans la cuisine, lui donnant une excuse pour éviter Anthony pendant quelques minutes. Il plaqua son plus beau sourire sur son visage, repoussa les craintes qu'il n'arrivait pas tout à fait à faire disparaître, et apporta l'assiette à leur table.

— Ne pars pas tout de suite, dit Anthony alors que Paul déposait l'assiette entre eux. Tu devrais attendre que Patricia goûte sa première bouchée.

Paul hésita, mais aucune de ses autres tables n'avait besoin de lui et Anthony le regardait avec espoir, alors il sourit à Patricia et attendit alors qu'elle prenait un des escargots du petit bac rempli de beurre à l'ail. Il pouvait voir la vapeur s'en échapper alors qu'elle le portait à la bouche et soufflait dessus. Décidant enfin qu'il était suffisamment refroidi, elle le glissa dans sa bouche. L'expression enchantée sur son visage valait tout l'inconfort qu'il avait pu ressentir. Il sourit pour de vrai et se tourna vers Anthony.

— À ton tour.

— J'ai déjà mangé des escargots.

— Pas les nôtres, répondit Paul.

Anthony eut l'air sceptique, mais il prit un escargot et souffla dessus. Cette fois, Paul refusa de laisser son esprit vagabonder sur les chemins du fantasme. Il voulait voir le visage d'Anthony quand il y goûterait finalement. Au moment où il mit l'escargot dans sa bouche, ses yeux se fermèrent et une expression de pur bonheur passa sur son visage alors qu'il mâchait. Paul avait bien l'intention de mettre à nouveau cette expression sur le visage de l'Américain avant que la nuit se termine, mais pour le moment, il se contenta simplement d'apprécier la vue.

— J'admets mon erreur, déclara Anthony. Ceux-ci sont incroyables.

Paul sourit.

— La prochaine fois, tu m'écouteras.

Les yeux d'Anthony s'assombrirent.

— Où tu veux, quand tu veux.

Putain.

Il avait besoin d'embrasser cette expression sur le visage de Anthony – ou bien l'embrasser jusqu'à ce que ses pupilles soient tellement dilatées que le bleu ne se verrait plus du tout. L'un ou l'autre lui convenait.

— Je te laisse profiter de ton entrée, dit-il, sa voix semblant étranglée à ses propres oreilles.

Une de ses autres tables attira son attention et il se laissa entraîner dans une conversation avec ses clients. Ce n'étaient pas des habitués, alors ils ne connaissaient pas son comportement habituel et ne le taquinèrent pas au sujet de sa distraction, comme certains de leurs clients l'auraient fait. Ce qui était une petite bénédiction en soi.

Il avait envie d'une cigarette, mais tous les plats seraient bientôt prêts à être servis. Il parvenait à en fumer une la plupart des soirs, mais plus tard, quand les choses se calmaient et que tout le monde était installé avec sa nourriture. Ce n'était alors pas un problème pour Florent de le couvrir pendant quelques minutes et pour lui de s'occuper des tables de Florent à son tour. Il allait devoir prendre sur lui jusqu'à ce qu'il puisse sortir sans mettre de pression sur quiconque.

Les trente minutes suivantes passèrent à toute vitesse à servir les plats, que ce soit à ses tables ou pour aider celles de Florent où il y avait beaucoup de convives. Il rit et plaisanta avec les habitués, applaudit avec l'équipe d'Arnaud leur victoire et compatit avec Éric sur sa mauvaise semaine au bureau. Au moins, être occupé l'empêchait de s'attarder sur Anthony et ce qui pourrait se passer lorsqu'ils arriveraient à son appartement ce soir.

Enfin, tous les plats furent servis et personne n'était encore prêt pour le dessert, et il eut donc une chance de respirer. Il vérifia le bar par habitude pour constater qu'ils allaient manquer de bouteilles pour certains vins. Il descendit l'escalier qui menait à la cave à vin afin d'en prendre quelques-unes pour remplir leur stock. Il rencontra Anthony dans le couloir étroit qui conduisait d'abord aux toilettes, puis à la cave à vin, alors qu'il en sortait, les mains pleines.

Anthony l'observa lentement de haut en bas, le déshabillant du regard. Puis, il lui sourit et se pencha par-dessus la boîte que Paul tenait dans ses bras pour l'embrasser, à coups de dents, de langue, de désir, de…

— Je vais lâcher les bouteilles et cela rameutera tout le monde, haleta-t-il.

— Alors, pose-les, dit Anthony. Je peux patienter jusque-là.

Merde. Anthony allait le tuer.

— J'ai une meilleure idée. Laisse-moi les remonter et dire à Florent que je prends une pause…

Il laissa le reste de sa suggestion en suspens, mais les yeux d'Anthony s'élargirent alors qu'il entrait dans les toilettes.

— La dernière porte.

Paul déglutit et remonta l'escalier en courant. Il déposa la boîte derrière le bar et appela Florent.

— Je prends ma pause, dit-il dès que son frère fut en vue.

Florent lui fit signe de la main avec un grand sourire. Paul espéra que ce n'était que Florent étant lui-même et non parce qu'il soupçonnait quelque chose, mais il ne s'en souciait pas suffisamment pour s'en assurer. Il se força à descendre les marches comme s'il n'était pas pressé. Non pas que quelqu'un puisse trouver bizarre de le voir dévaler les marches, puisqu'il le faisait régulièrement, mais il ne voulait pas donner une raison à qui que ce soit de se demander pourquoi il courait quand il était en pause.

Il entra dans les toilettes et vérifia rapidement la pièce. La zone des lavabos était vide et trois des quatre portes de toilettes individuelles étaient entrouvertes. La quatrième – la dernière – était fermée, mais pas verrouillée. Son pouls battait à ses oreilles alors qu'il frappait doucement à la porte avant de l'ouvrir. Anthony tendit le bras pour attraper sa chemise et le tira à l'intérieur, non pas que Paul essaya de résister.

Paul tendit le bras derrière lui et verrouilla la porte de sorte que le signe 'occupé' se voit de l'extérieur. Puis il poussa Anthony contre le mur et prit sa bouche avec tout le désir qui couvait en lui depuis que l'Américain était entré en portant encore son costume et sa cravate. Anthony le rejoignit avec un empressement similaire, ouvrant ses lèvres sous l'attaque amoureuse de Paul. Ce dernier plongea aussi profondément qu'il le put, recherchant le goût du vin sur la langue de son amant.

Anthony aspira la langue de Paul, le faisant se demander ce qu'il ressentirait si la bouche d'Anthony se trouvait ailleurs. Pas ici – ils ne disposaient pas du temps ou de l'espace pour cela – mais plus tard ce soir.

Ou demain. Ou le mardi, quand ils auraient toute la journée ensemble. Ils pourraient en passer une partie dans son lit.

Il glissa une main entre eux et la frotta sur l'avant du pantalon d'Anthony, y trouvant un renflement similaire au sien. Il y referma les doigts et savoura la façon dont son compagnon haleta dans sa bouche.

— Chut, l'avertit-il. Il pourrait y avoir des gens à l'extérieur.

— Tu mets ta main sur ma queue et tu veux que je sois silencieux ? demanda Anthony. Ça n'arrivera pas. Il va falloir que tu continues à m'embrasser afin que personne n'entende les bruits que je fais.

Paul pouvait le faire. Il pouvait absolument le faire. Il captura à nouveau la bouche d'Anthony alors qu'il tirait sur la fermeture éclair de son pantalon et glissait une main à l'intérieur. Anthony gémit dans le baiser, le son excitant Paul. Il fit sauter le bouton et repoussa le pantalon et le caleçon de son amant. Ils devaient être suffisamment présentables pour remonter dans la salle lorsqu'ils auraient fini, et il ne voulait pas avoir à expliquer à son père la présence d'une tache humide sur le devant de son jean.

Il inclina son corps pour ne pas frotter son jean contre la peau nue d'Anthony et rompit le baiser assez longtemps pour admirer l'image de pure débauche qu'incarnait son compagnon alors qu'il se tenait là, contre le mur, la poitrine haletante sous sa chemise blanche. Un soupçon de poils dépassait du col ouvert et de la cravate desserrée, et le sexe d'Anthony, déjà dur et rouge, sortait des pans de sa chemise, son pantalon et son caleçon repoussés autour de ses cuisses. Paul envisagea brièvement de tomber à genoux. Cela permettrait de résoudre la question d'une éventuelle tache, mais même si le service de nettoyage avait lavé les sols ce matin, il ne pensait pas qu'ils puissent encore être propres douze heures plus tard. Il devrait se contenter de sa main.

Il taquina la pointe de l'érection d'Anthony avec un doigt pendant un moment, mais le temps de sa pause était compté. Même s'il désirait plus que tout prendre son temps et profiter de chaque seconde afin de faire exploser son amant, il lui faudrait garder ça pour plus tard. Anthony se cabra sous la caresse, le pressant de continuer. Paul referma son poing autour de la hampe rigide et le masturba. Anthony grogna, rappelant à Paul l'éventualité d'un public. Il avala le son suivant avec sa bouche alors qu'il instaurait un rythme conçu pour envoyer Anthony par-dessus bord aussi vite que possible. Rapidement, sa main devint glissante avec le liquide qui jaillissait de la pointe à chaque passage, juste assez pour en faciliter les va-et-vient. Ils n'avaient pas un temps illimité, mais ils pouvaient se permettre d'en prendre un peu pour les préliminaires.

Anthony batailla avec le bouton du jean de Paul, rompant le baiser pour jurer sèchement lorsqu'il n'arriva pas à le défaire.

— Baisse ton pantalon, lui ordonna-t-il. Nous n'allons pas avoir une répétition de la nuit dernière. Je vais te faire jouir cette fois.

Paul ouvrit brutalement son jean et le poussa vers le bas afin de donner le libre accès à Anthony. La chaleur de la paume de l'Américain l'électrifia alors qu'il se pressait dans la caresse audacieuse. Anthony avait été un passif tellement avide la nuit dernière que Paul ne s'était pas attendu à ce qu'il prenne autant l'initiative maintenant. Il n'aurait jamais dû faire une telle supposition. Il accorda ses mouvements au rythme de la main de son amant afin qu'ils se caressent l'un l'autre en tandem. Anthony gémit presque constamment dans leur baiser. Paul se souvenait de ces bruits la nuit précédente et souhaita pouvoir les entendre plus clairement aujourd'hui, mais le bruit d'une chasse d'eau lui rappela où ils étaient et combien ils pouvaient facilement se faire prendre en flagrant délit. Il ne voulait pas savoir ce que son père dirait à ce sujet s'ils étaient surpris, alors il ravala tous les délicieux sons et se consola avec le fait qu'il n'aurait pas à les étouffer plus tard, lorsqu'ils seraient de retour dans son appartement.

Un rire retentit dans la zone extérieure des toilettes et Anthony se figea sous la main de Paul. Ce dernier rompit leur baiser pour enfouir son nez contre l'oreille de l'Américain sans arrêter une seconde sa caresse.

— Ne fais pas de bruit, lui dit-il avant de lui mordiller le lobe de l'oreille. Pas un bruit. Ils sont pris dans ce qu'ils ont trouvé drôle. Ils ne trouveront rien de bizarre à une porte fermée si l'on ne leur donne aucune raison de le faire.

Anthony tremblait sous son contact, se mordant violemment la lèvre inférieure pour faire taire sa réaction aux paroles de Paul et à sa caresse continue. Ce dernier fit glisser son pouce sur ses lèvres, apaisant la chair maltraitée. Anthony gémit doucement et aspira son pouce dans sa bouche. Paul retint un gémissement et s'activa plus rapidement sur le sexe de son compagnon.

— Jouis pour moi, lui dit-il. Je n'ai pas eu la chance de voir ton visage la nuit dernière.

— Je ne peux pas, dit Anthony d'une voix rauque. Ils vont entendre.

— Ils vont être jaloux, répondit Paul. Jouis pour moi.

Il revendiqua la bouche d'Anthony dans un autre baiser torride. Il voulait voir son visage, mais il voulait encore plus qu'il soit suffisamment détendu pour jouir, et cela ne se produirait pas s'il s'inquiétait d'être entendu. On tira une autre chasse d'eau, suivi par le bruit de l'eau dans le lavabo puis de pas s'éloignant dans l'escalier. Presque immédiatement, la tension dans les épaules d'Anthony se relâcha et il bougea plus facilement dans la main de Paul. Ce dernier approfondit leur baiser et accéléra le mouvement de son poing. Anthony convulsa sous la caresse et il se répandit dans la main et sur la hanche de Paul, qui maintint une emprise ferme et des va-et-vient rapides jusqu'à ce que son amant s'affaisse complètement sous lui. Il adoucit alors la caresse jusqu'à se contenter de simplement tenir Anthony dans sa main.

— Tu m'as fait jouir en premier, encore une fois, marmonna Anthony.

— Ce n'est pas une question de 'premier' ou 'dernier', dit Paul. J'aime te donner du plaisir.

Anthony ne parut pas convaincu.

— Peut-être bien, mais maintenant, c'est mon tour.

Paul lui sourit et s'appuya contre le mur, les bras écartés.

— Fais ce que tu peux.

Anthony lui rendit son sourire.

— Et si je faisais de mon mieux à la place ?

VI

PAUL AIMAIT le sexe. Il aimait tout à ce sujet – la forme du corps d'un amant, l'odeur de musc, les sons d'anticipation et de jouissance, la sensation de la peau contre la peau, le goût du corps d'un autre homme, l'intimité du moment, même éphémère. Il aimait particulièrement donner du plaisir à son partenaire. Alors qu'il se tenait contre le mur des toilettes, le jean autour des genoux et le sexe suffisamment dur pour enfoncer des clous, il se dit que laisser son partenaire prendre également soin de lui cette fois ne serait pas si mal après tout. Anthony le prit dans une poigne ferme et se pencha pour l'embrasser. Paul céda le contrôle et il s'autorisa à simplement ressentir. Pas de pression, pas d'attente, seulement la chaleur de la peau d'Anthony contre la sienne. Ce dernier ne pouvait guère lui reprocher d'être égoïste alors qu'il avait déjà joui.

Anthony établit un rythme rapide, lui coupant le souffle. Il se poussa dans le canal formé par le poing de l'Américain, le baisant de la façon dont le temps et l'espace ne lui permettaient pas de le faire réellement. Ils auraient tout le temps pour ça plus tard. Pour l'instant, il cherchait sa jouissance, la pourchassant avec la même détermination qu'il avait exercée pour obtenir celle d'Anthony un peu plus tôt. Le froid des carreaux du mur mordait ses fesses quand il basculait pour se pousser à nouveau vers l'avant, une rafale de sensation forte en contrepoint de la chaleur qui consumait le reste de son corps. Chaque muscle de son corps se contracta alors qu'il se précipitait vers sa jouissance. Il gémit dans le baiser et attira Anthony contre lui, souhaitant ressentir la pression de son corps. Ce dernier se décala vers la gauche de Paul, se blottissant le long de son côté.

— Maintenant, c'est mon tour, murmura-t-il à l'oreille de Paul. Je veux voir ton visage cette fois.

La chair de poule fleurit tout le long des bras de Paul, sous les manches de sa chemise, et picota son estomac. Il frissonna sous la force de la sensation, ayant besoin de plus, d'une manière qu'il ne comprenait pas et ne pouvait pas expliquer. Il rejeta la tête en arrière et se mordit les lèvres pour étouffer le cri qui remontait de sa gorge. Anthony le prit par la nuque et l'attira dans un baiser profond, remplissant sa bouche avec sa langue. L'Américain fouilla dans tous les coins et recoins, lui donnant le sentiment d'être consciencieusement revendiqué.

Il haleta dans le baiser alors que son orgasme le frappait. Sa vision blanchit et même respirer sembla être trop difficile. Il reposa contre le mur pendant un long moment, prit entre sa fraîcheur et la chaleur du corps d'Anthony.

— Putain, dit-il lorsqu'il put rassembler assez de cohérence pour faire fonctionner sa bouche. Peut-être que je devrais te laisser prendre le contrôle tout le temps.

— Où serait le plaisir là-dedans ? répondit Anthony avant de l'embrasser à nouveau. Mais nous le ferons à tour de rôle.

Paul était plus qu'impatient que le restaurant ferme.

— Nous devrions remonter, dit-il avec regret. Je n'ai qu'une pause de quinze minutes, et après ce qui vient de se passer, j'ai besoin d'une cigarette.

Anthony sourit et prit une poignée de papier de toilette pour nettoyer sa main et le sexe de Paul.

— Vas-y. Je nettoierai lorsque tu auras terminé et je remonterai dans quelques minutes afin que ton père ne se doute de rien.

— Qu'en est-il de Patricia ? demanda Paul alors qu'il remontait la fermeture éclair de son jean et rentrait sa chemise.

Anthony haussa les épaules.

— Je ne travaille pas en ce moment. Elle me taquinera peut-être, mais elle l'a déjà fait toute la journée de toute façon.

Les joues de Paul s'échauffèrent à la pensée qu'elle saurait – ou devinerait – ce qu'ils avaient fait, mais il ne pouvait pas se résoudre à regretter de s'être faufilé dans les toilettes avec Anthony. Il ne leur restait que trois jours. Il ne voulait pas perdre une seule seconde du temps qu'ils avaient ensemble. Il donna un rapide baiser à Anthony qui s'attarda malgré sa conscience du temps qui s'écoulait. S'arrachant de ses lèvres, il ouvrit la porte et se glissa dehors. Il se lava soigneusement les mains et regarda sa montre. La cigarette devrait attendre. Il avait passé toute sa pause avec Anthony.

Paul vérifia ses tables, parlant à tous les habitués et les amis de son père, même s'ils n'étaient pas dans sa section, débarrassant les plats, prenant les commandes de dessert, tout ce dont ils avaient besoin. Cela ne fit rien pour diminuer son envie de fumer une cigarette ou la promesse dans les mots d'Anthony, mais cela l'aida à passer le temps.

— Paul, appela son père. Apporte ça sur la terrasse, la dernière table.

Paul grimaça. Il avait évité la terrasse, sachant pertinemment que la fumée ne ferait qu'aggraver son désir de cigarette, mais il pouvait difficilement expliquer son envie à son père alors qu'il revenait d'une pause qui était censée être une pause cigarette. Il saisit le plateau plein de desserts et le porta à l'extérieur. Les lampes chauffantes fournissaient de la lumière ainsi que de la chaleur dans le froid de la nuit parisienne. Heureusement pour les clients assis à l'extérieur, l'air était calme, pas de vent venant chasser la chaleur, mais cela signifiait que la fumée était omniprésente sur la terrasse.

Paul sourit et prétendit que ses mains ne tremblaient pas alors qu'il passait les plats. Il s'était tourné afin de rentrer à l'intérieur quand un client de l'autre côté de la terrasse leva les yeux et lui fit un signe de la main.

— Paul, comment vas-tu ?

Le sourire de Paul sembla fragile alors qu'il traversait les planches de bois vers l'autre côté de la terrasse.

— Ludovic, je ne t'ai pas vu depuis un moment. Qu'est-ce que tu deviens ?

— Ça va. J'espérais te voir ce soir, mais tu es resté à l'intérieur toute la soirée.

Une vrille de fumée s'élevait de la cigarette entre ses doigts.

— C'est au tour de Florent de s'occuper de la terrasse, dit-il automatiquement. Mais je serais venu te saluer si j'avais su que tu étais là.

Le sourire de Ludovic s'élargit, le faisant jurer silencieusement. Il n'avait pas eu l'intention de l'encourager. Ils s'étaient fréquentés quelques mois auparavant. Cela avait été amusant, mais rien n'en était ressorti. Aucun d'eux n'avait désiré autre chose, ou du moins, c'était ce qu'il avait pensé.

Les narines de Paul se dilatèrent lorsque Ludovic prit une bouffée de sa cigarette et expira dans un panache de fumée. Ludovic sourit avec sympathie et lui offrit la cigarette. Il aurait dû dire non. Il ne devrait pas encourager Ludovic, mais il avait besoin d'une bouffée. Il prit le mégot et inspira profondément.

— Merci. J'en avais besoin.

— Y a-t-il autre chose dont tu aurais besoin ce soir ? demanda Ludovic en le reluquant.

Un autre soir, Paul aurait dit oui sans hésiter. Il n'avait jamais refusé une séance de sexe quand on lui en proposait une, mais ce soir était différent.

— Pas ce soir. J'ai déjà des plans. Désolé.

Ludovic haussa les épaules.

— C'est ce que je récolte pour n'être pas venu te trouver dès que je suis arrivé. Je le saurai pour la prochaine fois.

Anthony partait dans trois jours, et il avait apprécié les quelques nuits que Ludovic et lui avaient passées ensemble.

— Le week-end prochain ? Si tu es libre, bien sûr.

— Tu planifies ? le taquina Ludovic. Je suis honoré.

C'était une mauvaise idée.

— Je dois aller m'occuper de mes tables, mais si tu es libre en fin de semaine prochaine, viens me trouver et nous verrons comment les choses se passent.

Il s'échappa à l'intérieur avant que Ludovic puisse répondre.

Lorsqu'il retourna dans la cuisine, Romain avait préparé les desserts pour deux de ses tables. Il les servit et alla voir Anthony. Avec un peu de chance, suffisamment de temps s'était écoulé pour que Patricia en ait fini avec ses taquineries.

Le sourire d'Anthony était si lumineux alors qu'il s'approchait que Paul se sentit encore plus coupable de l'échange qu'il avait eu avec Ludovic sur la terrasse. Il n'avait rien fait de mal. Anthony et lui ne sortaient pas ensemble. Ce n'était pas différent des nuits qu'il avait passées avec Ludovic ou tout autre homme avec qui il avait couché récemment. Il repoussa ce sentiment de côté et lui rendit son sourire.

— Avez-vous choisi un dessert ? demanda-t-il en anglais.

— Je croyais qu'Anthony avait déjà eu le sien, dit Patricia avec un sourire narquois. Je vais prendre une crème caramel et une verveine.

— Juste un expresso pour moi, dit Anthony.

Ses joues étaient presque aussi rouges maintenant qu'elles l'avaient été dans les toilettes un peu plus tôt, lorsqu'il avait joui sous les mains de Paul. Cette vue ne fit rien pour l'aider à reprendre son sang-froid.

— Pas de cognac ce soir ? demanda-t-il.

Anthony secoua la tête.

— Je ne veux pas être trop ivre afin de profiter du reste de la nuit, répondit-il en français.

Patricia ne donna aucun signe d'avoir compris cela, au grand soulagement de Paul.

— Cela ne sera certainement pas un problème après l'apéritif en bas, répondit Paul. Elle peut bien appeler ça un dessert, mais pour moi, c'était juste une mise en bouche.

— Laisse-moi d'abord finir mon café. Je verrai ensuite comment je me sens.

Paul hocha la tête et s'éloigna pour passer leur commande. Florent le coinça alors qu'il sortait de la cuisine.

— Je ne t'ai pas vu dans la ruelle pendant ta pause.

— Tu m'espionnes ? demanda Paul.

— J'essaie plutôt de t'éviter des ennuis, répondit Florent. Fais attention à toi, d'accord ? Je n'ai pas envie que papa soit encore en colère contre toi, en particulier au sujet d'un type qui ne sera pas là pour t'aider à le supporter.

— Cela ne serait pas différent de toutes les autres fois où il a été en colère contre moi, dit Paul. Ils ne restent jamais dans les parages, même s'ils vivent à Paris.

Non pas qu'il leur ait jamais demandé, mais là n'était pas la question.

— Parce que tu ne leur donnes jamais la chance de le faire, répliqua Florent. Ou bien tu choisis délibérément ceux que tu sais n'être pas intéressés ou, comme Anthony, qui ne peuvent pas rester. Tu te condamnes toi-même à la solitude, et c'est tout simplement stupide.

C'était une dispute récurrente, et une que Paul redoutait chaque fois qu'elle commençait parce qu'il n'avait pas de réponse que Florent puisse accepter.

— Occupe-toi de tes affaires, dit-il lorsqu'il fut évident que son frère attendait une réponse. Je me débrouille très bien tout seul, sans ton aide.

Il bouscula Florent et alla à nouveau faire un tour dans le restaurant, déposant les additions et encaissant les paiements de la plupart de ses tables. Lorsque cela fut fait, Florent avait déjà servi dessert et café à la table d'Anthony. Paul lui lança un regard noir parce qu'il avait voulu se servir de ce prétexte pour revenir parler à Anthony, mais il savait ce qui s'était passé : son père avait vu le plateau en attente d'être servi et avait certainement envoyé Florent s'en occuper plutôt que de laisser les clients attendre leur commande. Paul allait tout simplement s'assurer que tout était à leur convenance.

— Comment est la crème caramel ? demanda-t-il à Patricia quand il rejoignit leur table.

— Délicieuse, dit Patricia. Très différente de la crème brûlée, plus que ce à quoi je m'attendais, mais tout de même très bonne.

— Les gens ont tendance à les confondre parce qu'elles commencent toutes les deux par le mot 'crème', dit Paul avec un hochement de tête. Mais comme vous l'avez dit, c'est une recette complètement différente.

— C'est une des choses que j'aime dans les voyages, dit Patricia. J'ai l'occasion de goûter toutes sortes de nouveaux plats. J'ai déjà décidé ce que j'allais commander demain soir. À moins que vous ayez encore une spécialité comme ce soir. Je mange beaucoup de poisson, mais celui-là était exceptionnel.

— Nous ne connaitrons pas les spécialités de demain jusqu'à ce que nous voyions ce que nous livrera la ferme dans la matinée. Qu'avez-vous décidé d'essayer demain ?

— Le poulet farci, dit Patricia. J'adore les épinards et les champignons, et ça m'a l'air délicieux.

— C'est un bon choix, répondit Paul. Mais si vous aimez les champignons, vous devriez essayer les cannellonis. Ils sont farcis aux champignons au lieu du fromage. C'est très léger, très frais, et certainement très différent de ce que vous pourrez trouver dans la plupart des restaurants.

— Cela m'a l'air de valoir la peine qu'on y goûte. Il me reste encore demain et lundi. Je dois partir mardi au lieu de rester une journée supplémentaire. Je prendrais le poulet un soir et les cannellonis l'autre soir, et si vous avez une spécialité qui me tente, vous n'aurez qu'à me dire quel plat choisir.

Paul sourit.

— As-tu décidé ce que tu allais prendre demain ? demanda-t-il en français à Anthony.

Les yeux de ce dernier brillèrent.

— La même chose que je vais avoir ce soir, répondit-il. Si je suis à nouveau invité.

— Je pense que tu peux me convaincre, dit Paul.

Patricia termina la dernière bouchée de son dessert et se leva.

— Anthony, tu peux payer l'addition. Je n'ai pas besoin d'attendre pour le faire. Le stand ouvre à dix heures demain. Je te verrai à ce moment-là.

Elle se pencha et l'embrassa sur la joue.

— Prenez bien soin de lui pour moi, dit-elle à Paul alors qu'elle s'en allait.

— Je déteste quand elle fait ça, grommela Anthony.

— Quand elle fait quoi ? demanda Paul.

— Quand elle m'embarrasse délibérément. 'Prenez bien soin de lui pour moi', comme si j'avais besoin d'un ange gardien.

— Je pense que c'est fantastique que tu travailles avec quelqu'un qui se soucie de toi, répliqua Paul. Il n'y a pas beaucoup de gens qui peuvent dire ça.

— Tu travailles avec ta famille.

— En effet, et crois-moi, la seule raison pour laquelle mon frère ne t'a pas dit exactement la même chose, c'est parce qu'il a passé toute la soirée sur mon dos, dit Paul. Ils m'embarrassent continuellement, mais ils ne le font jamais par méchanceté.

— Non, ce n'est pas par méchanceté, convint Anthony. C'est simplement sa façon d'être. La manière dont elle a toujours agi. La plupart du temps, je l'ignore, mais je ne semble pas avoir autant de chance cette fois-ci.

Paul voulait demander pourquoi, mais il s'était déjà trop attardé à la table d'Anthony. Son père n'avait rien dit, mais il se tenait au bar maintenant, ses amis étant partis, et Paul vit le début d'un froncement de sourcils sur son visage.

— Je serai bientôt de retour, promit-il, et il alla vérifier ses autres tables afin que son père se détende et cesse de le fixer.

Il avait fermé trois de ses tables restantes lorsque son père attrapa son bras.

— Ton nouvel ami...

Paul fut tenté de jouer à l'idiot et de lui donner une réponse facile jusqu'à ce que son père choisisse de poser sa question explicitement, mais cela ne changerait rien.

— Anthony et Patricia, dit-il. Ils sont là pour le Salon du Livre. Ils rentrent chez eux mercredi.

— Ont-ils encore prévu de venir dîner ici demain ?

— Je ne leur ai pas demandé, répondit Paul.

Il supposait qu'ils le feraient, basés sur les commentaires de Patricia au sujet de ce qu'elle commanderait la prochaine fois, mais il ne l'avait pas réellement demandé. Il devait le faire, par contre, même si les dimanches étaient généralement assez calmes et qu'ils n'avaient pas besoin de faire une réservation si Anthony ne savait pas ce que Patricia voulait faire.

— Tu devrais. Nous avons deux grandes tablées réservées pour demain soir. S'ils veulent une table, il faut le noter sur le planning ce soir.

— Je vais vérifier auprès d'Anthony et voir s'il connait leurs plans, dit Paul. Il ne me reste que deux tables. Dois-je rester après qu'elles soient débarrassées ?

Habituellement, il s'attardait et aidait à fermer même quand c'était à Florent de le faire, mais avec Anthony qui l'attendait, il ne voulait pas rester plus longtemps que nécessaire.

Son père soupira.

— Non, tu peux partir avec ton ami, mais tu devras venir tôt demain matin pour t'assurer que tout est prêt pour le déjeuner.

Le soupir fut un coup de poing dans son estomac, assez fort pour annihiler l'exaltation des paroles de son père. Il détestait le décevoir, et en dépit de ses tentatives pour être discret, il avait tout de même réussi à le faire.

— Merci, papa. Je ne serais pas en retard demain matin.

— Fais en sorte de ne pas l'être. Je vais à l'étage. Dis à Florent de fermer quand il partira.

Paul vacilla sous la morsure des mots de son père, mais au moins il n'aurait pas à sortir avec Anthony sous son regard désapprobateur. Tu parles d'un briseur d'ambiance.

— Dors bien, papa. Je vais passer le message à Florent.

Il regarda son père jusqu'à ce qu'il disparaisse dans la cuisine, où se trouvait l'escalier menant à l'appartement où il avait grandi. Lorsqu'il fut hors de vue, Paul emporta l'addition à sa dernière table et attrapa en même temps celle d'Anthony.

— Il ne me reste qu'une table et nous pourrons partir. Je n'ai pas besoin de rester jusqu'à la fermeture ce soir. Je dois juste prévenir mon frère quand nous partons.

— Alors je suis content de ne pas avoir commandé un cognac, déclara Anthony avant de vider son expresso. Sinon, nous aurions dû attendre ici que je l'aie terminé.

— Je connais de meilleures façons d'occuper notre temps, dit Paul avec un sourire.

Anthony lui fit un clin d'œil.

— Moi aussi.

VII

LA LUMIÈRE du soleil entrant par la fenêtre sortit Paul de rêves brumeux pour une réalité bien meilleure. Anthony était blotti contre lui dans son lit, comme il l'avait été les quatre derniers matins, chaud, flexible et nu dans ses bras. Il frotta le cou de son amant et inspira l'odeur du sexe et de sueur qui collait à son corps. Anthony s'agita dans ses bras et se pressa contre son érection. Cela serait si facile de tendre le bras et de le persuader de se lancer dans un autre round de sexe. Ils avaient le temps. Aucun d'eux n'avait à travailler, alors rien ne les obligeait à sortir du lit et aller dans des directions différentes aujourd'hui. Même si ses doigts le démangeaient de toucher la peau lisse du sexe d'Anthony, il s'en abstint. C'était son dernier jour à Paris. Ils ne devraient pas le passer au lit. Il traça les creux et les courbes de la poitrine d'Anthony à la place, appréciant la chance de simplement le toucher sans que cela ait besoin de se transformer en quelque chose de plus.

— Quelle heure est-il ? murmura Anthony sans ouvrir les yeux.

— Est-ce important ?

Paul déposa un baiser sur sa mâchoire. Anthony tourna la tête pour rencontrer ses lèvres, et la tentation d'oublier tout le reste et garder l'Américain au lit avec lui toute la journée augmenta.

— Nous ne devons être nulle part aujourd'hui, même si nous ne devrions pas passer ta dernière journée à Paris au lit, se força-t-il à dire.

Anthony roula pour lui faire face et se frotta contre son sexe de manière suggestive.

— Il y a de pires façons de passer la journée.

— Peux-tu penser à de meilleures ? demanda Paul, sa voix paraissant étranglée à ses propres oreilles.

Il avait promis de passer la journée à Paris avec Anthony. La passer au lit ne comptait pas.

— Nous pourrions aller au Louvre ou à la Tour Eiffel ou...

— Rien de touristique, l'interrompit Anthony. J'ai déjà fait tout cela. Je veux faire quelque chose que je ne ferais pas sans un Parisien à mes côtés. Que fais-tu habituellement lors de tes jours de congé ?

Paul rougit et se tortilla inconfortablement sur le lit. Il avait accepté de ne pas avoir de vie en dehors du restaurant, mais cela ne rendait pas le fait de l'admettre moins embarrassant.

— Je passe tout mon temps au restaurant. Mes jours de congé, je nettoie mon appartement, je fais mes courses et je rattrape mon sommeil. Je n'ai pas exactement ce qu'on appelle une vie passionnante.

— Il doit bien y avoir quelque chose que nous pouvons faire, dit Anthony.

— Nous pourrions aller faire une promenade le long de la Seine, suggéra Paul.

Les gens – les Parisiens – passaient leur journée dans Paris tout le temps. Il y avait des choses à faire qui n'impliquaient pas la foule et les monuments. Il devait simplement en trouver une.

— Nous passerions devant un grand nombre de sites touristiques, mais cela nous ferait sortir et pas nécessairement au milieu d'une foule de touristes. Ou nous pourrions aller dans le Marais, le quartier gay, et flâner dans les boutiques.

Anthony secoua la tête.

— Je n'aime pas trop faire les magasins, du moins pour le plaisir.

— Alors le Quartier Latin est probablement à bannir aussi, mais il est censé y avoir quelques petits restaurants très intéressants si nous voulons nous arrêter pour déjeuner, réfléchit Paul.

Cela ne le dérangeait pas de ne pas faire les boutiques. Il n'aimait pas trop ça lui non plus, et il voulait être le centre d'attention d'Anthony plutôt que de le partager avec les commerçants de la ville.

— Que fais-tu de ton temps libre chez toi ?

— Je passe beaucoup de temps à l'extérieur, répondit Anthony. Je n'ai pas de maison, alors il n'y a pas ce genre de travail à faire, mais Winston-Salem est proche de plusieurs parcs nationaux où je peux faire de la randonnée ou du camping.

Paul enregistra le nom de la ville d'Anthony. Il ne la connaissait pas, pas plus que les environs de New York, Chicago et Los Angeles, mais c'était encore un petit détail qu'il pouvait stocker pour quand Anthony serait parti. Il pouvait facilement l'imaginer en randonnée dans les bois. Cela lui correspondait bien.

— Il n'y a pas beaucoup de randonnée à faire à Paris, mais nous pourrions acheter de la charcuterie, une miche de pain, et nous promener dans l'un des parcs. Paris en a de très beaux, loin de ceux que les touristes songeraient à visiter.

— Cela ressemble plus à quelque chose que j'apprécierais, dit Anthony. Simplement un jour passé ensemble à l'extérieur.

Ils pourraient aller jusqu'au bois de Boulogne, mais s'ils restaient dans l'un des parcs de la ville, ils pourraient se promener dans le quartier environnant lorsqu'ils auraient terminé leur pique-nique. Paris avait beaucoup de quartiers résidentiels avec des petites rues intéressantes sans être touristiques. Et s'ils finissaient par passer toute la journée dans le parc, et bien, il n'y avait rien de mal à cela non plus.

— Il y a le jardin du Luxembourg de ce côté de la ville. Il y a un petit parc près de la Tour Eiffel où beaucoup de gens qui travaillent dans les environs vont déjeuner. Ou nous pourrions prendre le métro et aller jusqu'à Montmartre pour rejoindre le Parc Monceau. Si nous faisions cela, nous pourrions nous promener à Montmartre plus tard dans l'après-midi et peut-être nous diriger vers le Sacré-Cœur pour regarder le coucher du soleil. C'est une très belle vue sur la ville, si tu ne l'as jamais fait.

— Je suis déjà allé au Sacré-Cœur, mais jamais au coucher du soleil, dit Anthony.

— Alors c'est ce que nous ferons, décida Paul.

Il gratta les poils collés sur son ventre.

— Après avoir pris un bain.

ILS QUITTÈRENT finalement l'appartement une heure plus tard – la baignoire de Paul n'était pas faite pour deux personnes malgré ce qu'il avait pensé, mais cela n'avait pas empêché Anthony d'y entraîner son compagnon et retarder leur départ pour une séance de sexe langoureux que Paul avait eu l'intention de sauter au profit de la visite de la ville. Presque immédiatement, Paul se débarrassa de la veste légère qu'il avait enfilée contre un éventuel air frais. Le soleil brillait au-dessus d'eux sans qu'aucun nuage n'assombrisse le ciel, et alors que la brise avait encore un soupçon d'hiver, le printemps s'était fermement installé à Paris. Cependant, il ne suggéra pas qu'ils remontent déposer leurs vestes. S'ils devaient passer toute la journée à l'extérieur jusqu'au soir, ils seraient heureux d'avoir la couche supplémentaire de vêtement quand le soleil se coucherait.

Ils achetèrent des pâtisseries à la boutique habituelle de Paul pour les manger dans le Métro sur leur route vers le nord, en direction de Montmartre, où ils changeraient de ligne pour se rendre à la station Monceau. Les pâtisseries les feraient tenir jusqu'à ce qu'ils trouvent une charcuterie ou une épicerie à proximité du parc afin d'acheter la viande et le fromage pour leur pique-nique. Les rames étaient heureusement peu fréquentées, mais Anthony s'assit très près de Paul de toute façon. Ce dernier se dit que quiconque les regarderait, considèrerait qu'ils étaient un couple en vadrouille pour la journée. Il avait peut-être peu d'expérience personnelle avec ce genre de vie – sa dernière tentative de relation avait pris fin à la même époque où sa mère était décédée – mais il avait grandi en voyant la façon dont ses parents se tenaient ensemble. Il savait à quoi cela ressemblait. Il ne l'avait simplement pas voulu pour lui-même depuis que Gilles était parti.

— Quelle journée parfaite ! dit Anthony alors qu'ils grimpaient les escaliers pour rejoindre le niveau de la rue de leur destination. Je ne crois pas avoir déjà été dans Paris un jour comme celui-ci.

— Es-tu déjà venu au printemps ? demanda Paul. Parce que ce n'est pas inhabituel pour cette période de l'année.

— Non, c'était soit en été, quand il faisait chaud et qu'il n'y avait pas un souffle d'air dans toute la ville, soit en hiver quand il faisait froid et gris. Avant que je vienne pour la première fois en été, j'avais l'habitude de plaisanter en disant que les photos sur les cartes postales avec un ciel bleu derrière les monuments étaient des mises en scène, qu'un énorme drap bleu était accroché derrière les bâtiments. Je voyais les bâtiments, mais jamais le bleu du ciel.

— Alors je suis content que nous ayons décidé de passer la journée à l'extérieur, déclara Paul. Tu peux visiter les musées durant les journées froides et pluvieuses d'hiver ou lors de celles d'été brûlant quand il faut que tu t'échappes dans un endroit où il y a l'air conditionné.

— J'ai tenté d'échapper aux deux sortes de temps bien souvent, mais pas aujourd'hui. Viens. Je veux voir le parc.

— Occupons-nous d'abord de trouver de la nourriture. Nous l'emporterons jusqu'à ce que nous soyons prêts à manger, mais sinon, il nous faudra ressortir du parc quand nous aurons faim, suggéra Paul, bien que l'empressement sur le visage d'Anthony lui donne envie de se dépêcher afin d'observer sa réaction lorsqu'il verrait le parc.

Il ne parcourait pas souvent tout ce chemin à travers la ville, mais il avait assisté au mariage d'un cousin, plusieurs années auparavant, et il se souvenait bien des pelouses impeccables et des pierres joliment travaillées des statues. Ils pourraient facilement passer des heures à errer dans le parc, et de cette façon, ils pourraient le faire sans avoir à se soucier de leur repas.

Ils trouvèrent une charcuterie à proximité et firent le plein de jambon et de saucisse en fines tranches, et la boulangerie à côté leur prodigua deux baguettes à partager. Ils retournèrent à l'entrée principale du parc et passèrent le portail en fer forgé décoré de feuilles d'or.

— Même loin du centre-ville, tout est si ornementé, commenta Anthony.

— C'était un parc royal, dit Paul. Un des cousins du roi, je crois. Il faudrait trouver un panneau explicatif. Je ne me souviens pas de tous les détails.

— Ça n'a pas d'importance, déclara Anthony. Ce n'était qu'une observation, rien de plus. Si je veux vraiment savoir, je pourrais faire des recherches plus tard. Je préfère passer la journée à profiter du temps que j'ai avec toi.

Les mots amenèrent un sourire sur le visage de Paul, malgré le rappel que c'était leur dernière journée ensemble. L'avion d'Anthony décollait à dix heures le lendemain matin.

— Moi aussi. Viens, allons nous promener. Il y a quelques paysages étonnants. Le concepteur du parc était très créatif.

Ils s'enfoncèrent dans les jardins, après la piscine qui reflétait les colonnes grecques qui la bordaient d'un côté et le saule au milieu, jusqu'à ce qu'ils trouvent le ruisseau qui coupait le parc. Si sa mémoire était bonne, les arbres grandissaient à l'état sauvage le long de la voie navigable, une zone du parc non apprivoisée. Ils pourraient trouver un banc le long du chemin et s'asseoir à l'ombre du soleil avec l'illusion de plus d'intimité que s'ils s'asseyaient sur la pelouse, à découvert.

Ils avaient presque atteint le pont ancien qui traversait le ruisseau lorsqu'ils trouvèrent un banc qui correspondait à l'image que se faisait Paul de leur après-midi ensemble.

— Qu'est-ce que tu en penses ? demanda-t-il.

— Parfait, répondit Anthony en s'asseyant sur le banc. Est-ce que tu as faim ? Je ne pensais pas l'être, mais je suis brusquement affamé.

— Alors mangeons, dit Paul.

Il déballa le papier autour de la charcuterie qu'ils avaient achetée et coupa un morceau de pain qu'il offrit à Anthony. Ce dernier le prit avec un sourire et attrapa un morceau de prosciutto pour le garnir.

Paul décolla une fine tranche de saucisse et la plia en petit morceau, la fourrant dans sa bouche avec un peu de pain. Ce n'était pas différent des autres fois où il avait mangé sur le pouce un peu de pain et de viande pour un déjeuner rapide, mais d'une certaine façon, cela avait un meilleur goût.

— Je ne sais pas si c'est la compagnie ou l'emplacement, mais je t'assure que ce prosciutto n'est pas aussi bon chez moi, dit Anthony.

Paul se mit à rire.

— Je pensais justement la même chose, alors ce doit être la compagnie.

Anthony tendit la main pour attraper un autre morceau de jambon et lui vola un baiser alors qu'il se penchait.

— Meilleure compagnie que j'ai eue depuis un certain temps. Je ne suis pas du genre à draguer un mec dans un restaurant, mais je suis tellement content d'avoir tenté ma chance avec toi.

Si Paul était la meilleure compagnie qu'Anthony ait eue récemment, alors il ne s'entourait pas des bonnes personnes. Paul n'était pas une bonne prise, mais il n'allait pas gâcher l'ambiance en le disant à son compagnon.

— Je pourrais dire la même chose au sujet de ta compagnie. La plupart des gens n'ont pas la patience de supporter mon emploi du temps pendant très longtemps.

— Ils ne savent pas ce qu'ils perdent, dit Anthony après avoir fini sa bouchée. Mais je ne vais pas me plaindre. S'ils n'étaient pas aussi aveugles, je n'aurais pas eu cette semaine avec toi.

— Tu ne m'as jamais dit comment un type génial comme toi a fini seul assez longtemps pour avoir une aventure à Paris. Si ce n'est pas trop personnel, bien, sûr.

Anthony haussa les épaules, mais se recroquevilla un peu sur lui-même, faisant jurer Paul pour avoir gâché sa bonne humeur.

— J'ai fait l'erreur de tomber amoureux d'un homme qui était toujours accroché à son ex. Lorsque ce dernier a décidé qu'il voulait revenir, je me suis soudain retrouvé d'aucune inutilité. C'était il y a six mois.

— Sa perte, mon gain, dit fermement Paul. Même si ce n'était que pour quelques jours.

— Les meilleurs jours que j'ai eus depuis longtemps, insista Anthony.

C'était certainement exagéré, mais Paul ne le contredit pas. Il l'avait déjà poussé plus que ce à quoi il avait droit compte tenu de la nature éphémère de leur relation.

— À ton tour, dit Anthony. Comment ai-je eu autant de chance ?

— Je te l'ai dit : mon emploi du temps. Les types qui travaillent à des heures normales ne sont pas intéressés par un amant qui ne rentre pas la maison après qu'ils se soient endormis et qui n'est pas réveillé quand ils partent le matin.

— Il n'y a pas que des gens qui travaillent à des heures normales à Paris, j'en suis sûr, le taquina Anthony.

— Peut-être, mais je travaille tous les vendredis et également le samedi, et la plupart des dimanches, car le restaurant est trop bondé pour se passer de moi. Cela ne laisse pas beaucoup de marge possible pour les choses de couple. Ça ne m'a jamais vraiment dérangé. Je ne suis pas fait pour les relations.

Il avait essayé une fois et cela avait été un échec tellement spectaculaire qu'il n'avait pas retenté le coup depuis.

— Le restaurant a-t-il toujours été dans ta famille ? demanda Anthony.

— Mes parents l'ont fondé il y a quarante ans, répondit Paul. Nous vivions à l'étage, et Florent et moi avons grandi dans la cuisine et le bar. À cinq ans, nous lavions les légumes, à dix nous portions les assiettes et nous y avons travaillé après l'école bien avant l'âge légal. C'est le seul travail que j'ai jamais eu et le seul que j'ai jamais voulu. Cela a peut-être commencé comme leur rêve, mais c'est également devenu le mien.

Anthony tendit la main et serra celle de Paul. Quand il voulut la retirer, Paul ne le lâcha pas. Il ne s'était jamais ouvert de cette façon, pas même avec Florent ou son père. Ils savaient qu'il était dévoué au restaurant – ils devaient savoir – mais ce n'était pas quelque chose dont ils parlaient. Cela ne leur avait jamais paru nécessaire.

Anthony se rapprocha afin que leurs cuisses se touchent alors qu'ils étaient assis sur le banc. Le contact apaisa suffisamment Paul pour qu'il relâche sa main afin qu'ils puissent finir leur déjeuner.

Finalement, ils mangèrent toute la charcuterie et le pain. Paul mit les emballages en boule et les glissa dans sa poche arrière. Ils passeraient devant une poubelle à un moment ou un autre, et il pourrait alors les jeter. Pour l'instant, il se contenta de rester assis à côté d'Anthony, à l'ombre des arbres qui les surplombaient, et d'écouter le murmure de la fontaine derrière eux.

— Dois-je vraiment rentrer chez moi ? demanda Anthony. Ne puis-je pas rester ici ?

— Tu ne serais pas le premier qui vient en vacances à Paris et qui n'en repart jamais, répondit Paul, déterminé à garder sa réponse légère en dépit de son désir soudain de lui suggérer de rester.

Il ne pouvait pas s'investir plus qu'il l'avait déjà fait. Même si c'était très agréable à imaginer, Anthony avait un travail et une vie aux États-Unis, et rien qui le retenait en France. Il ne pouvait pas vraiment rester.

— Je pourrais rater mon avion, dit Anthony. Personne n'aura besoin de savoir que c'était intentionnel.

— Cela ne ferait que retarder l'inévitable, répondit Paul. Même si c'est très tentant, tu as des responsabilités.

— Je sais. Ne serait-ce que pour nourrir mes poissons. J'ai seulement payé le service d'aquarium pour qu'il en prenne soin jusqu'à demain.

— Pas ton travail ou ta famille ? C'est de tes poissons que tu t'inquiètes ?

— Mon travail est presque complètement 'transportable', déclara Anthony. Je vais au bureau une fois par mois, tout au plus, et c'est autant pour sortir de chez moi que parce que Patricia et moi devons discuter face à face. Le reste du temps, je travaille à la maison. Ma famille vit dans le Michigan. Je les vois à Noël et c'est tout. Ma mère est trop malade pour voyager et ne sait pas que je suis là, la moitié du temps. Je ne sais pas qui est mon père. Mes poissons, par contre, nécessitent plus d'attention régulière. Les poissons d'eau de mer sont plus capricieux que ceux d'eau douce.

Peut-être qu'Anthony pouvait vraiment tout laisser tomber et déménager à Paris, mais Paul n'allait pas le suggérer. Il ne voulait pas être la raison pour laquelle Anthony se déracinerait de sa vie, pour que finalement tout s'écroule lorsqu'il comprendrait à quel point son emploi du temps était pesant. Cela avait été gérable quand il était en ville pour affaires et devait manger au restaurant tous les soirs. Ce serait une tout autre histoire s'il vivait ici et voulait manger de temps en temps à la maison avec son petit ami. Ses parents avaient fait en sorte que cela fonctionne, mais sa mère avait passé autant de temps dans le restaurant que son père, jusqu'à ce que le cancer la fauche sans poser de question.

— Quel genre de poisson as-tu ? demanda-t-il, parce que cela lui semblait être la chose la plus sûre à dire.

— Je ne sais pas le nom en français, répondit Anthony. Je n'ai jamais eu besoin de le dire auparavant.

Paul se mit à rire.

— Autant nous avons parlé de ton départ, tu parles tellement bien français qu'il est facile d'oublier que ce n'est pas ta langue maternelle.

— J'aime entendre ça, admit Anthony. J'ai travaillé tellement dur l'année où j'ai étudié à Lyon pour arriver au point que personne ne se pose la question de savoir si je comprenais, ou même – idéalement bien sûr – si j'étais français. Je ne pratique plus maintenant, bien que je tente de rendre visite à mes professeurs de français à Wake Forest une ou deux fois par mois, alors je perds toute mon aisance.

— Je ne l'aurais pas su si je ne t'avais pas entendu parler anglais avec Patricia cette première nuit, lui assura Paul.

— Merci, dit Anthony en se penchant de son côté.

Paul passa son bras autour des épaules d'Anthony et se détendit, savourant le fait d'être tout simplement ensemble.

— Et si nous marchions un peu ? demanda Anthony après un certain temps. Je veux voir le reste du parc.

Paul hocha la tête et se leva. Anthony fit de même et glissa sa main dans la sienne. Ils déambulèrent sur le pont et le reste du parc, s'arrêtant ici et là pour admirer le panorama. Les tulipes formaient un éclat de couleur tapageuse contre la pelouse verte, et des fleurs sortaient des bourgeons à feuilles vertes. C'était une journée de printemps parfaite à Paris, et Paul respira profondément, appréciant l'absence de bruit et de pollution dans ce coin isolé du parc. Ailleurs, la ville était pleine de klaxons et d'impuretés, mais pas ici.

Ils se promenèrent pendant une heure ou plus – Paul ne vit pas l'utilité de garder la notion du temps – jusqu'à ce qu'ils atteignent finalement le portail de l'autre côté.

— Nous pouvons faire demi-tour et repartir par où nous sommes venus, ou nous pouvons nous diriger vers Montmartre, dit Paul. As-tu une préférence ?

— Je devrais probablement rapporter quelque chose à ma mère. Même si elle ne se souvient pas que je suis parti ni même pour quelle raison je lui offre un cadeau, je me sentirais mieux si je lui ramenais quelque chose.

— Montmartre est plus célèbre pour ses sex-shops que pour ses objets touristiques, du moins autour de la place Pigalle, mais nous pourrons sans doute trouver quelque chose. Une idée de ce que tu veux ?

— Peut-être une écharpe, répondit Anthony. Elle se plaint toujours qu'elle a froid.

— Nous en trouverons une, lui promit Paul.

Ils quittèrent le parc pour les rues adjacentes. Paul les fit tourner vers le nord-ouest afin qu'ils finissent par se retrouver dans le cœur de Montmartre, mais sans précipitation. Les boutiques touristiques avaient fréquemment des pashminas, mais Paul voulait quelque chose de plus joli pour la mère d'Anthony. Il ne savait pas ce qu'ils trouveraient dans ce quartier, mais s'ils ne voyaient rien qu'ils aiment, il suggèrerait le Monoprix de la rue de Vaugirard. Ce ne serait peut-être pas de la haute couture, mais ce serait beaucoup plus authentique que tout ce qu'ils pourraient acheter dans une boutique touristique.

Ils marchaient à travers les rues du quartier, mais rien ne lui sauta aux yeux comme étant un bon endroit pour trouver ce que Anthony recherchait. Comme ils se rapprochaient de la place Pigalle, les magasins changèrent, devenant les sex-shops qui rendaient le quartier si célèbre.

— Je sais que nous avions dit rien de touristique, mais nous allons devoir passer devant le Moulin Rouge, dit-il. Désolé.

— Nous sommes à Paris, répondit Anthony. Je ne pense pas que l'on peut faire trois pas sans passer devant quelque chose de touristique. La différence est d'y passer devant au lieu d'être dans le quartier spécialement dans ce but. Cela ne me dérange pas.

Ils traversèrent la place Pigalle et commencèrent à monter la colline vers le Sacré-Cœur en empruntant une petite rue loin de l'agitation touristique des artères principales. Anthony murmura quelque chose en anglais que Paul ne comprit pas.

— Tu disais ?

— Oh, rien d'important, dit Anthony. Un souvenir de ma première visite à Paris. J'avais seize ans, j'étais ici avec un groupe de camarades de classe et notre professeur de français. Elle avait peint une image très vivante de ce qu'était la France, avec ses petits commerces, chacun avec sa propre spécialité et fréquenté par les gens du pays, loin des grandes chaînes de magasins qui sont si communes chez moi. Nous avons plaisanté à ce sujet avant d'arriver ici. 'Le boucher, le boulanger et le fabricant de bougies', c'est ce que nous disions toujours lorsqu'elle commençait à en parler. Nous en avions fait une comptine. Puis nous sommes arrivés ici. Alors, probablement pas dans cette rue exactement, mais cela lui ressemblait beaucoup, et tout à coup, ce n'était plus une blague. C'était exactement ce qu'elle nous avait décrit.

Paul s'immobilisa un moment pour regarder autour de lui les petites boutiques qui bordaient les bâtiments de la rue. Un chocolatier, une boulangerie, un café, une crémerie, un magasin de chaussures, un autre café... une rue de quartier parfaitement typique d'après ce qu'il pouvait dire.

— Si c'est ce qu'elle a décrit, je dirais qu'elle vous a donné une image assez précise.

— Elle nous a parlé des monuments, bien sûr. Nous les avons étudiés dans le cadre de nos cours sur l'histoire française. Elle voulait nous apprendre à les reconnaître, savoir quand ils avaient été construits et ce qu'ils représentaient alors et de nos jours, mais elle avait également insisté sur le fait que nous devions voir que la France était plus qu'une collection de bâtiments anciens. C'est une entité vivante qui ne peut être résumée par une quelconque image. Ce sont des monuments et des rues de quartier. C'est le premier arrondissement et la banlieue. Ce sont les grandes villes et les petits villages.

Il s'interrompit brusquement et rougit violemment.

— Désolé. Cela doit avoir l'air vraiment arrogant venant d'un étranger comme moi.

— Non, au contraire, insista Paul. C'est comme je l'ai dit ce premier matin. La plus grande menace pour notre pays, pour tous les pays, en fait, c'est l'apathie. Si plus de gens étaient passionnés par la France comme tu l'es, nous n'aurions pas les problèmes que nous avons maintenant.

Ils marchèrent un peu plus loin et tournèrent au coin d'une rue. Deux magasins plus bas se trouvait une maroquinerie.

— Je parie que nous allons trouver quelque chose pour ta mère là-dedans, dit Paul. Tu devras choisir, par contre. Je ne sais pas ce qu'elle aime.

— À ce stade, elle ne sait même pas ce qu'elle aime non plus, déclara tristement Anthony. Mais oui, je suis sûr que nous trouverons quelque chose qui lui convienne.

Ils parcoururent la sélection de sacs à main en cuir, de portefeuilles et autres objets, jusqu'à ce qu'ils trouvent la section des accessoires. Anthony s'attarda sur les foulards de soie au fond de la boutique, caressant doucement les tissus en regardant les différents modèles.

Anthony hocha la tête d'un air décidé et attrapa le foulard qu'il avait touché en premier puis mis de côté. C'était l'un des plus simples, mais Paul en connaissait suffisamment pour reconnaître la qualité de la soie.

— Il est beau. Il va la garder au chaud en hiver.

Anthony paya pour le foulard avec une telle expression mélancolique sur le visage que Paul enroula son bras autour de sa taille une fois la transaction terminée.

— Viens. Montons jusqu'en haut de la colline. Nous pourrons nous asseoir, regarder le coucher du soleil puis décider ce que nous voulons faire pour le dîner.

Anthony laissa Paul le conduire dans la rue et sur l'espace ouvert en face du Sacré-Cœur. Il s'appuya contre lui lorsqu'ils trouvèrent un endroit pour s'asseoir. Paul supporta son poids et accepta son silence, offrant tout le réconfort qu'il put. Après quelques minutes, Anthony se secoua.

— Je me suis suffisamment apitoyé sur moi-même. Je devrais prendre quelques photos. Patricia voudra savoir ce que nous avons fait aujourd'hui, et si je n'en ai pas la preuve, elle va être persuadée que nous avons passé la journée au lit.

— Va te mettre là-bas, lui dit Paul. Je vais prendre une photo pour qu'elle puisse voir que tu étais bien ici.

Anthony se leva et alla docilement à l'endroit que Paul lui avait désigné. Ce dernier sortit son téléphone et attendit que l'application de l'appareil photo apparaisse. Il prit quelques clichés d'Anthony avec le soleil commençant à se coucher derrière lui, brillant à travers ses cheveux et créant un halo doré. Il se déplaça un peu de côté afin que le soleil ne soit pas directement en face de l'appareil et prit quelques photos de plus.

— Assez, dit Anthony en riant. Je ne suis pas un mannequin à une séance photo.

— De cette façon, tu seras en mesure de choisir celle qui te plaît le plus, déclara Paul. Quel est ton e-mail ? Je vais te les envoyer.

Anthony débita son adresse e-mail tandis que Paul l'entrait dans son téléphone et appuyait sur 'envoi'.

Et si Paul prévoyait de conserver des copies de ces photos pour lui-même, il se dit qu'il avait droit à ses souvenirs lui aussi.

VIII

PAUL ÉTAIT silencieux alors qu'ils quittaient la crêperie près de Saint-Michel. Cela avait été tout ce qu'il pouvait espérer pour une journée passée avec quelqu'un de spécial, et c'était bien là le problème. Malgré toutes les promesses qu'ils avaient faites et le fait de savoir qu'Anthony partait le lendemain matin, il était quand même devenu quelqu'un de spécial. Et maintenant, il leur restait moins de douze heures ensemble avant qu'Anthony prenne un taxi pour se rendre à l'aéroport et rentre chez lui, vers une vie dans laquelle Paul n'avait pas sa place.

Anthony semblait partager son humeur mélancolique, prenant sa main en silence alors qu'ils marchaient vers la station de métro qui les ramènerait à l'appartement de Paul et à leur dernière nuit ensemble. Paul essaya de planifier les heures suivantes de la façon dont il le faisait chaque fois qu'il voulait séduire quelqu'un, mais il ne pouvait pas réduire Anthony à une collection de morceaux attrayants qu'il aimerait explorer. Il ne doutait pas qu'ils finiraient dans son lit à se faire des choses merveilleuses et dévergondées l'un à l'autre, mais ce ne serait pas comme d'habitude. Oh, à première vue, ce serait plus typique que jamais, car Anthony le quitterait au matin sans aucun projet de retour, mais généralement les amants de Paul partaient sans arrière-pensée, exactement de la façon dont ils le voulaient tous les deux. Mais Paul ne voulait pas renvoyer Anthony.

Ils trouvèrent des sièges libres dans la rame, se pressant ensemble sur le banc étroit. Le corps d'Anthony était une ligne de chaleur contre le côté de Paul, un poids rassurant. Il le quittait peut-être le lendemain, mais il n'était pas encore parti. Paul avait encore que quelques heures pour engranger le plus de souvenirs possible. Il changea la main qui tenait celle de l'Américain afin de pouvoir mettre son bras autour de ses épaules. Anthony appuya sa tête contre son bras et lui serra la main.

Paul regarda rapidement autour de lui dans la rame de métro, mais à cette heure-ci, il n'y avait pas trop de monde et les quelques personnes qui se trouvaient là étaient perdues dans leurs propres pensées, écoutaient de la musique ou lisaient. Il embrassa la joue d'Anthony là où ses cheveux blonds rejoignaient sa barbe naissante.

— Tu devrais te laisser pousser la barbe, murmura-t-il. Si un peu de chaume te va si bien, je ne peux qu'imaginer à quel point tu serais beau avec une vraie barbe.

Anthony se mit à rire.

— Longue et broussailleuse.

Paul sourit et se détendit contre le siège.

— Pas ce genre de barbe. Toujours courte et bien taillée, mais plus présente. C'est à toi de voir, bien sûr. Je ne serais pas là pour l'apprécier, même si tu le fais, mais c'est certainement une chose à laquelle tu devrais penser.

— J'ai une idée, dit Anthony. Si Patricia décide que nous revenons au Salon du Livre l'année prochaine, je la laisserai pousser avant que nous arrivions afin que tu puisses le voir. Qu'est-ce que tu en dis ?

Les chances qu'Anthony soit toujours célibataire dans un an étaient probablement trop minces pour être envisagées, mais Paul repoussa cette pensée. Il avait été chanceux cette année. Peut-être sa chance continuerait-elle.

— J'en dis que c'est parfait.

— J'espère que nous reviendrons. Cela a vraiment été intéressant d'un point de vue commercial, et j'ai passé de merveilleux moments avec toi.

Anthony se pencha vers lui tout en parlant. Paul déposa un autre baiser sur sa joue et se permit un moment de souhaiter qu'Anthony n'ait pas à partir le lendemain. Il savait qu'il ne devait pas s'attacher. Il se limitait à des coups d'un soir et des aventures occasionnelles précisément pour cette raison, mais il n'arrivait pas à le regretter.

— Fais-le-moi savoir si tu reviens, dit-il sur une impulsion. Peut-être que je pourrais prendre quelques jours de ces vacances que je ne prends jamais, sauf lorsque mon père ferme le restaurant en août. Si tu peux venir quelques jours avant ou rester quelques jours après, bien sûr.

— J'ai moi-même accumulé quelques jours de vacances. Du moment que je paie pour la chambre d'hôtel et ma nourriture, cela ne dérangera pas

Patricia que je vienne une semaine plus tôt ou que je reste une semaine plus tard. Le prix des billets d'avion ne change pas.

— C'est un rendez-vous alors, dit Paul, tout en sachant que cela n'arriverait probablement jamais.

Il gèrerait sa déception plus tard. Pour l'instant, il s'accrochait à l'idée de revoir Anthony.

Ils changèrent de rame à Montparnasse en gardant leurs doigts enlacés tout le chemin. La rame qui quitta Montparnasse avait un peu plus de monde, alors Paul s'abstint d'embrasser son compagnon comme il l'aurait voulu, mais il se tint assez près de lui pour passer un bras autour de sa taille dans le wagon qui se balançait doucement. Un virage un peu abrupt les fit perdre l'équilibre et se cogner contre la porte. Anthony se mit à rire et embrassa Paul sur la bouche alors qu'ils se redressaient.

— Combien de temps avant que nous soyons de retour dans ton appartement ? murmura-t-il contre les lèvres de Paul. Parce que j'ai vraiment envie de t'embrasser sans public.

Paul prit un moment pour se repérer.

— Notre station est la prochaine. Puis nous avons une marche de cinq minutes.

— Je parie que nous pouvons le faire en moins que ça si nous nous dépêchons, répondit Anthony.

Paul n'arrivait pas à décider si ce serait mieux de se dépêcher pour qu'il puisse avoir Anthony pour lui-même – et de préférence nu – beaucoup plus tôt ou de prendre leur temps parce que s'ils se précipitaient, le temps passerait beaucoup plus rapidement. À la fin, cependant, l'urgence d'Anthony fut contagieuse, et lorsqu'ils quittèrent la station de métro, ils marchèrent aussi rapidement que possible sur le trottoir vers son appartement. Il ne pouvait qu'imaginer quelle image ils présentaient, mais les rues secondaires étaient presque vides, sans personne pour les voir tandis qu'ils se pressaient vers sa porte et à l'intérieur.

À l'abri du vent et enfermé dans l'obscurité, Paul cessa d'essayer de résister à la tentation que représentait Anthony. Il l'attira contre lui et glissa les mains dans ses cheveux doux. Il pressa tendrement leurs lèvres ensemble, prenant son temps maintenant qu'ils étaient seuls. Les lèvres d'Anthony se séparèrent sous les siennes, mais Paul ne répondit pas immédiatement à l'invitation. Il ne voulait pas se précipiter ce soir, pas maintenant qu'ils étaient là. Cela pourrait être la dernière fois qu'il pourrait faire ça avec Anthony si ce dernier ne revenait pas l'année prochaine pour le Salon du

Livre, ou s'il revenait, mais était impliqué avec quelqu'un d'autre. Si cela devait être la dernière fois, il allait faire en sorte que ce soit un moment d'une telle puissance qu'il vivrait dans leurs souvenirs à tous les deux, peu importe ce que l'avenir leur réservait.

Il effleura la bouche d'Anthony une fois, deux fois, une troisième fois, se délectant de la douceur altérée par un point rugueux où son compagnon se mordait parfois la lèvre. C'était peut-être une chose étrange à chérir, mais c'était la preuve qu'il embrassait bien Anthony et pas un inconnu qu'il avait ramassé au restaurant ou ailleurs. Il se servit de son emprise sur sa joue pour lui incliner très légèrement la tête sur le côté, améliorant l'angle du baiser. Il s'était plus ou moins attendu à ce que son amant résiste et qu'il essaie de prendre le contrôle – ou de le partager – mais Anthony resta malléable entre ses mains, le laissant conduire le baiser. Il donna un coup de langue sur le point gercé, suscitant un souffle de rire d'Anthony. Il avala le son puis s'attarda, explorant les lèvres et les dents de son amant avec une tendre attention. Il emmagasina tous les murmures, chaque soupçon de réaction, dans sa mémoire. Il ne savait pas ce que l'avenir leur réservait, mais il avait cette nuit, et il en tirerait le meilleur parti.

Anthony se pencha souplement contre lui, chaque centimètre de son corps proclamant son acceptation pour ce que proposerait Paul ensuite. Il pourrait l'épingler contre le mur et se frotter contre lui jusqu'à ce qu'ils jouissent tous les deux dans leur pantalon comme des adolescents en rut. Il pourrait baisser le pantalon d'Anthony sur ses cuisses et l'avaler entièrement. Il pourrait le retourner et s'enfoncer en lui violemment.

Ou il pourrait l'emmener à l'étage et lui faire l'amour.

Cette pensée le choqua jusque dans ses entrailles. Il baisait toute personne qui était volontaire et intéressée, mais il n'avait jamais laissé les choses aller au-delà. Il n'avait jamais laissé 'ça' vouloir dire quoi que ce soit, mais cela lui était tombé dessus cette fois. Il rompit le baiser et attrapa la main d'Anthony dans la sienne une fois de plus.

— Montons. Il y a un lit qui nous attend. Beaucoup plus confortable que les murs du hall d'entrée.

Anthony se mit à rire.

— Certes, bien que cela n'aurait pas importé, vu la façon dont tu m'embrassais.

Anthony l'avait également ressenti ? Paul ne voulait pas espérer. Il ne pouvait pas. Anthony avait un billet d'avion avec la date de demain dessus, ainsi qu'une vie et un travail en Caroline du Nord.

71

— Viens à l'étage et je t'embrasserai un peu plus, promit-il.

— J'espère que ce n'est pas tout ce que tu feras.

Le ton rauque d'Anthony le prit à la gorge et elle se serra si fort qu'il n'arrivait pas trouver sa voix. Au lieu de cela, il attira Anthony dans l'ascenseur et appuya sur le bouton de son étage.

Anthony replongea immédiatement dans leur baiser. Paul le rencontra à mi-chemin, mais il adoucit le contact. Ce soir n'était pas une question de feu, de chaleur, de vitesse ou de force. Ils avaient déjà fait ça, et cela avait été magnifique. Mais ce soir, Paul en désirait plus. Il voulait de la tendresse.

Il tint Anthony contre lui avec un bras, se servant de son autre main pour stabiliser sa tête à l'angle parfait pour un long, long baiser. Anthony gémit doucement, l'encourageant à se dépêcher, mais Paul l'ignora. Au lieu de cela, il effleura des lèvres les pommettes de son amant, l'arête de son nez, ses paupières closes, ses tempes, explorant chaque centimètre de son visage avec sa bouche. L'ascenseur eut une secousse et s'arrêta comme il le faisait toujours. Paul rompit le baiser pour trouver ses clés afin qu'ils puissent aller à l'intérieur.

Anthony se pressa près de lui alors qu'ils traversaient le couloir vers la porte de son appartement, mais il n'essaya pas de faire monter les enchères comme il l'avait lors des autres nuits qu'ils avaient passées ensemble.

Bien. Il avait remarqué l'humeur de Paul et il se prêtait au jeu.

Paul ouvrit la porte et lui fit signe d'aller à l'intérieur. Une fois la porte verrouillée derrière eux, il l'attira dans la même étreinte tendre, mais cette fois, il fit errer ses lèvres sur la mâchoire et le cou d'Anthony. Ce dernier n'avait pas mis de manteau, permettant ainsi plus facilement à Paul d'écarter le col de sa chemise et de sucer légèrement sa clavicule.

— Quand dois-tu aller au bureau ? murmura-t-il contre la peau d'Anthony.

— Pas avant un mois, répondit Anthony. Patricia et moi parlerons, mais je n'irai pas la voir jusqu'au début mai, probablement. Pourquoi ?

— Parce que si tu ne dois pas aller au bureau, je peux laisser des marques, répondit Paul.

Il mordit la courbe de l'épaule d'Anthony et savoura le frisson qui parcourut tout le corps de son amant.

— Tu peux en laisser autant que tu veux.

Le grognement d'Anthony rendit les mots presque incompréhensibles, ajoutant au désir de Paul de le laisser couvert de suçons. Il mordit un peu plus fort, essayant de trouver la pression idéale, mais la chemise d'Anthony n'arrêtait pas de se mettre sur son chemin.

— Viens.

Paul le conduisit dans la chambre et fit rapidement passer la chemise de l'Américain par-dessus sa tête.

— Dis-moi si c'est trop.

Anthony hocha la tête et s'allongea sur le lit, la tête penchée sur le côté dans une invitation silencieuse. Paul s'étendit à côté de lui, appuyé sur un coude, et baissa la tête à la jonction du cou et des épaules. Il inspira profondément, laissant le parfum d'Anthony envahir son nez – un autre souvenir à engranger.

Anthony tendit le bras et enroula sa main sur la nuque de Paul, le poussant vers son cou.

— Patience, le taquina Paul, ses lèvres se déplaçant contre la peau de son amant tandis qu'il parlait.

— Je n'en ai plus, répondit Anthony.

Paul saisit sa main, embrassa tendrement ses doigts et la cloua au matelas dans une prise ferme.

— Alors je vais devoir en avoir pour toi.

Anthony gémit encore et ondula sur le lit. Paul fit une pause pour apprécier la vue avant de retourner sur son cou. Tout sur Anthony l'attirait, du chaume sur sa mâchoire à la touffe de poils sur la poitrine. Paul aspira la peau suffisamment fort pour récolter un soupir et un gémissement d'Anthony. Cela ne laisserait pas de marque pour l'instant, mais il avait toute la nuit. Compte tenu de leurs tailles similaires, c'était l'endroit idéal pour planter ses dents alors qu'il s'enfoncerait dans son amant par-derrière.

Et si ce n'était pas de cette façon que se terminerait la nuit, il pourrait toujours lui laisser une marque de bien d'autres façons.

Il prit son temps pour lécher et embrasser la clavicule d'Anthony, insistant particulièrement au creux de sa gorge où l'odeur de son parfum était la plus forte. Anthony garda sa tête en arrière, lui donnant le libre accès à sa peau tendre et à ses tendons tendus. Paul les mordilla doucement alors qu'il glissait sa main libre sur le côté de son amant, vers sa hanche, les stabilisant tous les deux. La sensation de denim sous sa paume lui rappela qu'Anthony était encore à moitié habillé, mais cela pouvait attendre. Il avait à peine commencé à profiter de la moitié déshabillée.

La peau d'Anthony avait un goût légèrement salé, témoignage de toute la marche qu'ils avaient faite alors qu'ils erraient dans la ville. Paul trouva son mamelon s'érigeant furtivement de son nid de poils, et l'aspira dans sa bouche. Anthony avait été sensible à cette caresse auparavant, mais ils avaient toujours été trop pressés pour l'explorer davantage. Paul refusait de se précipiter ce soir. Il voulait retirer le maximum de chaque seconde qu'ils leur restaient, engranger avidement des souvenirs et des sensations pour quand Anthony serait rentré chez lui.

Lorsqu'il ne put plus goûter la sueur de la journée, il fit son chemin de l'autre côté, s'attaquant et suçant le deuxième mamelon jusqu'à ce qu'il soit propre lui aussi.

Anthony haletait, son corps courbé contre la bouche de Paul. Ce dernier se demanda ce qui pourrait également le faire réagir de cette façon. Il tendit le bras pour prendre la main d'Anthony et engloutit deux longs doigts dans sa bouche.

Ouais, ça le faisait. Il s'occupa de la main d'Anthony, faisant glisser sa langue sur chaque articulation et contre la peau fine à la base de chaque doigt.

Anthony haleta, gémit et se tordit sous lui, frottant délicieusement leurs corps ensemble.

— Putain, l'effet que tu me fais.

Paul sourit et continua, embrassant un chemin à travers sa paume jusqu'à la peau douce de son poignet. L'Américain frissonna et la chair de poule apparut sur tout son corps, alors Paul s'attarda, léchant et suçant le point sensible. Il désirait cette connaissance encore plus que ce qu'il désirait la jouissance. Il pouvait trouver la jouissance avec n'importe qui. Ce n'était qu'avec Anthony qu'il pouvait apprendre ces secrets.

Les doigts de ce dernier s'enroulèrent autour de son oreille tandis qu'il continuait à le taquiner. Paul rit et se déplaça, à la recherche d'autres endroits qui le feraient haleter, jurer et se tordre. L'intérieur du coude d'Anthony, la courbe de son biceps à la limite de son aisselle, le creux de sa clavicule, la base de sa gorge, comme il l'avait déjà appris.

Il se perdit complètement dans son culte du corps d'Anthony, chaque caresse étant un sonnet à son amant, chaque halètement qu'il gagnait en retour étant une récompense qu'il emmagasinait près de son cœur. Il se débrouilla pour les dévêtir tous les deux quand il pouvait cesser de toucher Anthony suffisamment longtemps pour s'occuper de leurs vêtements, mais s'écarter assez longtemps pour se débarrasser de son jean fut presque trop pour son self-control. Anthony gisait, l'attendant, le regard fixé sur chacun de ses mouvements, mais il ne fit aucun effort pour guider leurs ébats amoureux.

Paul le fit rouler sur le côté, se glissant derrière lui afin de trouver le point sur son cou qu'il s'était promis de marquer. Anthony gémit et inclina la tête pour lui donner un meilleur accès. Paul se balança contre les fesses de son amant tout en suçant l'endroit convoité. Anthony se poussa contre lui, ajoutant au désespoir soudain de Paul. Il avait imaginé prendre son temps pour le préparer et se glisser en lui dans un mouvement fluide, mais il ne durerait jamais aussi longtemps maintenant. Gardant ses dents fermement verrouillées sur l'épaule de son amant, il l'exhorta à lever la jambe, créant ainsi un espace entre ses cuisses pour le sexe de Paul. Anthony anticipa, tendant son bras en arrière afin de l'attirer dans le canal étroit créé par ses jambes. Paul gémit lorsque la position pressa son gland directement contre les testicules de l'américain. Le frottement des poils et la peau faillirent le faire basculer dans l'orgasme, mais il ne pouvait pas déjà s'abandonner. Il devait emmener Anthony avec lui. Il balança ses hanches en avant expérimentalement, s'assurant que la position leur conviendrait à tous les deux. Lorsqu'Anthony gémit et se poussa à sa rencontre, il tendit le bras et masturba son amant en rythme avec le mouvement de ses hanches.

Anthony frissonna et gémit doucement. Ce fut tout l'encouragement dont avait besoin Paul. Il instaura un rythme paresseux au début, déterminé à maintenir cette tendresse aussi longtemps qu'il le pourrait. Il continua à lécher et sucer l'ecchymose qui s'assombrissait, mais se retint de le mordre durement. Il ne voulait pas lui faire de mal, seulement le séduire.

Anthony referma ses doigts autour du poignet de Paul, pas pour le guider, simplement pour caresser le dos de sa main en rythme avec le reste de leurs mouvements. Paul trembla sous ce simple contact, plus intime d'une certaine façon que tout ce qu'ils avaient pu faire au cours de ces quatre derniers jours.

Lorsqu'Anthony se déversa sur ses doigts, Paul perdit tout contrôle. Il se cabra brutalement entre ses cuisses et lui mordit violemment l'épaule, toute la tension accumulée de la journée et de la semaine ainsi que le départ imminent d'Anthony se répandant hors de lui en de grandes vagues frémissantes. Il s'effondra contre le dos de son amant, haletant pour retrouver son souffle.

Anthony se blottit contre lui, le faisant hésiter à se lever. Il avait besoin de les nettoyer. Il avait besoin d'une cigarette. Il avait *besoin* de ne pas laisser Anthony quitter ses bras.

IX

UNE RAFALE d'air frais réveilla Anthony de son assoupissement. Il roula vers Paul afin de se réchauffer, mais il ne trouva que des draps froids. Paul n'était pas dans le lit à côté de lui. Il cligna des yeux plusieurs fois pour éclaircir sa vision et regarda vers la fenêtre. Paul se tenait sur le balcon, une cigarette à la main.

Il jeta un coup d'œil autour de lui à la recherche de son jean afin de pouvoir le rejoindre à l'extérieur. Il devait faire froid, mais il ferait de son mieux pour attirer Paul dans le lit.

— Hé. Tu vas bien ?

Paul se retourna vers l'intérieur et écrasa sa cigarette.

— Oui, je vais bien.

Anthony remarqua la façon dont il se tenait, les épaules voûtées.

— Viens à l'intérieur où il fait chaud, l'exhorta-t-il.

Paul enjamba la fenêtre et la ferma derrière lui, les isolant à nouveau dans un cocon de chaleur. Il garda cependant ses distances, ce qui inquiéta un peu Anthony. Quelque chose avait mal tourné sans qu'il s'en rende compte ? Paul l'avait rendu fou avec quelques baisers et caresses, comme il l'avait fait chaque nuit qu'ils avaient passé ensemble, mais Anthony l'avait senti jouir lui aussi, entre ses cuisses.

— Tu n'as pas l'air d'aller bien, dit-il. Tu ne t'es jamais levé après nous soyons allés au lit auparavant. Est-ce que j'ai fait quelque chose de mal ?

— Non, bien sûr que non, répondit rapidement Paul.

Presque trop rapidement, mais faire cette remarque ne ferait que tendre un peu plus Paul.

Il l'attira dans une étreinte, frissonnant un peu lorsque son torse nu entra en contact avec le tee-shirt froid de Paul.

— Reviens te recoucher.

Paul secoua la tête.

— Pourquoi pas ? demanda Anthony.

— Parce que si je le fais, je vais m'endormir, répondit Paul.

— C'est ce que l'on fait habituellement dans un lit, acquiesça Anthony.

Quelque chose lui échappait visiblement là.

— Pourquoi est-ce un problème ce soir ? Je sais que tu dois travailler demain.

— C'est idiot, dit Paul. Tu devrais dormir un peu.

— Je peux dormir dans l'avion demain, répondit Anthony. Et ce n'est pas idiot si ça te tient éveillé.

Paul haussa les épaules.

— Veux-tu un verre de vin ? Ou une tasse de café ? Si tu dois rester avec moi, autant que tu en profites.

Le café les tiendrait éveillés, ce que Paul voulait visiblement, mais le vin pourrait le rendre somnolent. Il n'avait pas des heures d'avion qui lui donneraient l'occasion de dormir pendant la journée. S'il pouvait boire suffisamment pour s'endormir, ce serait mieux que de rester debout toute la nuit.

— Un verre de vin ne serait pas de refus.

Il suivit Paul dans la cuisine. Il espérait qu'ils iraient se recoucher même s'ils restaient éveillés, parce qu'au moins ils seraient au chaud, mais il voulait être là où Paul était, à la fois parce qu'il n'avait plus que quelques heures avec lui, et parce que quelque chose le tracassait visiblement. Quoi que ce soit, Anthony ferait de son mieux pour le soutenir, même s'il ne pouvait pas résoudre le problème.

Paul retira une bouteille du casier à vin sans regarder ce que c'était, du moins c'est l'impression qu'eut Anthony. Soit il ne se souciait pas de ce qu'il allait boire, soit il avait mémorisé tout le contenu de son casier à vin par emplacement. Aucune de ces pensées n'était vraiment réconfortante. Il détestait l'idée que Paul avait si peu à faire de son temps libre qu'il connaissait son casier à vin sur le bout des doigts. La pensée que Paul était tellement tracassé par ce qui l'avait mis dans une humeur maussade qu'il se fichait du vin qu'il allait boire était encore pire.

— Qu'allons-nous boire ?

Paul lui remit la bouteille afin qu'il puisse voir, mais l'étiquette ne signifiait rien pour lui. C'était un vin blanc, d'après la couleur de la bouteille, mais il n'était pas familier avec ce cépage.

— De la vallée de la Loire, déclara Paul. C'est un bon vin, pas de nourriture nécessaire pour l'accompagner. Autant j'adore les vins de Bourgogne, autant ils sont meilleurs avec de la nourriture.

Il rendit la bouteille à Paul afin qu'il puisse l'ouvrir, ce qu'il fit d'une main experte. Anthony pourrait ouvrir mille bouteilles de vin et il ne pourrait jamais atteindre la même élégance que Paul avait naturellement. Il se dit que c'était les conséquences de travailler dans un restaurant. Son regard s'attarda sur les mains de son amant alors qu'il s'activait. Paul l'avait touché si tendrement un peu plus tôt dans la soirée. Il n'avait jamais été trop brutal, mais leurs deux premières nuits ensemble avaient été rapides et avides, surtout pour calmer la brûlure entre eux et jouir aussi vite que possible sans pour autant négliger l'autre. Ce soir avait été... différent. S'ils n'avaient pas établi les règles de base depuis le début de ce qui était possible entre eux, Anthony aurait dit que Paul avait fait l'amour avec lui.

De la façon dont un homme fait l'amour à celui qu'il veut garder.

C'était une pensée ridicule, bien sûr. Peu importe combien leur temps ensemble avait été merveilleux – et il était déjà classé parmi les plus beaux souvenirs d'Anthony – ils savaient quand ils avaient commencé que ce n'était que pour une semaine. Paul n'était pas stupide au point de tomber amoureux de lui en sachant qu'il partait. Le fait qu'Anthony ressente un plus grand attachement à Paul qu'il était judicieux de le faire était son problème. Mais c'était de la gratitude pour une merveilleuse semaine combinée à une bonne dose d'attirance, car Anthony n'était pas aveugle, et savoir qu'il partait n'avait pas rendu Paul moins captivant. Même si ce dernier ressentait la même chose – et il avait visiblement ressenti suffisamment pour garder Anthony plus d'une nuit – il était trop pragmatique pour laisser ce qu'il y avait entre eux se transformer en quelque chose de plus.

Paul lui tendit un verre. Il prit une gorgée et émit un fredonnement appréciateur.

— Tu vois, voilà pourquoi j'aime la France. Enfin, l'une des nombreuses raisons pour lesquelles j'aime la France.

— Quoi donc ? demanda Paul.

— Tu sors une bouteille de vin de ton casier, et elle est aussi bonne que ça, expliqua Anthony. Sauf si c'est vraiment une bouteille haut de gamme et que tu l'as prise par erreur, je peux te dire qu'aucun vin de table que je pourrais trouver chez moi n'aurait un goût identique.

— Il faut que tu déménages en France, plaisanta Paul. Cela te rendrait la vie tellement plus facile.

Le cœur d'Anthony manqua un battement. S'il déménageait en France... Il repoussa cette pensée de sa tête. Il aimait la France et il pourrait facilement y vivre, mais son travail et sa vie étaient en Caroline du Nord. Il ne voulait pas abandonner un emploi de rêve pour quelques bonnes bouteilles de vin, ou même quelques nuits de sexe stellaire. Il rit parce que Paul attendait une réponse, mais il n'arrivait pas à formuler les mots.

Paul sourit, mais son expression s'assombrit à nouveau. Il ne s'était pas vraiment attendu à ce qu'il dise qu'il s'installait en France, n'est-ce pas ? Sûrement pas.

— Je devrais simplement trouver plus de raisons afin de revenir, finit-il par dire. J'ai suffisamment d'amis qui me laisseraient utiliser leur canapé pour une nuit ou deux, mais pas à Paris.

— Tu es le bienvenu ici quand tu viens à Paris, dit Paul. Sexe ou pas sexe. Je veux dire, je ne refuserais pas de t'avoir à nouveau dans mon lit, mais même si tu as rencontré quelqu'un d'autre ou pour une tout autre raison, tu seras toujours bienvenu chez moi.

Anthony cacha sa confusion derrière son verre. Paul avait mentionné la possibilité de se revoir s'il revenait au Salon du Livre l'année prochaine, mais c'était pour le travail, et la proximité du restaurant par rapport au parc des expositions rendait logique le fait qu'ils se croiseraient peut-être. Mais là, c'était totalement différent. Cela impliquait de rester en contact et de faire des projets afin de revenir ici spécifiquement dans le but de revoir Paul.

— Il faudra que je regarde ce que j'ai comme congés, les prix, et tout le reste, tergiversa-t-il. Je n'ai pas de voyage prévu pour l'instant.

— Bien sûr, dit Paul.

Il prit une longue gorgée de vin et remplit à nouveau son verre à ras bord. Quand il pencha la bouteille vers Anthony, ce dernier lui tendit son verre. Il allait avoir besoin de toute l'aide que le vin pouvait offrir, compte tenu de la direction que prenait la conversation.

— As-tu beaucoup voyagé en dehors du travail ?

— Pas vraiment, répondit Anthony. Je vais voir ma mère deux fois par an, comme je le disais. Je vais faire du camping dans les montagnes, parfois avec des amis de l'université, ou je vais à la plage, mais ce sont généralement des week-ends de trois jours, pas de longs séjours. Je suis à quelques heures en voiture d'Asheville et à environ cinq heures de la côte, de sorte que même si je pars après le travail le vendredi et que je reviens à la maison le dimanche, j'ai un bon week-end loin de chez moi.

— Ça a l'air vraiment bien, dit Paul. Papa ferme toujours pour deux semaines en août, selon les dates des événements au parc des expositions, mais fuir pour le week-end n'est pas vraiment une option. Je n'ai qu'un jour de congé par semaine, et je ne peux pas vraiment aller quelque part d'intéressant et revenir dans la journée.

— Peut-être que tu devrais venir me voir, alors, dit Anthony. La Caroline du Nord possède à la fois la plage et la montagne, et tout le sport universitaire et professionnel que l'on pourrait espérer. La seule chose qui manque, c'est une bonne équipe de rugby.

— Tu aimes le rugby ? lui demanda Paul.

— Comment ne pas aimer ça ? plaisanta Anthony. Un tas de beaux hommes qui courent en shorts moulants et qui se taclent les uns les autres.

Paul se mit à rire, comme Anthony l'avait espéré.

— Tu marques un point. Si la Caroline du Nord n'a pas une bonne équipe, laquelle soutiens-tu ?

— Lyon, déclara Anthony. C'est là-bas que je vivais quand je faisais mes études en France. Je suis devenu accro au rugby avec cette équipe et je n'ai jamais changé d'avis. Il y a une ligue de rugby aux États-Unis, mais il n'y a pas de matchs suffisamment proches pour que je puisse y assister.

— Tu n'assistes pas aux matches de Lyon non plus, compte tenu de ta situation géographique, dit Paul.

— Non, mais je peux les regarder sur le satellite ou en ligne. Il faudrait que j'aime vraiment une équipe des États-Unis pour que je fasse cet effort, et il n'y en a aucune. De plus, de cette façon, j'ai une excuse pour acheter le calendrier des Dieux du Stade chaque année. Je soutiens mes joueurs qui y participent.

— Bien sûr, dit Paul. Cela n'a rien à voir avec les hommes nus à l'intérieur.

Anthony sourit alors même que ses joues s'échauffaient.

— Rien à voir du tout.

Paul fit tinter son verre contre celui d'Anthony.

— Mon calendrier est dans le salon.

— Tu es fan toi aussi ?

— Pas de Lyon. Je roule pour Toulouse, mais oui, j'aime le rugby. Je jouais un peu quand j'étais plus jeune. Je n'ai plus le temps maintenant.

— Je n'y ai jamais joué, seulement regardé. Chez moi, si tu veux pratiquer un sport avec un groupe de mecs, c'est le basket-ball.

— Le basket-ball n'est pas mal, bien que la plupart des joueurs soient trop grands et maladroits en dehors du terrain, dit Paul. Ce n'est pas aussi agréable que de regarder les rugbymen.

Anthony se mit à rire.

— Devrais-je m'inquiéter de ne pas être à la hauteur ?

Paul secoua la tête.

— Ils sont agréables à regarder, répéta-t-il, et d'après les interviews, beaucoup d'entre eux sont sympas, mais ils ne sont que des fantasmes. Tu es réel, et beaucoup mieux que n'importe quel fantasme.

Anthony pouvait vivre avec ça.

— Il y a un canapé dans le salon, dit Paul. Ce sera plus confortable que de rester ici pour boire.

— Ou nous pourrions aller nous blottir dans ton lit, déclara Anthony. C'est plus chaud et plus confortable, et nous pourrons à nouveau être nus.

Paul remua les sourcils dans sa direction.

— Prêt pour un autre round ?

Anthony avait pensé au confort plus qu'à autre chose, mais si Paul offrait...

— Je pourrais me laisser persuader, mais seulement si c'est ce que tu veux toi aussi. Je pensais vraiment à nous blottir en sirotant notre vin et en parlant, pas à plus de sexe.

— Ça m'a l'air parfait, dit Paul.

Ils emportèrent leurs verres et la bouteille de vin dans la chambre, et Anthony observa avec admiration alors que Paul se déshabillait à nouveau. Il était la définition même d'un corps élancé, svelte sans une once de graisse où que ce soit. Il n'était pas 'gonflé' comme tant d'hommes qu'il voyait à la salle de sport, mais Anthony avait vu les plateaux qu'il portait. Sa minceur était trompeuse.

— Je pensais que nous allions à nouveau nous déshabiller, le taquina Paul alors qu'il se glissait entre les couvertures.

Anthony se débarrassa de son jean et se blottit sous la couette contre le côté de son amant.

— Fais attention, tes pieds sont froids, dit Paul, mais il ne s'éloigna pas lorsqu'Anthony posa la tête contre son épaule et enfouit les mains entre ses cuisses pour les réchauffer.

— Tu ne m'as pas dit ce qui te tracassait un peu plus tôt.

Paul haussa les épaules.

— Tu pars demain. Et en effet, je savais que ça allait arriver, mais ça m'est tombé dessus quand même. J'ai apprécié le temps que nous avons passé ensemble. Je ne suis pas prêt pour que cela finisse.

Anthony se blottit plus près – si cela était possible – et attira la tête de Paul pour un baiser. Ce dernier vint à sa rencontre avec impatience, dévorant sa bouche avec suffisamment de désespoir pour qu'Anthony considère ce deuxième round.

— Je ne suis pas prêt pour que cela finisse non plus. Nous pouvons rester en contact. Et je reviendrai l'année prochaine.

La promesse parut vide à ses propres oreilles. C'était si facile à dire, mais les relations longue distance demandaient beaucoup de travail, même lorsque la fondation était solide et la séparation délimitée. Paul et lui avaient quelques jours de sexe torride comme une fondation, et 'jusqu'à ce que Patricia renvoie Anthony chez lui' comme un point final. À peine suffisant pour soutenir quoi que ce soit au-delà de ce qu'ils avaient déjà partagé. Il essaierait quand même. Il s'était plus amusé aujourd'hui avec Paul qu'il l'avait fait depuis longtemps, et certainement plus qu'il l'avait fait avec Doug. Il ne l'avait pas compris à l'époque, mais après avoir passé une journée insouciante avec Paul, la tension qui n'avait jamais quitté Doug, le ressentiment qu'Anthony ne soit pas le Marine qui l'avait quitté pour aller à la guerre – et pour qui Doug l'avait lui-même quitté lorsqu'il est rentré chez lui – avait tout contaminé. Avec Paul, la seule tension entre eux était celle, sexuelle et torride qui l'avait tenu en haleine alors qu'il se demandait quel nouveau régal Paul avait en réserve pour lui quand ils rentreraient à l'appartement.

S'il vivait à Paris... bon sang, s'il vivait en France, il trouverait un moyen de réorganiser son emploi du temps pour pouvoir être là les jours de congé de Paul. Il leur donnerait une chance. Peut-être que cela ne fonctionnerait pas, mais cela ne serait pas à cause de la distance.

Il tendit le bras par-dessus Paul pour attraper son verre et il le lui donna. Puis il saisit le sien et le fit tinter contre celui de son amant.

— Aux nouveaux amis rencontrés dans des endroits inattendus.

LE SOLEIL se leva beaucoup trop tôt en ce qui concernait Anthony. Ils avaient fini la première bouteille de vin et en avaient débouché une autre, mais ils ne l'avaient pas terminé avant de passer au café, car Anthony devait être suffisamment lucide pour prendre un taxi et naviguer dans l'aéroport. Honnêtement, cela aurait été plus facile d'être ivre parce que l'alcool l'aurait suffisamment rendu insensible pour annihiler la douleur des adieux.

— Je devrais prendre un bain, dit-il en soupirant. Entre la promenade toute la journée d'hier et le sexe avec toi la nuit dernière, je suis pratiquement certain que personne ne voudra s'asseoir à côté de moi dans l'avion aujourd'hui.

— Peut-être qu'ils ne te laisseront pas embarquer et que tu pourras passer une autre nuit avec moi, déclara Paul, en ayant du mal à articuler sous la fatigue et son état d'ébriété.

— Je ne pense pas qu'ils feraient ça, dit Anthony en secouant la tête. Ce serait bien, par contre.

— Tu ne devrais probablement pas prendre ce risque, répondit Paul. Allons-y. Je vais t'aider.

C'était tenter le diable, mais Anthony ne refusa pas. Il se resservit un café et suivit Paul dans la salle de bain. Ils rentraient tous les deux dans la baignoire si Anthony s'asseyait pressé étroitement contre le corps de Paul. Il ne s'en plaignait pas, surtout lorsque Paul versa du shampoing dans ses cheveux et commença à les laver. S'ils avaient été sobres, cela aurait sans doute atteint le sommet des choses excitantes qu'ils avaient faites ensemble. Étant donné la situation, ils rirent plus qu'autre chose alors que Paul renversait de l'eau un peu partout en tentant de rincer la mousse des cheveux d'Anthony.

— D'accord, peut-être n'était-ce pas une si bonne idée, avoua Paul lorsqu'ils eurent terminé et qu'il constata le désordre qui régnait dans la salle de bain.

— La prochaine fois, dit Anthony. Nous recommencerons l'année prochaine quand je reviendrai et que nous serons tous les deux sobres. Ce sera bon alors.

— La prochaine fois, acquiesça Paul.

Il tendit une serviette à son amant et se sécha en silence. Anthony fit de même, puis il se dirigea à pieds nus vers la chambre pour s'habiller. Il avait fait ses bagages avant de quitter l'hôtel lundi soir et n'avait sorti que le strict nécessaire chez Paul, alors rassembler ses affaires ne lui prit que quelques minutes.

— Nous pourrions aller prendre un petit déjeuner.

Anthony réfléchit à la suggestion, mais il n'était pas certain que son estomac supporterait quoi que ce soit après l'alcool et le café.

— Nous pourrions, en effet. Ou nous pourrions nous blottir l'un contre l'autre dans le lit jusqu'à ce que je doive partir.

— Nous finirions par nous endormir, dit Paul. Même avec le café que nous avons ingurgité. Et ça ne serait pas bien. Je ne veux pas que tu partes, mais je ne veux pas non plus que tu rates ton avion.

— Alors va pour le petit déjeuner, répondit Anthony.

Il coincerait le sac de viennoiseries dans sa sacoche d'ordinateur et les mangerait à l'aéroport, lorsque son estomac se serait un peu calmé. Ils marchèrent main dans la main jusqu'à la pâtisserie et achetèrent des pains au chocolat et des chaussons aux pommes. Anthony réussit à avaler un des chaussons aux pommes avec une autre tasse de café, mais le pain au chocolat était de trop.

— Je sais qu'ils vont te nourrir dans l'avion, mais c'est un vol de plusieurs heures. Tu vas avoir faim, dit Paul.

— Je le prendrais avec moi. Je le mangerai plus tard, lorsque j'aurai faim.

Il remit la viennoiserie dans le sac et le glissa dans la poche extérieure de sa sacoche d'ordinateur.

— Voilà, comme ça, je pourrais l'attraper facilement.

— Ne le mange pas dans le taxi. Ils détestent qu'on laisse des miettes partout, l'avertit Paul.

— Je ne le ferai pas, promit Anthony.

L'alarme de son téléphone se déclencha.

— Le taxi devrait arriver dans cinq minutes. Je ferais mieux de descendre et de l'attendre en bas.

— Je t'accompagne.

Anthony voulait refuser, parce que cela serait suffisamment difficile pour lui de grimper dans ce taxi tout seul. Si Paul était là avec lui, cela serait encore plus dur. Mais il ne pouvait pas lui faire ça. Il l'étreignit fermement et l'embrassa profondément.

— Merci. Quoi qu'il se passe ou ne se passe pas, cette semaine a été fantastique, et je ne l'oublierai jamais.

— Je t'en prie, dit Paul. Je compte bien recommencer l'année prochaine, mais contrairement à cette année, je saurai que tu viens et je pourrai organiser mon planning. Ce sera encore mieux.

Si cela devait être encore mieux, le cœur d'Anthony n'y survivrait pas.

— Compte sur moi pour te le rappeler.

Anthony prit une profonde inspiration et attrapa sa valise. Paul la lui prit des mains.

— Je vais prendre ça. Occupe-toi de ton ordinateur portable.

Ils eurent tout juste suffisamment de place dans l'ascenseur avec la valise d'Anthony, mais cela lui fournit une excuse pour se coller un peu plus à son amant. Le soleil qui avait brillé dans la chambre de la fenêtre de Paul n'avait pas encore atteint le niveau de la rue, alors ils se blottirent ensemble contre la porte pendant qu'ils attendaient. Quelques instants plus tard, un taxi se gara devant l'immeuble.

— M. Mercer pour Roissy ?

— Oui, c'est moi, répondit Anthony.

Le chauffeur de taxi prit la valise des mains de Paul et leur donna un semblant d'intimité alors qu'il la chargeait dans le coffre. Anthony se retourna vers Paul.

— Essaie de dormir un peu avant de te rendre au travail. Je n'atterris pas avant la fin de l'après-midi, heure américaine. Tu seras déjà couché, et je ne pourrai probablement pas rester éveillé trop longtemps non plus. Mais j'essaierai de t'envoyer un e-mail dans la matinée, juste pour voir comment tu vas.

Il essayait trop vigoureusement, et cela se vit sur le visage de Paul. Il arrêta son flot de paroles et donna à son amant un dernier baiser. Il espérait avoir une autre chance l'année prochaine, mais si cela ne se réalisait pas, il aurait des souvenirs auxquels se raccrocher.

Il serra rapidement la main de Paul et plongea dans le taxi avant de changer d'avis. Paul resta où il était alors que le taxi s'éloignait. Anthony agita la main, mais si Paul le vit, il n'en montra rien.

Quand ils tournèrent au coin de la rue et que Paul disparut de sa vue, Anthony s'effondra sur la banquette et se demanda s'il ne venait pas de faire la plus grosse erreur de sa vie d'adulte.

X

Salut, Paul,

Merci pour les photos. Elles sont beaucoup mieux que ce à quoi je m'attendais. Je suis toujours surpris de la qualité de l'appareil photo des téléphones portables.

Je suis arrivé à la maison, manifestement. J'ai eu de la chance, j'avais une rangée pour moi tout seul dans l'avion, alors j'ai pu un peu dormir. J'espère que cette journée n'a pas été trop dure pour toi. Je pourrais te dire que je suis désolé de t'avoir gardé éveillé toute la nuit, mais c'était ton idée. Et si cela ne l'avait pas été, je ne serais tout de même pas désolé, parce que cela m'a permis de passer quelques heures de plus avec toi.

Être seul dans mon appartement me semble étrange après avoir passé autant de temps avec toi la semaine dernière. Je ne m'attendais pas à ce que cela me contrarie autant. Mes poissons sont ma plus grande fierté, mais on ne peut pas dire qu'ils me tiennent vraiment compagnie. J'ai joint une photo afin que tu puisses voir mon aquarium. Il y a une entreprise qui vient les nourrir quand je ne suis pas là. Je doute que mes poissons fassent la différence.

Le hamburger et les frites que j'ai avalés sur le chemin de l'aéroport n'avaient rien à voir avec ce que j'ai mangé à Paris. Quel est le plat du jour ce soir ? Si je ne peux pas dîner, là-bas, je peux au moins le faire par procuration.

Anthony

Paul lut l'e-mail avec un sourire sur le visage. La photo de l'aquarium avait visiblement été prise avec un téléphone portable, comme les clichés

86

qu'il avait envoyés, mais elle était assez bonne pour qu'il puisse distinguer huit poissons différents. Anthony avait clairement investi beaucoup de temps et d'argent là-dedans.

Il relut l'e-mail, entendant clairement la voix d'Anthony en lisant les mots. Ce qui le réjouissait, c'était que ce n'était pas un simple 'Je suis à la maison, merci pour le sexe'. Anthony avait réfléchi avant d'écrire, ajoutant la photo et les commentaires sur son vol et son dîner. Paul n'avait pas été sûr qu'il veuille rester en contact une fois qu'il serait rentré chez lui. Après tout, le temps qu'ils avaient passé ensemble à Paris était censé être une aventure sans attaches, un moyen pour Anthony de se remettre du type qui l'avait largué – il n'avait jamais eu l'histoire entière, mais cela pouvait attendre une autre fois. Cela n'avait été que la raison pour laquelle Anthony avait été disposé à finir la nuit avec lui en premier lui et n'avait pas eu d'incidence dans leur relation.

Avec un sourire sur le visage, il appuya sur l'icône 'répondre'.

SALUT, ANTHONY,

Mercredi fut probablement le jour le plus long de toute ma vie. J'ai pu grappiller environ une heure de sommeil avant de devoir aller travailler – juste assez pour qu'il soit très difficile de me lever. Nous avons été très occupés, ce qui est une bonne chose, je suppose, mais cela signifie que j'ai dû passer ma pause entre le déjeuner et le dîner à faire ce que je n'avais pas le temps de faire pendant le déjeuner. Florent n'était pas là puisque c'était son jour de congé, alors il n'y avait que mon père et le personnel de la cuisine, mais ils étaient trop occupés pour pouvoir aider. J'étais trop fatigué pour même penser à flirter avec les clients. Aucun d'eux n'était aussi intéressant que toi, de toute façon.

Je ne suis pas encore allé au restaurant aujourd'hui pour voir quel est le plat du jour, mais hier soir, nous avions des côtelettes de porc farcies au bleu et au bacon. Tu aurais adoré. Bien meilleur qu'un hamburger et des frites.

Ton aquarium est magnifique. Je ne peux pas dire quel genre de poissons tu possèdes… mais il semble y en avoir plusieurs sortes. Qu'est-ce qui t'a poussé à avoir des poissons ?

C'était bizarre de ne pas te voir au restaurant hier soir. Je sais que tu n'y es venu que quelques jours, mais cela commençait à faire partie de ma routine, comme si tu étais l'un des habitués.

Je suis à la recherche d'un nouveau livre à lire, et j'ai pensé en prendre un des tiens. Peux-tu m'en recommander un ?
Paul

ANTHONY IGNORA le sursaut d'excitation qui courut le long de sa peau lorsqu'il vit que Paul avait répondu à son e-mail. Il s'obligea à traiter tous les messages liés au travail qui s'étaient entassés alors qu'il était en France. Paul ne serait pas chez lui pour lire sa réponse à l'heure qu'il était de toute façon, et même si le message apparaissait sur son téléphone, c'était la fin du service de déjeuner et il serait trop occupé pour répondre tout de suite. Anthony pouvait agir en employé responsable avant de répondre à son... il ne savait pas quelle étiquette donner à Paul. Ils avaient été amants pendant quelques jours, mais ce titre ne s'appliquait guère maintenant. Il ne connaissait pas assez bien Paul pour l'appeler son ami, même s'il le voulait. Une 'connaissance' ne rendait pas justice à l'intensité du temps qu'ils avaient passé ensemble. Il haussa les épaules. Il pouvait agir en employé responsable avant de répondre à Paul.

Deux heures plus tard, il avait l'impression d'avoir à peine fait une brèche dans tous les messages qui l'attendaient, mais il avait travaillé suffisamment longtemps pour justifier une pause. Il cliqua sur l'e-mail de Paul et commença à lire.

Il se sentit immédiatement coupable d'avoir cédé à la suggestion de Paul de rester éveillé et de boire du vin. Même s'ils n'avaient fait que rester éveillés, la journée aurait été plus facile pour lui sans gueule de bois. Il savait que Paul avait changé de jours de congé avec son frère afin qu'ils puissent passer le mardi ensemble en ville. Il aurait dû acheter une bouteille de vin à Florent ou autre chose, comme cadeau de remerciement, parce qu'il chérissait le souvenir de ces heures ensemble.

La réflexion sur le flirt avec les clients lui fit marquer un temps d'arrêt, mais il pouvait difficilement critiquer Paul à ce sujet alors que c'était la façon dont ils s'étaient tous les deux rencontrés en premier lieu, et Paul disait tout de même qu'Anthony était plus intéressant que ceux qui s'étaient trouvés là la nuit précédente. Il devrait apprendre à gérer le fait que ce ne serait peut-être pas toujours le cas, mais c'était son problème, et non celui de Paul. Ce n'était pas comme s'ils s'étaient fait des promesses autre que celle de rester en contact.

La description du plat du jour fit gargouiller son ventre. L'heure du déjeuner se rapprochait, mais cela demandait qu'il mange dehors ou qu'il aille à l'épicerie, parce qu'il n'y avait rien dans son réfrigérateur. Il allait travailler un peu plus longtemps et déciderait ensuite. Il devrait de toute façon aller à l'épicerie avant le dîner, mais il pourrait le faire en revenant de la salle de sport s'il n'arrivait pas à y aller plus tôt. Rien de ce qu'il pourrait faire ne vaudrait la nourriture qu'il avait mangée au restaurant de Paul.

Il voulait être un des habitués de Paul, un visage familier qui le ferait sourire chaque fois qu'il entrerait. Il faudrait qu'il se contente d'être celui dont les e-mails le feraient sourire, car il ne savait pas quand il retournerait à Paris.

Quant à une recommandation de livre, il n'avait pas la moindre idée par où commencer. Paul et lui avaient discuté de beaucoup de choses, mais pas de ce qu'il aimait lire. Il lui enverrait un e-mail pour le lui demander afin de pouvoir en choisir un que Paul apprécierait.

Paul,

Merci pour la gymnastique intellectuelle. Je n'avais jamais appris le nom de tous mes poissons en français, mais maintenant je les connais. J'ai deux demoiselles, un pseudochromis, trois poisson-clowns, une poignée de napoléons et un mandarin vert que je viens de recevoir. J'avais un pterophyllum, mais il est mort il y a un mois. Maintenant que je suis à la maison, je vais en prendre un autre. Je ne voulais pas en prendre un, puis partir tout de suite après. Les poissons ne sont pas aussi difficiles que la plupart des animaux de compagnie, mais j'aime être là pour leur période d'acclimatation. J'ai suivi des cours de biologie marine au lycée comme option et j'ai adoré ça. Dès que je me suis installé à Winston-Salem après la fac, j'ai acheté un aquarium, et j'y ajoute régulièrement des poissons depuis.

Je serais ravi de te recommander un livre, mais nous avons un éventail de choix très large et j'ai besoin d'un peu d'aide afin de trouver quelque chose pour toi. Nous n'avons pas de livres sur les joueurs de rugby ou la politique française, les deux choses qui, je le sais, te passionnent.

*En parlant de rugby, j'ai vu que Toulouse a remporté
son match hier. J'ai deux matches de Lyon enregistrés,
mais je n'ai pas encore eu le temps de les regarder. En
fait, Patricia s'attend à ce que je travaille pour gagner
ma vie. J'en regarderai un ce soir pendant que je ferai le
dîner (rien d'aussi bon que ce que j'ai eu avec toi, mais
c'est toujours mieux que de mourir de faim). Eh oui, j'ai
vu les scores, donc je sais qu'ils en ont gagné un et perdu
l'autre, mais je veux quand même les regarder. Tu sais,
si je parviens à venir quelques jours en début d'année
prochaine, nous devrions essayer d'obtenir des billets pour
l'un des matches à Paris.*

Anthony réfléchit à ce qu'il pourrait dire d'autre. Il s'était débrouillé pour insuffler suffisamment de choses dans une question pour permettre à la conversation de continuer si Paul était sérieux au sujet d'une recommandation de livre. Par contre, il n'allait pas toucher à son commentaire au sujet du flirt. Il n'avait aucun droit d'être jaloux, même si le monstre vert montrait le bout de son nez à la pensée que Paul puisse rencontrer quelqu'un d'autre au restaurant.

Il croiserait probablement quelques-uns de ses amis à la salle de sport ce soir. Ils avaient toujours réussi à se retrouver presque tous pour un match de basket-ball le jeudi soir, et cela lui ferait du bien de faire de l'exercice et de rester éveillé suffisamment longtemps pour revenir à un horaire régulier. Il pouvait parler de ça à Paul maintenant, ou il pourrait attendre et le mentionner dans son prochain e-mail. Il ne voulait pas trop vite être à court de choses à lui dire.

Il signa son nom et cliqua sur 'Envoyer' avant de pouvoir changer d'avis.

— Pourquoi souris-tu béatement comme ça ? demanda Florent, interrompant Paul avant qu'il puisse lire plus que le premier paragraphe de la réponse d'Anthony.

— Rien qui te concerne, répondit Paul d'un air renfrogné.

Il ne pouvait pas se l'expliquer, alors il ne serait certainement pas capable de l'expliquer à Florent.

— Hier, tu ne pouvais pas garder les yeux ouverts, d'après papa, donc je suppose que tu as passé une bonne nuit avec Anthony. Mais il est parti hier, donc ce n'est pas ce qui te fait sourire maintenant.

Florent était comme un chien avec un os.

— Il m'a envoyé un e-mail.

Florent haussa un sourcil.

— Vraiment ? Cela ne te ressemble pas de donner ton e-mail à un mec lambda avec qui tu as couché.

Anthony aurait pu être tellement plus qu'un mec lambda s'ils n'avaient pas vécu sur des continents différents.

— J'ai pris quelques photos mardi, et je les lui ai envoyées. Il m'a envoyé un e-mail pour me remercier et pour me faire savoir qu'il était bien rentré chez lui. Et une chose en a entraîné une autre.

— Une chose en a entraîné une autre... Combien d'e-mails vous êtes-vous échangés en trente-six heures depuis qu'il est parti ? demanda Florent.

Ils n'avaient pas échangé d'e-mails en trente-six heures, plutôt en douze, mais Paul n'allait pas le dire à son frère.

— C'est le deuxième que je reçois de lui. Je lui en ai envoyé deux. Non pas que cela te regarde.

— Deux en comptant les photos, ou sans compter les photos ?

— Je ne vais pas discuter de ça avec toi, dit Paul. Je vais lire mon e-mail, fumer une cigarette et retourner au travail. Et tu devrais toi aussi retourner au travail. Papa ne peut pas tout gérer si nous sommes tous les deux en pause.

— J'y vais, dit Florent. Promets-moi seulement que tu n'as pas fait quelque chose de stupide, comme t'attacher à un homme alors que tu savais qu'il devait partir.

— Je n'ai rien fait de stupide, répondit consciencieusement Paul.

D'après l'expression sur le visage de son frère, ce dernier ne le croyait pas. Paul haussa les épaules. Il n'avait jamais été doué pour le mensonge.

Florent retourna à l'intérieur, laissant Paul à son e-mail, mais la bulle de bonheur qu'il avait ressenti en le voyant dans sa boîte était maintenant entachée par la réflexion de Florent. Il ne pouvait pas être attaché à Anthony, peu importe combien cela avait été facile quand il était encore à Paris. C'était un ticket pour le chagrin parce qu'Anthony n'était certainement pas assis chez lui, soupirant après un simple serveur quand il avait un diplôme, une carrière et une vie de voyage et de choses excitantes. Paul avait été bon pour une aventure, ce qui était exactement ce dont ils avaient convenu. L'e-mail n'était

91

qu'une politesse, rien de plus. Il devait se reprendre, aller à l'intérieur et se trouver un mec mignon à ramener chez lui. *Si tu tombes, relève-toi et remets-toi en selle.* Son père lui avait dit cela chaque fois qu'il était tombé de son vélo. La même chose s'appliquait maintenant. Il allait se trouver quelqu'un et oublier Anthony pendant quelques heures. Demain, lorsqu'il serait reposé, il lirait et répondrait à l'e-mail, car c'était la chose polie à faire. Il pourrait même rester en contact avec Anthony tant qu'il gardait la relation légère et qu'il indiquait clairement qu'il ne languissait pas de quelqu'un qu'il ne pouvait pas avoir. Il n'avait pas besoin de faire un compte rendu circonstancié à Anthony pour lui faire comprendre qu'il allait de l'avant.

Paul prit une autre bouffée de sa cigarette, laissant la nicotine apaiser ses nerfs. Il avait encore trois heures de service ce soir, beaucoup de temps pour trouver une cible et flirter avec lui afin de l'entraîner dans son lit. Il ne savait pas ce qui se passait au parc des expos en ce moment, mais il y avait visiblement quelque chose parce qu'ils avaient eu des hommes en costumes au dîner d'hier et de ce soir. Ce serait facile. Quelqu'un en ville pour l'exposition qui mangerait ici ce soir et quelque part ailleurs demain, et qui serait partant pour du sexe anonyme. Il lui suffisait de trouver la bonne cible.

C'était plus difficile avec un groupe, d'où son succès avec Anthony. Il était beaucoup plus facile de draguer quelqu'un d'assis seul à une table.

Il écrasa sa cigarette avec le talon de sa chaussure et jeta le mégot dans la poubelle. Prenant une profonde inspiration, il alla à l'intérieur et prit un moment pour étudier la clientèle. La plupart des tables étaient composées de groupes de trois ou quatre personnes, même les tables qui n'étaient pas occupées par des habitués. Deux tables avaient des hommes seuls, mais l'un avait l'âge de son père et peut-être même plus, et l'autre avait une alliance au doigt. Un peu de sexe anonyme ne le dérangeait pas, mais il ne serait pas sciemment 'l'autre type'. Il observa les tables des groupes, mais il n'avait pas l'impression qu'il aurait de la chance ce soir. Il avait fait des plans au cas où avec Ludovic pour le week-end. S'il ne trouvait pas quelqu'un ce soir, il lui faudrait attendre un jour ou deux pour quelqu'un de gagné d'avance.

— Paul, occupe-toi de la table dans le coin arrière, l'appela son père, le tirant de ses pensées moroses.

Il attrapa le plateau de hors-d'œuvre et arbora son plus beau sourire poli. C'était la table où Anthony et Patricia s'étaient assis à la première nuit. Peut-être qu'il aurait à nouveau de la chance.

XI

PAUL TAPA sur 'Envoyer' pour l'e-mail d'Anthony, le félicitant de la victoire de Lyon contre Toulon une semaine plus tard et appuya sa tête contre le dossier du canapé. Il était épuisé, mais il avait besoin de se détendre un peu avant d'aller dormir. Il n'avait trouvé personne d'intéressant au restaurant ce soir, alors il avait l'appartement pour lui tout seul. Un rapide calcul lui dit que c'était la fin d'après-midi pour Anthony, presque l'heure du dîner. Probablement trop tard pour obtenir une réponse rapide. Il devrait prendre sur lui et faire face à une nuit avec seulement lui-même comme compagnie. Il devrait adopter un chat. Ce serait plus sain que la compagnie de coups d'un soir, sauf que cela exigerait un engagement, et Paul n'avait jamais été doué à ça.

Son ordinateur sonna, attirant son attention sur l'écran et la fenêtre du *chat* qui clignotait joyeusement. Il cliqua dessus et sourit.

AnthonyMercer : Salut, tu es debout tard.

PaulDelescluse : Trop fatigué pour dormir. Il y avait beaucoup de monde ce soir. As-tu regardé Lyon jouer ?

AnthonyMercer : Non, je finissais de traiter mes e-mails professionnels quand j'ai vu ton message. Et comme ta lumière était verte, je me suis connecté. J'espère que ça ne te dérange pas.

PaulDelescluse : Bien sûr que non ! Comment était le travail ? Pas trop dur ?

AnthonyMercer : Pas plus que d'habitude. Je suis encore en train de rattraper mon retard, bien que la plupart des choses urgentes aient été traitées. Ce sont les tâches quotidiennes qui s'empilent. Je devrais reprendre un rythme normal d'ici la fin de la semaine.

93

PaulDelescluse : Bien. Tu travailles trop.

AnthonyMercer : Et c'est toi qui me dis ça ? Je sais combien d'heures tu travailles par semaine. Tu es en congé demain, c'est ça ? Tu vas pouvoir un peu dormir et récupérer. J'ai en quelque sorte monopolisé entièrement ton jour de congé la semaine dernière.

Et cela avait été le meilleur jour de congé qu'il avait eu depuis longtemps – et pas si récemment non plus.

PaulDelescluse : Si tu étais ici, je passerais encore ma journée de demain avec toi. As-tu passé un bon week-end ?

AnthonyMercer : Un super week-end. J'ai joué au basket avec des amis samedi et nous avons terminé la soirée dehors. Je ne sais même pas à quelle heure je suis rentré cette nuit-là. Je n'étais pas le Capitaine de Soirée. ;)

Paul se renfrogna à la pensée d'Anthony sortant boire avec des amis. Il n'avait pas droit à la jalousie qui faisait bouillir son sang. Ils ne s'étaient fait aucune promesse. Bon sang, il avait couché avec Ludovic samedi soir pendant qu'Anthony sortait avec ses copains.

PaulDelescluse : Ça m'a l'air d'être une histoire qui vaut la peine d'être entendue. As-tu vu des hommes sexys ?

AnthonyMercer : Il y en avait un, mais je ne suis pas certain que quelque chose en ressortira. Le bar est dans un quartier qui est très décalé, gay friendly sans être exclusivement gay. Il y avait des couples homosexuels et un couple de minets qui étaient clairement à la recherche de quelqu'un qui les ramènerait chez lui, mais il y avait aussi des couples hétéros. C'est l'un de mes bars préférés, mais les hommes séduisants ne sont pas toujours gays.

Cela aurait dû un peu le réconforter qu'Anthony n'ait pas fini avec le premier mec qu'il avait rencontré après être rentré chez lui, mais ça ne l'était pas. Ce n'était pas le genre de l'Américain, en dépit de la semaine qu'ils avaient passée ensemble. Il devrait prendre son temps pour apprendre à connaître un homme, puis le garder. C'était ce qu'Anthony méritait.

PaulDelescluse : As-tu pris son numéro de téléphone au moins ? Tu ne pourras rien apprendre sur lui si tu n'as pas un moyen de le contacter.

AnthonyMercer : Je ne suis pas aussi rapide que toi. Ce n'est pas la première fois que je le vois. Si je le croise à nouveau, je trouverai le courage de lui parler. Et toi ? Je sais que tu as travaillé, mais est-ce que tu as tout de même pu avoir une pause ?

Paul réfléchit à ce qu'il pouvait dire à Anthony, mais ce dernier lui avait posé la question et il était visiblement déjà passé à autre chose s'il matait les hommes dans les bars. Il n'avait peut-être pas encore ramené quelqu'un chez lui, mais c'était uniquement parce qu'il n'était pas comme ça. Il prenait son temps, flirtait un peu, reculait, flirtait un peu plus. Malgré la façon plutôt directe dont il avait abordé Paul, l'approche lente lui ressemblait beaucoup plus.

PaulDelescluse : En fait, j'ai eu un peu de bon temps samedi soir. Un vieil ami est venu au restaurant.

AnthonyMercer : C'est super ! As-tu eu l'occasion de visiter un peu la ville avec lui ?

PaulDelescluse : On peut appeler ça comme ça. :D

AnthonyMercer : Oh, ce genre de visite !

PaulDelescluse : Ouaip. C'était exactement comme dans mon souvenir.

Anthony pouvait le prendre comme il voulait. Ce n'était même pas un mensonge. Le sexe avec Ludovic avait été exactement comme dans son souvenir… malheureusement. Il n'allait pas le dire à Anthony, par contre. Il valait mieux que ce dernier pense que Paul était passé à autre chose aussi facilement que l'Américain l'avait fait.

AnthonyMercer : Vas-tu passer un peu de temps avec lui demain tant qu'il est en ville ?

Paul n'avait aucune envie de passer plus de temps avec Ludovic, mais Anthony n'avait pas besoin de le savoir. Tout comme il ne corrigerait pas son hypothèse selon laquelle Ludovic n'était que de passage en ville.

PaulDelescluse : Il doit travailler. C'est l'inconvénient de mon emploi du temps. Lorsque je suis en congé, personne d'autre ne l'est, et je dois travailler quand les autres sont en congé.

AnthonyMercer : Il faut que tu te trouves quelqu'un avec des horaires flexibles. C'est l'une des choses que j'adore dans mon travail. Du moment que mes tâches sont accomplies à la fin de la semaine ou du mois, Patricia se moque de savoir quand je les fais. Je pourrais travailler de minuit à huit heures du matin et dormir la journée si je le voulais.

PaulDelescluse : Il n'y a pas beaucoup d'emplois qui ont ce genre de flexibilité. Tout le monde doit arriver au bureau à neuf heures, du lundi au vendredi.

AnthonyMercer : C'est quelque chose qui devient très à la mode ici, alors peut-être que ça traversera bientôt l'océan et que ce sera plus facile pour toi.

Cela ne ferait pas beaucoup de différences de toute façon, en ce qui concernait Paul. Une personne avec des horaires flexibles voudrait quelqu'un avec des horaires flexibles du même genre qu'elle, afin de pouvoir faire des choses ensemble. Il avait de la chance d'avoir un jour de congé par semaine. Il travaillait tous les soirs, pendant les vacances et les week-ends, et ce n'était pas près de changer. Lorsqu'il était enfant, cela ne l'avait jamais dérangé d'ouvrir ses cadeaux de Noël pour ensuite passer le reste de la journée au restaurant, mais Gilles n'avait pas du tout apprécié. Il avait supporté ça pendant quelques mois, mais il avait été très clair quand il avait quitté Paul que la raison principale de la rupture était son emploi du temps.

PaulDelescluse : On peut toujours espérer. Tu joues toujours au basket le samedi ?

AnthonyMercer : Quand je suis en ville. Nous nous sommes rencontrés quand nous étions à l'université. Nous faisions partie de la même fraternité et nous sommes tous restés en ville après l'obtention de nos diplômes. Nous jouions dans la ligue interne à cette époque, et nous avons continué après.

PaulDelescluse : C'est super.

AnthonyMercer : Ils voulaient tous savoir ce qui s'était passé à Paris. Ils ont dit qu'ils ne m'avaient pas vu sourire comme ça depuis au moins six mois.

PaulDelescluse : Que leur as-tu dit ?

AnthonyMercer : Que j'avais eu des vacances reposantes et que je m'étais fait un ami. Je ne pense pas qu'ils m'ont cru.

Paul n'aurait pas utilisé ces mots pour décrire le temps qu'ils avaient passé ensemble, mais il ne connaissait pas les amis d'Anthony. Ils savaient sans doute qu'il était gay, mais cela ne voulait pas dire qu'il approuverait qu'il ait une aventure à Paris.

AnthonyMercer : J'espère que ça ne te dérange pas. C'est simplement que nous avons passé une semaine tellement agréable que je ne voulais pas leur donner du grain à moudre pour leurs taquineries et leurs potins. Nous sommes tous trentenaires, mais j'ai parfois l'impression qu'ils ont encore quatorze ans.

Le soulagement fit sourire Paul.

PaulDelescluse : Ce sont tes amis. C'est à toi de choisir ce que tu leur dis. Et non, cela ne me dérange pas. Je sais ce que c'est que de se faire taquiner. Florent est le pire de tous.

AnthonyMercer : On sonne à la porte. Je reviens tout de suite.

Paul attendit plusieurs minutes, mais Anthony ne réapparut pas sur l'écran. Il bâilla une première fois, puis une deuxième. Il n'avait pas besoin de se lever tôt, mais il était déjà presque une heure du matin. Pas étonnant qu'il ait sommeil. Il attendit un peu plus longtemps, mais Anthony ne revenait toujours pas.

PaulDelescluse : Je n'arrive pas à garder les yeux ouverts. Passe une bonne soirée, on se reparle bientôt.

Il ferma son ordinateur portable et se rendit dans la chambre afin de se préparer pour la nuit. Il se blottit sous les couvertures et souhaita qu'elles sentent encore l'odeur d'Anthony.

— ATTENDS UNE seconde, Matt, dit Anthony lorsqu'il fut évident que son meilleur ami depuis l'université ne s'était pas arrêté pour une minute ou deux.

— Désolé, je pensais que tu aurais fini ton travail à cette heure.

— C'est le cas. Je discutais sur Internet avec un ami.

Anthony attrapa son ordinateur portable pour dire à Paul ce qui se passait. Le message de ce dernier clignotait sur son écran. Il tapa rapidement une réponse, sachant que Paul la verrait la prochaine fois qu'il se connecterait.

AnthonyMercer : Désolé de ne pas t'avoir dit bonne nuit. Mon meilleur ami a débarqué à l'improviste. J'espère que tu dors bien.

Une fois qu'il se fut occupé de ça, il referma son ordinateur.

— Voilà, je suis tout à toi. Je ne m'attendais pas à te voir ce soir.

Matt haussa les épaules.

— Robin est à son club de lecture, alors elle ne rentrera pas avant vingt-et-une heure, et je n'avais pas envie de me retrouver tout seul dans une maison vide.

— Elle ne va pas rester vide longtemps, dit Anthony. Dans très peu de temps, tu vas regretter de ne plus avoir une nuit tranquille sans rien faire à part regarder le mur.

Robin, la femme de Matt, était enceinte de six mois de leur premier enfant, et ils attendaient avec impatience l'agrandissement de leur famille.

— Si j'en arrive à ce point, j'appellerai Tonton Anthony afin qu'il fasse du baby-sitting pour la nuit, répondit Matt avec un sourire malicieux.

— As-tu dîné ? demanda Anthony. J'allais me préparer quelque chose, et c'est plus facile de cuisiner pour deux que pour un. Cela n'aura rien à voir avec ce que j'ai mangé à Paris, mais ce sera toujours mieux qu'un fast-food.

— En parlant de Paris, les autres ont peut-être avalé ce que tu nous as dit au sujet de vacances reposantes, mais je te connais mieux que ça, dit Matt. Raconte !

Anthony haussa les épaules.

— Je te l'ai dit. Je me suis fait un ami.

— Hum-hum. Tu as beaucoup d'amis et aucun d'eux ne met cette expression sur ton visage.

— Celui-là oui, insista Anthony.

— Pourquoi ? Qu'est-ce qui le rend différent ?

Comment expliquer Paul à Matt de façon à ce qu'il comprenne ? Anthony ne savait même pas par où commencer.

— Je l'ai rencontré dans un restaurant proche de l'hôtel. Patricia et moi y sommes allés pour dîner. Nous avons commencé à parler, et la discussion s'est transformée en flirt. Et Patricia n'arrêtait pas de me pousser, et avant que je comprenne ce qui se passait, elle retournait à l'hôtel pendant que j'attendais que Paul termine son service afin d'aller avec lui à son appartement. C'était censé être une nuit de sexe sans attaches avec un mec mignon.

— Mais ?

— Mais cela s'est transformé en presque une semaine de sexe vraiment incroyable avec un homme qui était aussi intéressant qu'il était mignon, et je n'avais plus envie de rentrer chez moi, dit Anthony précipitamment. Nous avons passé mon dernier jour à Paris ensemble, et il a pris des photos qu'il m'a envoyées. Nous nous sommes envoyé des e-mails depuis lors. Quand il m'en a envoyé un ce soir, je lui ai répondu sur Messenger. Je discutais avec lui quand tu es arrivé.

— Et que pense-t-il de tout ça ? demanda Matt.

— Je n'en sais rien, répondit Anthony. Il a répondu à tous mes messages et chacune de ses réponses en demandait en quelque sorte une de ma part. Il avait l'air content de discuter avec moi ce soir. Mais ensuite, il m'a dit qu'il avait couché avec un vieil ami ce week-end. C'est un mec très sympa. J'ai aimé apprendre à le connaître. J'ai aimé coucher avec lui. Et j'aime maintenant nos échanges d'e-mails et nos discussions.

— C'est ambitieux de ta part, déclara Matt. Les gens ne tiennent généralement pas à rester en contact avec leurs 'aventures'. Sauf s'il y a plus que ça ?

Il ne *pouvait* pas y avoir plus que cela, peu importe ce qu'aurait voulu Anthony si les circonstances étaient différentes.

— Je ne me fais pas d'illusions. Nous ne nous sommes fait aucune promesse. J'ai été très clair dès le début sur le fait que je ne restais que cinq jours à Paris.

— Alors, pourquoi gardes-tu le contact avec lui ? le pressa Matt. Je comprends pourquoi tu as voulu une aventure. Doug t'a baisé en long, en large et en travers. Avec ton 'truc' pour les hommes français – pour tout ce qui est français en fait, mais plus particulièrement les hommes – il était parfaitement logique que tu aies une aventure là-bas. Les copains peuvent croire à cette explication, mais je ne suis pas 'les copains'.

Non, Matt n'avait jamais été que l'un des 'copains'. Ils s'étaient bien entendus depuis leur premier échange lorsqu'ils avaient découvert qu'ils avaient été affectés dans la même chambre pour leur première année d'université. Matt avait été la première personne pour qui Anthony était sorti du placard, et il avait été son plus grand soutien au cours des relations qu'il avait eues, bonnes ou mauvaises, tout comme il avait soutenu Matt. Quand le temps était venu de choisir des colocataires pour l'année suivante – et celles d'après – ils ne s'étaient pas posé de question. Ils avaient signé pour partager une chambre. S'il pouvait être honnête avec quelqu'un, c'était bien avec Matt.

— Je ne vis pas à Paris. Je le savais en entrant là-dedans. Si j'ai le cerveau déglingué à cause de ça, ce n'est la faute de personne à part moi.

— Si tu as le cerveau déglingué à cause de ça, pourquoi tous les effets secondaires que nous avons sont positifs ? demanda Matt. Je ne dis pas que ton cerveau n'est pas déglingué, parce que Dieu sait qu'il l'est, mais tu sembles plus heureux que tu l'étais avant ton départ.

Anthony prit une profonde inspiration et essaya de trouver comment exprimer avec des mots la confusion qu'il ressentait.

— Peu importe comment cela s'est terminé ou ne s'est pas terminé – ou la façon dont on peut appeler ce que nous avons eu ou n'avons pas aujourd'hui – le fait d'avoir quelqu'un comme Paul qui s'intéresse suffisamment à moi pour vouloir passer tout notre temps libre ensemble pendant que j'étais là-bas, cela a donné un énorme coup de fouet à mon ego.

— Doug t'a fait plus de mal que tu veux bien l'admettre, déclara Matt. Tu continues à prétendre qu'il n'a qu'un petit peu meurtri ton ego, mais tu n'avais pas l'habitude de douter d'être digne de l'attention de l'homme qui avait retenu ton intérêt. Si Paul t'a redonné un peu de cette confiance, je l'aime déjà.

— C'est un mec bien. Si je vivais à Paris – bon sang, si je vivais n'importe où en France – je trouverais un moyen afin que cela fonctionne, mais je vis ici. Même si j'économisais et j'allais là-bas deux ou trois fois par an, ce n'est pas une façon d'avoir une relation.

— Non, en effet. Robin et moi avons pratiqué une relation 'longue distance' pendant quelques mois, mais nous savions que c'était temporaire. Il n'y aurait rien de temporaire au sujet de la distance entre la France et ici.

— Et il y a mon problème. J'ai passé trop de bon temps avec Paul. Je n'étais pas prêt à ce que cela s'arrête, et je ne suis pas prêt à lâcher prise. Mais visiblement, Paul ne ressent pas la même chose. Il n'y a aucune raison pour qu'il le fasse d'ailleurs. Je ne me souviens plus combien de fois je lui ai répété que c'était temporaire, que je partais le mercredi, que je devais rentrer à la maison, et cetera. Il n'a pas pu s'attacher à moi parce que je n'ai pas cessé de lui rappeler que c'était inutile. Cela n'a tout simplement pas fonctionné sur moi, dit Anthony.

— Je suis content que tu aies passé un bon moment à Paris, et je suis content que ça ait donné un coup de fouet à ta confiance en toi, déclara Matt. Maintenant, il faut que tu trouves quelqu'un ici, à Winston-Salem, qui te donne ce même coup de fouet à ton ego.

Ce serait formidable si cela se produisait, mais Anthony ne retiendrait pas son souffle. Il ferait de son mieux, parce que son amour-propre ne l'autoriserait pas à faire moins, mais il ne s'attendait pas à ce que la foudre frappe deux fois.

XII

ALORS QU'ANTHONY terminait de traiter ses e-mails professionnels, il entendit la notification d'un appel entrant sur Skype. Il cliqua dessus et sourit quand le visage de Paul apparut sur l'écran pour leur conversation hebdomadaire. Ils avaient commencé à chatter sur Skype parce que c'était plus facile que de taper sur le clavier dans une fenêtre de chat. Maintenant, c'était un événement hebdomadaire qu'Anthony attendait avec autant d'impatience que les matchs de basket avec ses amis ou les dîners du dimanche soir chez Matt et Robin où il pouvait passer des heures à gâter bébé Layla.

— Timing parfait. Je viens de terminer.

— Bien, dit Paul, sa voix crépitant un peu à travers la connexion. Comment vas-tu ?

— Je vais bien, répondit Anthony, en repensant au barbecue du quatre juillet chez Cary et son rendez-vous avec Steve. Très bien.

— Cela semble prometteur.

Le sourire de Paul se fit malicieux.

— Qu'est-il arrivé ?

— J'ai eu un... rendez-vous samedi. Tu te souviens du type sexy au bar, celui dont tu n'arrêtais pas de me dire de demander le numéro ? Eh bien, je l'ai finalement invité.

— Ce n'est pas trop tôt. Tu es aussi lent qu'un escargot. Je ne dis pas que tu doives baiser tout ce qui bouge, mais quatre mois ? le taquina Paul. Alors, où l'as-tu emmené ?

— Samedi, c'était le quatre juillet, notre fête nationale, et l'un de mes amis, Cary, organise toujours un grand barbecue chez lui, expliqua

101

Anthony. Tout le monde amène sa famille, sa petite amie, ou un rendez-vous, alors je me suis dit que ce serait un bon endroit pour commencer.

— Et ?

— Tu es un pervers qui s'ignore.

— Je n'ignore rien du tout, répondit Paul. Allez, dis-moi ce qui s'est passé. Tu sais que tu en as envie.

— C'était bien. Nous nous sommes bien amusés. Cary fait les meilleurs hamburgers que j'aie jamais goûtés.

Paul leva les yeux au ciel.

— Le sexe était bien ?

— Je ne plaisantais pas avec cette histoire de pervers qui s'ignore. Je n'ai pas couché avec lui. Je ne le connais pas suffisamment pour ça.

Paul avait une expression beaucoup trop béate pour la tranquillité d'esprit d'Anthony, mais il ne lui demanda aucune explication. S'il le faisait, il devrait lui expliquer en quoi Paul était différent. Et en plus, soit cela minimiserait le temps qu'ils avaient passé ensemble, soit donnerait l'impression que cela avait été plus que ça l'était en réalité. Paul et lui étaient devenus des amis au cours des quatre derniers mois, depuis qu'Anthony avait quitté Paris. Par e-mails, chats en ligne et appels Skype, Anthony avait appris presque autant sur Paul qu'il en savait au sujet de Matt, Cary et les autres. La seule différence était la proximité physique. Et le fait qu'il avait couché avec Paul, une chose qu'il n'avait faite avec aucun membre de son cercle d'amis à Winston-Salem.

— Que sais-tu de lui ? demanda Paul.

— Il s'appelle Steve, il a trente-trois ans, il travaille à l'université de Wake Forest dans le département commercial. Il est à Winston-Salem depuis un an et il s'y plaît bien jusqu'ici. Il rit aux blagues de mes amis et ma filleule l'aime bien.

— Comment va Layla ? demanda Paul. Tu ne m'as pas envoyé de photos la semaine dernière.

Anthony se détendit immédiatement au changement de sujet. Il avait été stupéfait par la fascination de Paul pour Layla, mais il avait volontiers partagé toutes les mises à jour sur les derniers mois de la grossesse de Robin, puis sur l'évolution de Layla depuis qu'elle était née.

— Elle va très bien. Elle a un mois maintenant et elle est de plus en plus éveillée tout le temps. Attends une seconde. Je vais t'envoyer les photos du barbecue. Je pense qu'il y en a une de Steve aussi.

— Hé, garde les photos du petit ami. Je veux voir mon bébé, dit Paul.

Anthony rit et sortit son téléphone afin de pouvoir lui envoyer les photos par e-mail.

— Comment s'est passé ton week-end ? demanda-t-il en parcourant les clichés pour trouver ceux qu'il voulait envoyer. Vous avez une grande fête qui arrive prochainement vous aussi. As-tu des projets spéciaux ?

— Le 14 Juillet tombe un mardi cette année, donc je dois travailler, déclara Paul. Ce devrait être une soirée animée. Peut-être que je vais rencontrer quelqu'un d'intéressant.

— Tu rencontres toujours quelqu'un d'intéressant.

Anthony trouva les photos de Layla et les envoya à Paul.

— Heureusement que je ne vis pas à Paris. Je serais jaloux.

Oh, putain, il n'avait pas voulu dire ça.

— Si tu vivais à Paris, peut-être que les autres ne seraient pas aussi intéressants, répondit Paul d'un ton léger. Oh, elle devient tellement grande ! Ses yeux seront verts. Peu importe ce que disent Matt et Robin. Je peux le voir.

Dieu merci pour les photos de bébés et la fascination de Paul avec Layla.

— Personne d'un côté ou de l'autre de leur famille n'a les yeux verts, dit Anthony. Beaucoup d'yeux bleus du côté de Matt et principalement marron du côté de Robin. Pas de vert. Je pense qu'ils vont gagner sur ce sujet.

— Tu verras, répondit Paul. Et quand j'aurai raison et que tout le monde aura tort, j'accepterai avec grâce de ne pas jubiler.

Anthony se mit à rire.

— Tu es fou. Dans le bon sens du terme, mais fou quand même.

PAUL TERMINA l'appel avec Anthony et s'effondra sur le canapé. Un petit ami. Anthony avait un putain de petit ami. D'accord, il ne couchait pas encore avec lui, mais cela ne tarderait pas si Steve n'était pas idiot. Il le serait s'il avait quelqu'un comme Anthony et ne l'entraînait pas au lit chaque fois qu'il le pouvait.

Non pas qu'Anthony ne méritait pas plus que cela, parce que bien sûr, il le méritait. Il méritait d'être savouré, dans chaque aspect de qui il était. Paul avait fait de son mieux pour le lui montrer pendant qu'ils étaient ensemble. Il avait fait de son mieux pour continuer à lui démontrer, même si la distance entre eux rendait impossible le fait de le savourer physiquement.

103

Il avait quelquefois pensé à suggérer du sexe au téléphone avec Skype – ils pourraient même avoir le visuel – mais ils s'étaient quittés comme des amis, et Paul se rendait compte qu'il appréciait la nouveauté d'avoir un ami. Pas un copain de baise. Pas son frère ou son père qui n'arrêtaient pas de lui faire des réflexions. Juste un ami. Quelqu'un avec qui il pouvait parler, passer du temps avec – en ligne, sinon en personne – plaisanter, discuter rugby, bref de tout et de rien. Il n'arrivait pas à se souvenir de la dernière fois qu'il avait eu un ami. Certainement pas depuis que sa mère était morte et que toute sa vie avait tourné autour du restaurant.

Cela ne faisait rien pour arranger la douleur qu'il ressentait dans ses testicules après leur rendez-vous hebdomadaire sur Skype ou même après les échanges d'e-mails moins prévisibles. À la minute où il voyait le nom d'Anthony apparaître dans sa boite d'e-mail ou dans la fenêtre de discussion instantanée, il commençait à durcir, et cela ne faisait qu'empirer au fur et à mesure qu'ils parlaient. Les nuits où il ne rencontrait personne d'intéressant au restaurant, il se consolait en se disant qu'Anthony n'y avait pas droit lui non plus. Maintenant, cependant…

Il regarda sa montre. Il était déjà minuit passé. Le temps qu'il prenne le métro ou un taxi pour le Marais, les bars seraient fermés. Il pourrait sortir plus tôt le lendemain soir et trouver quelqu'un qui lui donnerait un coup de main, et être à la maison suffisamment tôt pour ne pas être fatigué quand il irait travailler jeudi. Ou il pourrait trouver quelqu'un et le baiser toute la nuit et ne pas s'inquiéter d'être fatigué le jeudi. Cela dépendrait de son humeur.

— Qu'est-ce qui ne va pas chez toi ? demanda Florent quand il réussit enfin à coincer Paul entre le service du déjeuner et du dîner deux semaines plus tard.

— De quoi est-ce que tu parles ? le contra Paul.

— Tu es continuellement sur la brèche ces derniers temps ; tu ramènes quelqu'un chez toi presque chaque nuit où tu travailles et tu choisis même parfois quelqu'un au déjeuner. La moitié du temps, tu viens au travail le lendemain en ayant l'air de ne pas avoir dormi du tout. Je ne sais pas ce qui te motive, mais cela doit cesser.

— Ce ne sont pas tes affaires, dit Paul en bousculant son frère et en se dirigeant à l'extérieur pour fumer une cigarette.

— Ça l'est, répliqua Florent. Les habitués commencent à le remarquer. Jusqu'à présent, ils ne montrent que de la préoccupation parce que tu n'as pas l'air bien, et que papa leur a dit que tu avais été malade et que tu étais encore en convalescence, mais cela ne va tenir qu'un temps. Quel que soit ce qui te dévore, tu as besoin de le régler. Ou si tu ne veux plus travailler au restaurant, très bien, mais tu dois alors partir et faire autre chose, parce que papa et moi ne te laisserons pas détruire notre réputation.

— Est-ce une menace ? demanda Paul en allumant une cigarette avec des mains tremblantes. Parce que tu sais pertinemment comment je réagis aux menaces.

— Non, ce n'est pas une menace.

Florent fit courir ses mains dans ses cheveux et jeta un regard noir à son frère.

— Mais je ne vais pas rester assis à ne rien faire et te regarder foutre ta vie en l'air ainsi que notre moyen d'existence. Je ne disais rien quand ça n'arrivait que de temps en temps, parce que je sais le nombre d'heures que tu passes ici et qu'il est difficile de rencontrer des gens dans ces conditions. Je suis célibataire moi aussi. Je comprends. Mais ce n'est plus une fois de temps en temps. Qu'est-ce qui a changé ?

Anthony a trouvé quelqu'un. Mais Paul ne pouvait pas dire ça à son frère.

— Je vais faire plus attention. Je ne ruinerai pas la réputation du restaurant. Cet endroit est ma vie.

— Je pense que c'est une partie du problème. J'ai discuté avec papa pour engager quelqu'un à mi-temps afin que nous puissions avoir un jour de congé supplémentaire par semaine et peut-être même quelques demi-journées où nous ne travaillerions que pour le déjeuner ou le dîner, mais pas les deux. Il n'a pas dit non.

— Ce qui veut dire qu'il n'a pas dit oui non plus, lui fit remarquer Paul.

— Il y réfléchit, répondit Florent. C'est plus que ce qu'il a fait jusqu'à présent. Il s'est plongé dans le travail quand maman nous a quittés. Je ne crois pas qu'il ait compris ce que cela nous avait coûté à nous aussi.

Un jour supplémentaire, ou même quelques soirées rendraient les choses plus faciles pour aller dans le Marais et rencontrer quelqu'un. Cela rendrait également moins évidentes ses actions pour les clients du restaurant. Cela ne le ferait pas dormir mieux une fois que ses coups d'un soir le quitteraient pour la nuit, mais au moins il ne courrait pas le risque

que les habitués comprennent qu'il utilisait le restaurant comme un moyen de tirer un coup régulièrement.

— Je ne dors pas bien, admit-il. Je ne sais pas si un jour de congé supplémentaire ferait une différence, mais trouver quelqu'un de bien pour nous aider ne peut pas nous faire de mal. Tant qu'au moins deux d'entre nous sont ici presque tous les soirs et que nous y sommes tous le vendredi et le samedi, ça pourrait fonctionner. Le lundi est généralement un jour assez calme pour que nous puissions le gérer avec un seul d'entre nous, ce qui fait que nous aurions chacun deux nuits de congé par semaine. Cela ferait trois services en soirée pour la nouvelle personne. Si nous faisons trois services de midi, cela donnera également à chacun de nous une pause pour un jour par semaine. Ce serait un début. Si la personne est bien, nous pourrions toujours en ajouter plus.

— Pourquoi ne dors-tu pas bien ? demanda Florent.

Paul haussa les épaules.

— Je n'arrive pas à me détendre la nuit. Ce que je fais ou ne fais pas ne semble pas avoir d'importance. J'ai une ou deux nuits de bon sommeil par semaine. Le reste du temps, je tourne dans mon lit jusqu'à ce qu'il soit l'heure de me réveiller.

— Y a-t-il quelque chose de différent les nuits où tu dors ?

— Pas vraiment. Je pense que l'épuisement me rattrape, c'est tout, et que je m'endors parce que mon corps ne peut plus rester éveillé.

— Est-ce que le sexe fait une différence ? Dors-tu mieux ces nuits-là ? le pressa Florent.

Paul rougit. Il ne voulait pas discuter de sa vie sexuelle avec son frère.

— Non. Ou pas nécessairement. Certaines nuits, j'ai l'impression que ça m'aide. Et d'autres, pas du tout. Et non, je n'ai pas trouvé quelque chose dans le sexe lui-même pour l'expliquer.

Aucun de ses rendez-vous nocturnes n'était suffisamment remarquable pour qu'il s'en souvienne dans la matinée. C'était un soulagement physique, rien de plus.

— Alors pourquoi le faire ? Qu'est-ce que cela t'apporte ? Tu n'es pas à la recherche d'une relation, sinon tu ne ramasserais pas quelqu'un de différent chaque fois. Cela ne t'aide pas à te détendre et à dormir. Cela ne te rend pas heureux. À quoi ça sert ?

— Je me sens mieux pendant que je le fais, dit Paul. C'est la seule chose qui me fait me sentir bien en ce moment.

— Il ne t'est jamais venu à l'esprit qu'il pourrait y avoir un problème avec cette déclaration ? Tu n'as jamais été comme ça. Le restaurant était ce qui te rendait heureux. Tu avais l'habitude d'aller à des rassemblements et des choses comme ça tes jours de congé. Tu avais l'habitude de ne pas te soucier de choses en dehors de ta prochaine baise. Et je ne parle pas d'il y a quelques années, non plus. C'est récent.

— Je ne fais rien de mal, répondit Paul. Il n'y a rien de mal dans les relations sexuelles. Je ne contrains personne. Je ne force pas ceux qui ne sont pas intéressés. Nous retirons tous les deux ce que nous voulions en commençant la nuit. Il n'y a jamais de promesses non tenues ou quelqu'un de déçu dans la matinée. Si ça me permet de traverser la nuit et le jour suivant, ce n'est pas une mauvaise chose.

— Tu es à côté de la plaque, cria Florent. Est-ce que tu essaies d'être obtus ou es-tu vraiment aussi stupide ? Ce n'est pas au sujet du sexe. C'est de savoir pourquoi tu as besoin du sexe pour traverser la nuit et le jour suivant, comme tu le dis. Non, tu ne fais pas de mal aux hommes que tu rencontres. Je t'ai observé faire ça suffisamment de fois pour savoir que c'est consensuel, mais tu le fais pour masquer quelque chose qui te blesse. Cela ne résout pas le problème, sinon tu n'en aurais pas encore besoin la nuit suivante.

Paul écrasa sa cigarette.

— Cette conversation est terminée. Je serai plus discret au restaurant si tu arrives à convaincre papa d'embaucher une personne afin que nous ayons deux soirées de congé par semaine. Je vais prendre des somnifères pour ne plus avoir l'air aussi fatigué tout le temps. Le reste ne te regarde pas.

Il se dirigea à l'intérieur et attrapa le plateau de verres propres avec assez de force pour les faire tinter les uns contre les autres. Il prit une profonde inspiration pour se calmer. Son père n'apprécierait pas s'il cassait les verres à pied parce qu'il était énervé contre Florent.

Pour qui diable se prenait Florent pour le questionner comme ça ? Ce que Paul faisait de son temps libre n'était l'affaire de personne, et cela comprenait également les fouineurs qui posaient des questions à son père à son sujet. Du moment qu'il venait travailler en temps et heure, qu'il faisait bien son service et qu'il ne s'imposait pas à quelqu'un qui n'était pas intéressé, il ne faisait rien de mal. Ce n'était pas comme s'il ramenait quelqu'un chez lui tous les soirs. Il n'en ramenait jamais le mardi. Il avait d'autres plans pour cette nuit-là. Et s'il ramenait quelqu'un le mercredi soir, ce n'était pas du restaurant. Ils étaient trop occupés les vendredis et les

107

samedis pour qu'il puisse y consacrer trop d'efforts, alors à moins d'avoir de la chance – comme cela était arrivé avec Anthony – il rentrait seul chez lui la plupart des week-ends. Et le lundi était trop calme pour qu'il y ait quelqu'un d'intéressant de toute façon. Cela signifiait que seuls les jeudis et les dimanches étaient propices pour rencontrer quelqu'un, mais même alors, cela n'arrivait que s'il y avait un événement au parc des expositions. Ludovic mis à part, il était assez intelligent pour ne pas flirter avec les habitués. Il n'était pas stupide, malgré ce que pensait visiblement Florent.

Il repoussa le fait qu'il dormait mieux les mardis soir. C'était simplement parce qu'il n'avait pas à se lever le lendemain matin. Quand il s'endormait enfin, il pouvait dormir aussi longtemps qu'il le voulait au lieu de mettre l'alarme afin de se lever pour aller travailler. Cela n'avait rien à voir avec le fait qu'il parlait avec Anthony ces soirs-là.

XIII

LE SOLEIL de la fin d'octobre brillait directement à travers le pare-brise alors qu'Anthony conduisait vers Raleigh pour sa réunion mensuelle avec Patricia. Parfois, il se demandait pourquoi il s'embêtait à faire le trajet. Ils se parlaient régulièrement sur Skype et s'envoyaient des e-mails tous les jours, mais il n'était pas prêt à abandonner ces réunions face à face. Ils accomplissaient tellement plus de choses lorsqu'ils étaient dans la même pièce.

Il n'avait pas mis grand-chose sur leur ordre du jour aujourd'hui, seulement un ou deux points à discuter au sujet de leur performance au Royaume-Uni et quelques réflexions sur ce qui pourrait améliorer leur implantation en France et en Allemagne. Mais à part ça, il venait surtout pour écouter la dernière idée brillante de Patricia, quelle qu'elle soit.

Il se gara dans le parking devant le bureau et se dirigea à l'intérieur. Danielle lui fit un signe de derrière son bureau alors qu'il entrait.

— Pas de béquilles aujourd'hui ? demanda-t-il en regardant autour de lui et en ne voyant pas les supports dont elle avait habituellement besoin pour marcher.

— Plus besoin, dit-elle avec un grand sourire. La prothèse est bien installée, et mon physiothérapeute m'a dit que je devais cesser de compter sur les béquilles si je voulais m'habituer à marcher avec elle. J'ai une canne, juste au cas où.

— C'est merveilleux !

Il fit le tour du bureau pour l'étreindre. Quand elle avait commencé à travailler pour *Along the Spectrum Press*, six mois auparavant, elle se remettait d'un accident de voiture qui lui avait coûté une jambe et son travail dans la vente. En ce qui concernait Anthony, l'embauche de Danielle était la meilleure décision que Patricia avait prise. Elle avait un talent pour le service après-vente et une attention au détail qui faisait d'elle l'assistante administrative idéale, libérant Patricia et Juana, la directrice des opérations, afin qu'elles puissent gérer les projets à long terme plutôt que les questions au jour le jour.

— Fais-moi voir.

Danielle se leva, marcha vers la porte et revint à sa place. Anthony pouvait voir l'inégalité dans sa démarche, mais elle n'hésita pas ni ne trébucha.

— C'est incroyable. Je suis si fier de toi. Tu vas à nouveau courir des marathons en un rien de temps.

— Je n'en suis pas sûre, mais il y a une course de cinq kilomètres en mars avec un kilomètre pour les enfants qui lui sont associés. Je vais m'inscrire. Même si je ne peux pas encore courir, je compte bien être capable de parcourir cette distance en marchant dans six mois, dit Danielle.

— Tu y arriveras, répondit Anthony. Préviens-moi à ce moment-là. Je viendrai pour le week-end afin de t'encourager.

— Si tu n'es pas en France, je te prendrai au mot, dit Danielle.

Bien sûr, le Salon du Livre avait lieu en Mars, et s'il prenait des vacances avant ou après l'événement, il pourrait ne pas être chez lui à ce moment-là. Il lui faudrait obtenir les dates afin de planifier ses vacances en fonction de ça, si possible. Peu importait s'il partait plus tôt ou revenait plus tard. Une semaine de congé était une semaine de congé.

— Danielle, est-ce qu'Anthony... Oh, salut Anthony.

Il se retourna en entendant son nom. Juana Gutierrez, leur directrice des opérations, débarqua dans la salle d'accueil sans faire attention puisqu'il n'y avait jamais beaucoup de passages.

— Patricia t'attend, mais je veux d'abord mon câlin.

Il se pencha pour étreindre la petite femme qui dirigeait l'entreprise d'une poigne de fer. Il avait vu des vendeurs la sous-estimer quand ils commençaient à essayer de lui vendre un produit. Personne ne faisait cette erreur deux fois.

— Comment vas-tu ?

— Oh, je suis bénie, comme toujours. Vas-y. Patricia t'attend. Danielle et moi prendrons ses appels jusqu'à ce que vous ayez terminé.

C'était une surprise. Alors que Patricia dégageait son agenda de toutes les réunions le jour où il devait être en ville, elle prenait toujours des appels téléphoniques si quelque chose survenait qu'elle seule pouvait traiter. Elle ne lui avait donné aucune indication sur l'existence d'un problème.

Il prit une profonde inspiration pour se calmer. Patricia le lui aurait dit s'il y avait un problème. Elle devait avoir un nouveau projet en tête au sujet duquel elle voulait lui parler. Pas de raison d'être nerveux.

Son sourire éclatant le salua alors qu'il entrait dans son bureau. Peu importe ce que Juana pensait que Patricia devait lui dire, cette dernière ne sourirait pas de cette façon si c'était une mauvaise nouvelle. Il l'étreignit.

— Comment était le trajet ? demanda-t-elle.

— Deux heures, comme d'habitude, répondit-il. Au moins, c'est un trajet agréable.

— Oui, en effet, convint Patricia. Quoi de neuf à Winston-Salem ?

— Tout le monde va bien. Layla grandit à une vitesse incroyable. Matt et Robin en sont un peu plus gagas chaque jour qui passe, ce que j'aurais pensé impossible, sauf que je le constate chaque fois que je vais les voir, répondit Anthony.

— Et Steve ? demanda Patricia.

Anthony haussa les épaules.

— Nous avons décidé que nous étions mieux en tant qu'amis. Il est très sympa, mais c'est allé aussi loin que ça pouvait. Nous sortons et faisons toujours des choses ensemble parce qu'il est de bonne compagnie et que c'est mieux que de sortir tout seul si les gars sont occupés, mais nous ne sommes plus ensemble.

— Et cela te convient ? demanda Patricia. La dernière fois que tu es venu ici, je pensais que les choses allaient bien entre vous.

— C'était une décision mutuelle, déclara Anthony. Je ne suis pas malheureux à ce sujet. Pas comme je l'étais avec Doug.

— Tant mieux. Cela rend les choses plus faciles pour moi. Qu'est-ce que tu dirais de déménager à Paris pour un an ou deux ?

Anthony la dévisagea pendant un moment en essayant de déterminer si elle était sérieuse. Son expression ne changea pas. Quelle que soit la réflexion qui l'avait amenée à cette conclusion, elle était parfaitement sérieuse à ce sujet.

— Oh, s'il te plaît, ne me jette pas dans ce buisson de ronces, dit-il avec un sourire.

Elle rit, comme il l'avait prévu.

— Cela ne marchera pas sur moi, Caliméro. Je sais combien tu aimes Paris. Ne me répond pas tout de suite. Réfléchis-y sérieusement. Ce ne sont pas quelques semaines durant lesquelles quelqu'un nourrira tes poissons. Il est question de douze mois ou plus. Tu dois penser à ta mère. À Matt, Robin et Layla. Tu ne seras pas là pour son anniversaire, ou si tu l'es, ce sera parce que tu auras pris l'avion jusqu'ici pour le faire. Évidemment, nous couvrirons tes frais de déménagement puisque c'est nous qui t'envoyons là-bas, mais il va falloir que tu abandonnes ton appartement ou que tu trouves quelqu'un pour le sous-louer. C'est une grosse décision.

Elle avait raison, bien sûr. Elle avait toujours raison.

— Dis-moi ce que tu veux que je fasse quand je serai là-bas, dit-il. Si je dis oui, qu'est-ce que je ferai que je ne peux pas faire d'ici ?

— Le problème que nous avons à essayer de placer nos livres sur les marchés français et allemand, c'est que nous n'avons personne sur le terrain, déclara Patricia. Nous avons besoin de quelqu'un pour rencontrer les imprimeurs, les distributeurs, les diffuseurs, et même les libraires. Nous avons besoin de quelqu'un pour gérer le stock. Toutes les infrastructures de production que nous avons mises en place ici doivent être recréées là-bas. Le travail d'arrière-plan de la traduction peut encore être traité comme cela l'a toujours été depuis que nous avons commencé, mais une fois que les fichiers sont prêts, j'ai besoin de quelqu'un qui peut les pousser à travers le reste du processus et pas se contenter de les télécharger sur Amazon. Nous savions tout cela quand nous sommes allés au Salon du Livre, mais mes espoirs de trouver un moyen de faire tout cela à distance n'ont pas abouti. Je pourrais chercher à embaucher quelqu'un en France – et c'est l'un de nos objectifs, en fait, trouver quelqu'un pour prendre ta relève une fois que tout sera en place afin que tu puisses revenir à la maison – mais je n'en suis pas encore au point de placer aveuglément ma confiance dans quelqu'un que je ne connais pas. J'ai besoin d'une personne qui comprend qui nous sommes, ce que nous représentons et comment nous fonctionnons, pour mettre les choses en place.

Anthony se remémora les réunions qu'il avait eues au Salon du Livre. Il avait passé ses soirées avec Paul, mais les journées avaient été remplies de réunions productives. Il avait les contacts pour faire ce que Patricia lui demandait, et il ne pensait pas que cela prendrait plus d'un an, même si trouver quelqu'un d'intéressé pour prendre en charge son fonctionnement une fois que tout serait mis en place risquait de prendre un peu de temps.

— Je suis la personne toute désignée pour m'occuper de ça, déclara-t-il. Je parle français, et je connais la société aussi bien que quiconque, à part toi et Juana. Ma mère ne sait plus qui je suis lorsque je lui rends visite, et son problème cardiaque a empiré. Ils la placent dans un hospice de soins palliatifs en novembre. J'irais la voir quelques semaines autour de Thanksgiving, mais je m'attends à ce que ce soit ma dernière visite. Pour de multiples raisons, j'espère que ce sera ma dernière visite. Je ne veux plus qu'elle souffre.

— Nous pouvons retarder ton déménagement jusqu'à ce qu'elle nous quitte, dit Patricia. La seule urgence est ma propre impatience de voir cela se produire. Nous pourrions le faire dans six mois ou même dans un an à partir de maintenant, si tu veux attendre.

— Si je pensais qu'être ici ferait une différence, je l'envisagerais, dit Anthony, mais tout ce qui reste, c'est une coquille. Ma mère a disparu il y a longtemps.

— Cela ne rend pas les choses plus faciles.

— Non, mais je ne suis presque jamais là. Lorsqu'elle était en assez bonne santé pour pouvoir la déménager, les médecins le déconseillaient car ils disaient qu'elle serait mieux dans un endroit familier, et maintenant c'est trop tard. Paris est aussi bien que Winston-Salem pour ce que je la vois. Si je vivais dans la même ville et pouvais la voir tous les jours, ce serait peut-être différent, mais ce n'est pas le cas.

— Tu pourrais travailler de là-bas, répondit Patricia. Même si j'apprécie nos réunions mensuelles, nous pourrions les faire via Skype afin que tu puisses être avec elle. Même si elle ne te reconnaît pas, cela ne signifie pas que ta présence ne lui procure pas un certain réconfort.

Anthony y avait pensé plus d'une fois, mais lorsqu'il lui avait rendu visite en septembre, elle n'avait donné aucun signe de reconnaissance de sa présence – la sienne ou celle des infirmières. Cela avait vraiment atteint le point où la mort serait un soulagement.

— Je ne pourrais pas aller en France avant Thanksgiving de toute façon. Je me souviens lorsque j'y suis allé étudier et que j'ai dû obtenir un visa de longue durée. Il faudra au moins trois semaines, et peut-être même six, avant que j'obtienne un visa, même si j'en fais la demande demain. Je pars pour le Michigan dans deux semaines. Laisse-moi voir comment les choses se passent quand je serais là-bas et je te donnerai une réponse à ce moment-là, si ça te convient. Je veux le faire, évidemment, mais déménager pour une période de temps prolongée est plus compliqué que jeter quelques vêtements de rechange dans une valise et monter dans un avion.

— Juana a un peu regardé ce que nous devions faire pour parrainer ton visa. Tu as raison. Ce n'est pas si facile. Je vais lui demander de commencer

113

à traiter la paperasse. De cette façon, tout sera prêt quand tu le seras, que ce soit en janvier, en juin ou plus tard. Il te faudra également trouver un endroit où vivre.

— Je pourrais demander à Paul de rechercher un logement pour moi, dit Anthony. Nous nous parlons toutes les semaines.

Patricia haussa un sourcil. Anthony soupira et leva les yeux au ciel.

— Oui, je sais ce que tu penses, mais je ne me languis pas de lui et vice-versa. Nous sommes devenus amis. Je l'*aime bien*, Patricia. J'apprécie véritablement de lui parler, et cela n'a rien à voir avec le sexe parce que nous ne le faisons pas.

— Pas même du sexe au téléphone ?

— Non, pas même du sexe par téléphone. Nous avons tous les deux fréquenté d'autres personnes. Je ne peux même pas me souvenir d'une conversation où nous aurions eu ce qui ressemblerait à un flirt, encore moins du sexe au téléphone, dit Anthony d'un air exaspéré.

— Du moment que tu ne prépares pas à plus de chagrin.

— Ce n'est pas le cas, lui promit Anthony. Nous sommes amis.

— Bon, penses-y, pèse bien toutes tes options et prends la décision qui sera la bonne pour toi, déclara Patricia. Lorsque tu seras prêt, fais-moi savoir ce que tu as décidé. Maintenant, puisque tu es là, j'ai toute une liste de choses dont nous devons discuter.

ANTHONY TENDIT son verre à Matt et déposa le sien sur le comptoir avant de sortir Layla de son siège-bébé.

— Comment va mon petit trésor aujourd'hui ? demanda-t-il en lui embrassant le front.

Elle gazouilla.

— Merci d'être venu, lui dit Matt. Je suis content que Robin ait encore ses soirées entre filles, mais Layla a passé une mauvaise nuit et j'ai eu une journée épuisante au travail. Je ne pouvais pas envisager une soirée sans avoir au moins la compagnie d'un adulte.

— Je suis toujours content de venir ici. Tu le sais.

— Oui, et je t'en suis éternellement reconnaissant.

Matt prit une grosse gorgée de son thé glacé et s'appuya sur le dossier du canapé en fermant les yeux.

— Comment s'est passée ta semaine ? Tu es allé à Raleigh, n'est-ce pas ?

— Oui, répondit Anthony.

Il fit passer Layla sur un bras afin de pouvoir prendre une gorgée de sa boisson. Elle tendit la main vers le verre, mais il le maintint hors de sa portée.

— Pas encore, chérie. Il faut que tu sois un peu plus vieille pour boire autre chose que le lait de ta maman.

Il reposa son verre.

— Patricia m'a fait une proposition.

— Oh, vraiment ? demanda Matt d'une voix traînante en ouvrant un œil. Depuis quand es-tu attiré par les femmes ?

Anthony lui jeta un coussin. Il savait qu'on appelait ça des 'coussins à jeter' pour une bonne raison.

— Pas ce genre de proposition. Elle m'a offert une chance de m'installer à Paris pendant un an ou deux aux frais de la société afin de mettre en place une branche d'*Along the Spectrum*.

— Waouh ! C'est une sacrée proposition, dit Matt en ouvrant les deux yeux et en se redressant sur le canapé. Qu'est-ce que tu lui as répondu ?

— Nous avons convenu que j'allais y réfléchir jusqu'à ce que je rentre du Michigan, et je prendrai une décision ensuite, répondit Anthony. L'état de Maman ne va pas s'améliorer. Je me suis fait à cette idée il y a longtemps, mais si elle a vraiment atteint ses dernières semaines, je devrais peut-être retarder mon départ jusqu'à ce qu'elle nous quitte. Ce n'est pas une proposition du genre 'c'est maintenant ou jamais'.

— Qu'en pense Paul ? demanda Matt.

— Je ne lui en ai pas encore parlé, avoua Anthony. J'ai vu Patricia hier, et je ne parlerai pas à Paul avant mardi. De plus, rien n'est encore définitif.

— Envisages-tu vraiment de dire non ? le pressa Matt. Je ne veux pas dire 'pas maintenant'. Je veux dire 'non, jamais'. Parce que je sais tout sur ton histoire d'amour avec Paris. Tu ne cesseras jamais de te donner des coups de pied de ne pas y être allé lorsque la situation de ta mère le permettait.

— Il y a beaucoup à réfléchir. Je dois renoncer à mon appartement, j'espère trouver quelqu'un pour le sous-louer jusqu'à ce que le bail expire en juin, ou bien faire face aux dépenses d'une rupture de bail. Je dois trouver ce que je dois faire avec mon aquarium – ou mes poissons en tout cas. Je peux toujours mettre l'aquarium dans un garde-meubles. Je dois y stocker la plupart de mes affaires, car il ne sert à rien de payer pour les expédier en

France, même si j'y reste pendant un an ou deux. Et puis il y a toi, Robin et Layla. Oui, c'est une opportunité que je ne suis pas susceptible d'obtenir à nouveau, mais j'ai une vie ici.

— Et nous serons encore ici lorsque tu reviendras, dit Matt. Tu t'es débrouillé pour maintenir une amitié avec une aventure que tu as eue à Paris via e-mails et Skype. Je suis certain que tu peux faire la même chose, ou mieux, avec une amitié de quinze ans. Et tu pourras revenir ici. Ce n'est pas comme si tu allais être piégé là-bas. Tu pourras revenir pour l'anniversaire de Layla, ou pour l'enterrement de ta mère, ou pour Noël. Il faudra que tu achètes un billet d'avion, mais tu pourras venir.

— Je ne pourrais pas venir à la dernière minute pour te soulager un peu.

— Eh bien, Cary viendra, ou Will, ou Sam, ou un des amis de Robin, ou alors je m'armerai de courage et je m'occuperai de Layla seul. Elle grandit et elle va commencer à faire ses nuits, et ça deviendra plus facile. C'est ta décision, frangin, mais la seule raison que je vois pour que tu ne partes pas, c'est ta mère, et cela ne va pas être un problème pendant encore très longtemps si j'en crois ce que disent les médecins. Cela fait plus d'un an maintenant que tu dis que le temps est venu.

— C'est vrai. Ma tante est finalement d'accord avec moi, et tu sais qu'elle me contredit toujours par principe.

— Alors, espérons que vous ayez tous les deux raison et qu'elle lâche bientôt prise. Et lorsqu'elle le fera et que sa succession sera en ordre, tu devrais partir à Paris. Ce n'est que pour un an ou deux, puis tu reviendras à la maison, et tout sera comme avant. Que vas-tu faire au sujet de Paul ?

— Quoi, Paul ? demanda Anthony. Je lui dirai que je m'installe là-bas, évidemment, mais à part lui demander de m'aider à trouver un logement et peut-être faire des choses ensemble quand il ne travaillera pas, je ne vois pas ce qu'il vient faire là-dedans.

— Oh, peut-être a-t-il à voir avec le fait que lorsque tu étais à Paris la dernière fois, tu as passé tout ton temps libre dans un lit avec lui ?

— Pas tout mon temps libre, protesta Anthony. Nous avons passé un jour entier en ville avant que je reprenne l'avion.

— Cela ne change pas ma remarque, déclara Matt. Tu étais assez accroché lorsque tu es revenu à la maison il y a huit mois.

— Je l'étais, et depuis, nous sommes devenus des amis, nous avons tous les deux fréquenté d'autres personnes, et nous avons évolué. Je ne me suis pas morfondu parce que j'étais ici et qu'il était là-bas. Cela n'a pas

116

fonctionné avec Steve, mais tu ne peux pas me dire que tu penses que c'est à cause de Paul.

— Non, je ne pense pas que c'était à cause de Paul, et tu as eu raison de fréquenter Steve pendant deux mois. Je ne veux simplement pas que tu retournes là-bas avec des attentes pour finalement constater que Paul n'est pas tout ce dont tu te souvenais.

— Mais c'est la beauté de tout ça ! s'exclama Anthony. J'ai passé les huit derniers mois à apprendre à le connaître d'une manière totalement différente. Il n'est pas tout comme je m'en souviens. Il est tellement plus, à bien des égards. Et à d'autres, il l'est moins, ce qui est tout aussi bien, parce que je le connais maintenant, il n'est pas une conception imaginaire. Je n'y retourne pas avec des illusions ou des attentes parce qu'il n'y en a aucune à avoir.

— Je n'arrive pas à décider si c'est terriblement mature ou terriblement naïf, dit Matt. Mais je ne vais visiblement pas te faire changer d'avis. Je l'ai rencontré ce soir-là le mois dernier lorsque tu étais encore en train de discuter avec lui quand je suis arrivé, alors je comprends pourquoi tu le trouves attirant. Et par rapport à tout ce que tu m'as dit, il a l'air d'un mec vraiment bien, mais cela ne veut pas dire qu'il est le bon pour toi, plus que ne l'a pas été Steve.

— Je le sais. Il fume, son emploi du temps est un enfer, et il ramasse des mecs au restaurant parce que c'est plus facile que d'avoir une véritable relation. Je pourrais supporter la cigarette et même l'emploi du temps, puisque le mien est flexible à un certain degré, mais je recherche une relation. Paul était parfait pour une aventure à Paris. Cela ne l'intéresse pas d'être présenté aux parents et aux amis, et c'est très bien. Il est quand même mon ami.

XIV

L'icône de Skype clignota devant les yeux de Paul, lui signalant l'appel d'Anthony. Il cliqua sur 'accepter' et sourit lorsque le visage de l'américain apparut sur l'écran. Cependant, le sourire disparut lorsqu'il vit l'expression d'Anthony. Il savait que son ami passait par une période difficile avec sa mère, mais son expression montrait plus qu'une mauvaise passe.

— Hé, tu n'as pas l'air bien.

— Salut, Paul. Ouais, ça a été une semaine de merde. Nous avons déménagé maman dans un service de soins palliatifs parce qu'elle est de toute évidence en train de mourir, mais ma tante nous a combattus, insistant pour qu'elle reçoive plus de soins au lieu de mourir simplement confortablement. Tout a été réglé ce matin. Ils lui ont retiré le tube d'alimentation, alors maintenant nous attendons.

Paul ferma les yeux en repensant à la douleur ressentie à la perte sa mère.

— Je suis tellement désolé. Je sais que cela ne t'aide pas du tout. Je voudrais pouvoir faire quelque chose pour t'aider.

Le sourire d'Anthony était forcé, mais il était là.

— J'ai pu survivre à la journée en me disant que je te parlerais ce soir. Cela m'a donné quelque chose à attendre au milieu de toute cette animosité et ces récriminations. Je comprends que ma tante est en train de perdre sa sœur, mais ce n'est pas comme si je n'étais pas partie prenante moi aussi. C'est de ma mère que nous parlons.

— Tu n'as pas besoin de me l'expliquer. Ma mère est morte d'un cancer il y a une quinzaine d'années. Elle est restée lucide jusqu'à la fin, ce qui est une bénédiction je suppose, mais cela signifie aussi qu'elle a dû participer à la prise de décision à la fin de son traitement afin de passer à des soins palliatifs. Cela n'a pas rendu la chose plus facile. Mon père ne s'en est toujours pas remis. Pas vraiment en tout cas.

— Je ne pense pas que c'est quelque chose dont on peut se remettre. Je crois que c'est une chose avec laquelle on apprend à vivre, parce qu'on n'a pas le choix. Le bon côté, c'est que je vais pouvoir accepter l'offre de Patricia plus tôt que prévu.

— De quelle offre s'agit-il ? Une promotion ? N'oublie pas que tu as promis de venir me voir en mars.

— Que dirais-tu si je venais un peu plus tôt que ça ? Par exemple à la mi-janvier ?

— Janvier est mort. Je peux prendre des vacances à ce moment-là, bien que je ne comprenne pas pourquoi tu voudrais venir à Paris à ce moment-là, dit Paul, en repoussant un frisson d'excitation.

Anthony avait un petit ami. S'il venait lui rendre visite, ce ne serait qu'en tant qu'ami, rien de plus.

— Ce ne serait pas pour des vacances, répondit Anthony. Patricia veut que je m'installe à Paris pour mettre en place une succursale d'*Along the Spectrum*. Ce serait un engagement d'un an, voire plus, cela dépendra du temps qu'il faudra pour tout mettre en place et trouver quelqu'un qui gèrera ça pour nous.

Paul fixa l'écran bouche bée. Pas des vacances, pas de temps limité. Il prit une profonde inspiration et se força à se rappeler qu'Anthony fréquentait quelqu'un.

— Et qu'en dit Steve ?

— Je ne le lui ai pas demandé, répondit Anthony. Nous ne sortons plus ensemble. Nous sommes amis, mais le reste n'était pas ce que nous voulions. Nous préférions regarder un match à la télévision au sexe, c'était plutôt évident.

Paul avait tellement de commentaires qui jaillissaient dans sa tête au sujet des prouesses d'amant de Steve, de sa déficience mentale pour laisser quelqu'un comme Anthony partir, de l'insatiabilité d'Anthony lorsqu'il avait été avec lui, mais il les ravala. Anthony n'avait pas besoin de ce genre de commentaires en ce moment.

— La mi-janvier te donne un peu de temps pour planifier. As-tu réfléchi où tu allais vivre ? Tu es le bienvenu chez moi aussi longtemps que tu en auras besoin.

— C'est vraiment généreux de ta part, répondit Anthony. Je ne pense pas que la ville dans laquelle je vais loger soit importante. Je vais continuer à travailler à domicile, mais être dans Paris me permettra de rencontrer les imprimeurs, les distributeurs et tout le reste. Le métro me permettra de me rendre à des réunions partout en ville, et si elles n'ont pas lieu dans Paris, je pourrais prendre le train ou même louer une voiture. Je fais un peu de recherche sur un site d'immobilier, et j'ai trouvé quelques options intéressantes. Pourrais-tu y jeter un coup d'œil pour moi ?

— Bien sûr. Mais je ne connais pas tes goûts ou tes besoins. J'étais sérieux quand je t'ai dit que tu pouvais rester avec moi pendant quelques semaines. Cela te donnera le temps de les visiter toi-même et de t'assurer que cela correspond à ce dont tu as besoin.

— Je suppose que je pourrais mettre mon ordinateur portable dans ton salon pour quelques jours, déclara Anthony. Ce ne sont pas des conditions de travail idéales, mais Patricia ne s'attend pas à ce que je sois au top de la productivité pendant mon déménagement. Mais je ne voudrais pas te 'gêner'.

Paul leva les yeux au ciel en ignorant le pincement de tristesse qu'il ressentit au ton subtilement inquisiteur d'Anthony.

— Si je deviens trop désespéré, j'irai chez eux au lieu de les ramener chez moi, mais je peux m'en passer pendant quelques semaines, tu sais. Je ne suis pas désespéré à ce point.

Anthony rit.

— Nous savons déjà que ton lit est assez grand pour deux, sauf si tu as l'intention de me faire dormir sur le canapé.

— Je ne te ferai pas dormir sur le canapé, répondit Paul. Je ne monopoliserai même pas les couvertures.

Anthony secoua la tête, mais il souriait.

— Tant mieux, parce que je ne compte pas me blottir contre toi pour rester au chaud.

— Oh, pourquoi pas ? le taquina Paul. Ce n'est pas comme si nous ne l'avions pas déjà fait.

— Oui, mais c'était quand il n'y avait rien d'autre entre nous que le sexe, répondit Anthony. Tu es mon ami maintenant, et c'est beaucoup trop important pour moi pour gâcher cela en baisant. Peu importe ce que disent les gens, 'amis avec avantages' ne fonctionne jamais. L'amitié en souffre toujours, et je ne vais pas risquer ça.

Autant Paul aimait l'idée d'être trop important pour Anthony pour risquer de le perdre, il ne put s'empêcher d'en ressentir un soupçon de déception. Le sexe avec Anthony avait été d'un niveau entièrement différent de celui avec chaque homme avec lequel il avait couché depuis.

— Quand penses-tu venir ? Je me débrouillerai pour avoir un jour de congé ce jour-là. Nous avons finalement trouvé un autre serveur à qui mon père fait suffisamment confiance, alors mon emploi du temps est un peu plus souple que ce qu'il avait l'habitude d'être. Pas beaucoup, parce qu'il semblerait que nous sommes plus occupés que jamais, mais quelqu'un peut me couvrir la journée où tu arriveras.

— Je n'ai pas encore mon billet. Tu es la première personne à qui j'annonce que j'allais vraiment le faire. Matt et moi en avons discuté lorsque Patricia me l'a proposé, mais tout dépendait de l'état de ma mère, c'est la raison pour laquelle je ne t'en avais pas parlé avant aujourd'hui. Jusqu'à ce que je sois certain que ça allait vraiment se produire, je ne voulais pas donner d'espoir à quiconque, y compris à moi-même. Par contre, rien ne m'empêche d'arriver un mercredi. De cette façon, tu n'auras pas besoin de modifier les horaires de tout le monde. Je pourrais m'installer, et quand tu seras au travail le lendemain, je pourrais commencer à chercher un appartement. Je suppose que je ne pourrais pas trouver quelque chose meublé ?

— Probablement pas, répondit Paul. La plupart des appartements meublés sont en fait des studios destinés aux étudiants. Ils sont habitables, mais pas beaucoup plus. Tu ferais mieux de trouver un endroit que tu aimes et le meubler chez Ikea ou un magasin de ce genre. Ce n'est pas très haut de gamme, mais ce sera toujours mieux que ce qu'un propriétaire aura entassé afin de donner à un étudiant un endroit pour dormir. En supposant que tu n'expédies pas des meubles de chez toi.

— Je n'avais pas l'intention de le faire. Cela me semble beaucoup pour un déménagement temporaire, même si c'est pour une année, dit Anthony. Il faudrait que je réexpédie tout chez moi lorsque j'aurai tout mis en place et que je donnerai les rênes du nouveau bureau à quelqu'un d'autre. Je suppose que si j'achète quelque chose qui vaut la peine d'être conservé, tu pourras m'aider à trouver quelqu'un à qui le donner, ou même une association à qui je pourrais en faire don.

— Je suis sûr que nous trouverons quelque chose. Il se pourrait même que nous ayons des choses que tu pourrais utiliser pour commencer. Il faut d'abord que j'en parle à mon père, bien sûr, mais puisque tout ça ne fait que

121

prendre la poussière dans la cave, je ne vois pas pourquoi tu ne pourrais pas t'en servir.

— Ce serait fantastique. Patricia paie mes frais de déménagement, mais cela ne signifie pas que je doive lui envoyer une énorme facture si je peux l'empêcher. Elle va déjà avoir à payer mon billet d'avion et les frais de bagages supplémentaires pour les choses que je dois apporter. Ce n'est pas comme si je pouvais jeter quelques vêtements de rechange dans une valise comme lorsque je vais à une conférence.

— Je viendrais te chercher en voiture, dit Paul en riant. Nous ne voulons pas transporter tous ces bagages dans le train.

— Il n'y en aura pas tant que ça ! Deux valises de bonne taille et mes bagages à main.

— Je viendrais en voiture, répéta Paul. Tu seras fatigué. Tu ne voudras pas endurer le train, peu importe combien tu penses que ce serait faisable, et de cette façon, tu n'auras pas à payer de taxi. Parce que je sais à quelle heure arrivent les vols en provenance des États-Unis, et crois-moi, tu ne veux pas vraiment rester assis dans un taxi pendant deux heures parce que tu es arrivé à l'heure de pointe.

— Donc, tu vas endurer deux heures de circulation à la place ? demanda Anthony.

— Au moins, nous serons ensemble.

— PAPA, J'ÉTAIS en train de penser au lit et au bureau que nous avons mis dans la cave il y a quelques années, dit Paul lorsqu'il arriva au travail le jeudi matin. Ils sont toujours là, n'est-ce pas ?

— Ils y sont, répondit son père. Mais je ne vois pas comment le bureau pourrait tenir dans ton appartement, et tu as déjà un lit.

— Ils ne sont pas pour moi, expliqua Paul. J'ai un ami des États-Unis qui va emménager à Paris. Il va rester un an, alors il lui faut un endroit où vivre et des meubles, mais ce n'est pas un déménagement définitif. Il ne veut pas faire expédier ses affaires pour avoir à payer encore une fois lorsqu'il repartira dans un an. Il peut acheter quelques meubles à IKEA, mais je me suis dit que ce serait sympa qu'il ait un ou deux beaux meubles, et comme nous ne les utilisons pas…

— Je ne savais pas que tu avais des amis à l'étranger. Où l'as-tu rencontré ?

122

— Ici, à Paris, en mars, lorsqu'il est venu pour le Salon du Livre, répondit Paul.

Il avait espéré éviter un interrogatoire, mais cela n'allait visiblement pas arriver.

— Nous nous sommes bien entendus quand il était ici et nous sommes restés en contact. Je lui ai offert de rester chez moi pendant quelques semaines jusqu'à ce qu'il trouve un appartement et qu'il soit prêt à y vivre, mais il a besoin d'espace pour travailler, et mon appartement ne fournit pas vraiment cela.

— Est-ce le blond qui est venu dîner tous les soirs avec la belle femme noire ? demanda son père.

Paul aurait dû savoir qu'il se souviendrait d'Anthony et de Patricia. Il se souvenait de tout le monde. C'était ce qui faisait revenir les touristes et les habitués dans leur restaurant.

— Oui, c'est Anthony et sa patronne, Patricia. Elle dirige une maison d'édition et elle essaie de développer leurs ventes en France. C'est pourquoi ils étaient là en mars, et c'est pourquoi Anthony vient s'installer ici maintenant. Il ne m'a pas donné tous les détails, mais je n'y aurais rien compris de toute façon. L'édition n'est pas mon domaine.

Son père grogna, mais ne posa pas d'autres questions.

— Je suppose qu'il peut les avoir. Ils ne font que prendre la poussière. Mais je veux les récupérer quand il partira.

— Bien sûr, papa. Ce serait un prêt. Il le comprend bien, répondit Paul.

Son père n'eut pas l'air convaincu, mais il agita la main devant Paul.

— Tu as du travail à faire. Nous en rediscuterons lorsqu'il arrivera ici.

Paul disparut dans la cave afin de remplir le stock de vin derrière le bar. Ils vendaient plus de verres de vin de table que des bouteilles millésimées à midi, mais il valait mieux être prêt, et tout ce qu'ils n'utilisaient pas au déjeuner était servi au dîner.

Florent le rejoignit au bar lorsqu'il remonta l'escalier avec une caisse de vin dans les bras.

— Qu'est-ce qui a mis papa de mauvaise humeur ? Tu n'étais pas là hier pour qu'il ait à se plaindre de toi.

— Il n'a pas eu à se plaindre de moi depuis que nous avons embauché Gaël, répondit Paul. Je lui ai demandé si je pouvais emprunter une partie du mobilier dans la cave pour un ami qui s'installe à Paris en janvier.

— Un ami, répéta Florent. Est-ce que par-là tu veux dire Anthony, parce que tu n'as pas d'autres amis. Pourquoi déménage-t-il à Paris ?

Paul répéta l'explication qu'il avait donnée à son père.

— Bien, peut-être que maintenant que tu seras de meilleure humeur si tu as quelqu'un qui t'attend à la maison au lieu de tout le temps rentrer dans un appartement vide, déclara Florent.

— Ce n'est pas comme ça, dit Paul. Nous sommes amis. Je suis sûr que je le verrai lors de mes jours de congé, si son emploi du temps le permet, et je suis sûr qu'il viendra dîner parfois, parce qu'il a dit plus d'une fois combien il aimait la nourriture ici et qu'il ne trouvait jamais quelque chose d'aussi bon chez lui. Mais c'est tout. Du moins jusqu'à ce qu'il trouve un appartement. Mais cela ne prendra pas plus d'une semaine ou deux.

Florent le regarda bizarrement.

— Tu ne penses pas qu'il est étrange que vous soyez resté en contact pendant tout ce temps ? Je vous ai regardé ensemble cette semaine-là, tu sais. Je ne t'ai jamais vu agir comme ça avec personne, pas même avec Gilles avant que tout tourne mal.

Paul fit une moue de dégoût à la mention du seul homme avec lequel il avait rêvé de passer sa vie.

— En effet, Anthony est vraiment quelqu'un de bien.

— Tu pensais que Gilles l'était aussi, à un moment donné, dit Florent. Même si tu ne t'en souviens pas maintenant, tu pensais qu'il était extraordinaire.

Puis la maladie de leur mère avait empiré et Gilles était devenu plus exigeant. Lorsque Paul avait choisi de rester au chevet de sa mère plutôt que dans le lit de son amant, Gilles l'avait largué. Paul avait banni les relations à partir de là.

— Eh bien, je me suis trompé, pas vrai ? Écoute, je sais que tu essaies de m'aider, mais j'ai la chance d'avoir quelque chose avec Anthony que je n'ai pas eue depuis longtemps. Un ami. Je peux avoir des relations sexuelles quand j'en ai envie. Je ne veux pas gâcher mon amitié avec Anthony en essayant d'en obtenir de lui.

Anthony avait très clairement dit qu'il n'en obtiendrait pas de toute façon, alors il valait mieux corriger ces hypothèses avant qu'elles aient l'occasion de prendre racine.

— Ne t'est-il pas venu à l'idée que tu pourrais gâcher ta chance d'avoir plus avec Anthony en l'obtenant ailleurs ? demanda Florent.

Peut-être, s'il y avait eu le moindre indice qu'Anthony serait intéressé, mais il n'en avait donné aucun, et Paul avait appris sa leçon avec Gilles.

— Il n'est pas plus intéressé par une relation avec moi que je le suis par une relation tout court. Je te remercie d'essayer de trouver mon bonheur, mais dans ce cas, tu cherches dans la mauvaise direction. Par contre, cela explique peut-être pourquoi papa est de mauvaise humeur, s'il pense que je demandais à emprunter le mobilier afin de m'en servir comme un moyen de me glisser à nouveau dans le pantalon d'Anthony.

— J'ai bien vu que c'était un sujet de préoccupation pour lui, en convint Florent. Mais il a accepté, alors je vais laisser tomber. Il n'y a pas de raison de faire empirer les choses en essayant de lui expliquer la situation.

— Seigneur, non. Si je le faisais, je finirais avec un sermon sur la façon dont je ne devrais pas coucher à droite et à gauche, et comment cela donne une mauvaise image de moi et du restaurant, et est-ce que je veux vraiment me faire une telle réputation. Comme si les gens s'en préoccupaient.

Paul leva les yeux au ciel.

— Au moment où je pars avec quelqu'un, il n'y a plus personne dans le restaurant, donc personne ne me voit, et tous les serveurs flirtent un peu avec les clients. Cela fait partie de notre métier de fournir un service attentionné et d'engager la conversation avec les clients. Je ne suis pas le seul à récolter des numéros de téléphone. J'en ai vu plus d'un sur tes additions.

— La différence, c'est que je les mets à la poubelle, déclara Florent.

— Mais personne ne voit ça non plus, le contra Paul. Tout se passe après qu'ils sont tous rentrés chez eux.

Florent haussa les épaules.

— Quand Anthony s'installe-t-il à Paris ?

— En janvier, répondit Paul. Il n'a pas encore son billet, mais il m'a dit qu'il me ferait savoir dès qu'il l'aurait. Il va se débrouiller pour arriver un mercredi afin que je puisse aller le chercher. Il n'y a aucune raison qu'il trimballe ses valises dans le métro ou qu'il paie un taxi. Sa mère est mourante. Il doit rester et s'occuper d'elle en premier.

— Dis-lui que je suis désolé, dit Florent. Je n'ai pas eu l'occasion de le connaître, parce qu'il était toujours à ta table, mais je sais combien c'est difficile.

— Je le ferai, dit Paul.

— Paul, Florent, les tables ne sont pas prêtes et le restaurant ouvre dans dix minutes. Arrêtez de parler et mettez-vous au travail !

Les deux frères échangèrent un regard coupable et s'empressèrent de tout préparer pour la ruée du déjeuner. Le reste pouvait attendre.

XV

ANTHONY REMUA sur son siège alors que l'avion roulait vers le terminal de l'aéroport Charles-de-Gaulle. Le vol n'avait pas été mauvais et il avait pu dormir un peu, mais rien ne pouvait changer le fait que son corps pensait encore qu'il était deux heures du matin. Il s'étira autant qu'il le put sur le siège et fit rouler ses chevilles. Elles n'étaient pas aussi enflées qu'elles auraient pu l'être. Le siège en classe affaires avait un repose-pied afin qu'il puisse les élever un peu, mais ses pieds étaient chauds et le démangeaient, témoignage de trop de temps passé à rester assis. Il lui faudrait faire une longue marche s'il arrivait à supporter le froid. L'exercice permettrait de réduire le gonflement plus rapidement que n'importe quoi d'autre. Cela aiderait également l'état de fatigue générale dans lequel il se trouvait, bien que cela provienne de plus d'une nuit de sommeil interrompue. Il avait réglé la succession de sa mère à la satisfaction de sa tante, mais la douleur et le fait de traiter avec cette dernière avaient eu des conséquences qui exigeraient plus qu'un peu d'exercice et une bonne nuit de sommeil pour guérir.

Il vérifia à nouveau qu'il avait son passeport à portée de main. L'immigration n'était généralement pas un problème pour entrer en France, mais cela faisait des années qu'il n'était pas venu en tant que plus qu'un touriste pour quelques jours, que ce soit pour le plaisir ou pour le travail. Cette fois, il venait pour rester et il s'attendait à un examen plus approfondi de ses papiers. La dame au consulat de Charlotte lui avait assuré que tous ses papiers étaient en ordre, mais jusqu'à ce qu'il passe l'immigration – et probablement l'arrêt à la préfecture pour obtenir sa carte de séjour – il ne serait pas en mesure de se détendre complètement.

126

Le fait de savoir que Paul l'attendait quand il aurait passé la douane et l'immigration l'empêcha de sauter au plafond. Il devrait peut-être se débrouiller tout seul pour affronter l'immigration, mais une fois cet obstacle passé, Paul pourrait l'aider avec le reste. Ils avaient déjà parcouru ensemble les annonces en ligne d'appartements et fait une liste des lieux susceptibles où il pourrait vivre. La plupart d'entre eux étaient à Montparnasse ou au sud, vers le parc des expos, parce que Paul connaissait mieux ces zones pour le conseiller sur les bons quartiers, mais cela ne dérangeait pas Anthony. Vivre près de son seul ami à Paris alors qu'il allait travailler chez lui et que tous ses contacts d'affaires seraient d'autres sociétés et pas des collègues ne serait pas une mauvaise chose. Cela lui permettrait de voir Paul le plus souvent lorsque ce dernier aurait du temps libre.

L'avion se gara devant sa porte et Anthony fut trop occupé avec ses bagages à main, l'immigration, et ses deux grosses valises pour continuer à penser. Il passa la douane avec un soupir de soulagement.

— Anthony !

Il regarda autour de lui jusqu'à ce qu'il trouve Paul appuyé nonchalamment contre le mur extérieur de la douane. Il agita la main pour lui montrer qu'il l'avait vu et commença à marcher dans cette direction. Paul se redressa du mur et vint à sa rencontre, l'embrassant sur les deux joues plutôt que de lui serrer la main comme Anthony s'y était attendu.

— C'est bon de te voir. Laisse-moi prendre un de tes sacs.

Anthony lui tendit la poignée de la plus légère de ses deux valises.

— C'est bon de te voir aussi.

— Comment était le vol ?

— Sans incident, répondit Anthony, ce qui est toujours la meilleure chose qu'on peut dire pour un vol.

— C'est vrai. As-tu besoin de quelque chose avant que nous nous dirigions vers la ville ? Une tasse de café ? Un arrêt aux toilettes ?

— Non, tout va bien. Nous avons eu un petit déjeuner dans l'avion, si l'on peut appeler ça comme ça. Cela va me tenir jusqu'à ce que nous arrivions chez toi. Je te demanderai peut-être une tasse de café quand nous y serons, par contre. Quatre heures de sommeil, c'est mieux que rien, mais cela ne suffit pas vraiment.

— Tu pourras faire une sieste cet après-midi si tu veux. Je n'ai rien de prévu, sauf les tâches habituelles du mercredi, comme aller à l'épicerie, mais je peux le faire tout seul si tu veux te reposer.

Anthony secoua la tête, ignorant la vrille d'anticipation à l'idée de dormir dans le lit de Paul. Steve et lui avaient eu des rapports sexuels, mais il n'avait jamais dormi dans le même lit. Cela n'avait jamais semblé juste. Il n'avait pas dormi à côté de quelqu'un depuis sa semaine avec Paul.

— Si je fais ça, je ne dormirai pas ce soir et cela prendra beaucoup plus de temps pour me remettre du décalage horaire. Je préfère rester éveillé et bien dormir ce soir, peut-être un peu plus tôt que d'habitude, mais à l'heure du coucher, pas au milieu de l'après-midi. J'irai faire les courses avec toi. Ça me tiendra éveillé.

— Tu es certainement le bienvenu pour m'accompagner. Je vais principalement acheter des produits de base comme du café, puis je mangerai au restaurant, mais tu ne voudras pas y venir tous les jours pour le déjeuner et le dîner, ainsi tu pourras choisir toi-même ce que tu veux pour le déjeuner au lieu que je prenne des choses que je pense tu pourrais aimer.

— Je ne vais probablement pas venir tous les soirs parce que je ne peux pas justifier cette dépense d'argent alors que tu as une cuisine et que j'en aurai une lorsque j'aurai trouvé mon logement, mais je viendrai de temps en temps. Je ne plaisantais pas en disant que la nourriture me manquait, dit Anthony.

— Est-ce tout ce qui t'a manqué ? demanda Paul.

— À propos de Paris ? Non, la liste des choses qui me manquent à Paris prendrait tout le trajet jusqu'en ville et plus encore, répondit Anthony.

Il esquivait la question, et Paul le savait, mais Anthony ne voulait pas prendre ce chemin. Paul et lui étaient des amis, rien de plus, et même le léger flirt de Paul ne pourrait changer cela.

— Je suis blessé. Je ne t'ai pas manqué ?

Il battit des cils dans sa direction d'une telle façon exagérée qu'Anthony ne put s'empêcher de rire.

— Je n'ai jamais dit que tu n'étais pas sur la liste des choses qui me manquaient à Paris, mais nous avons parlé presque chaque semaine depuis que je suis parti. Je n'ai pas eu de bonne nourriture française pendant dix mois. Ce n'est pas la même chose.

— Voilà qui est mieux, déclara Paul.

Ils atteignirent la voiture et entassèrent les bagages d'Anthony dans le coffre de la 2CV.

— Je ne savais pas que ces voitures étaient encore en circulation ! s'écria Anthony.

128

— Ils n'en font plus, mais papa ne veut pas la lâcher. Et puisqu'elle roule toujours très bien, il n'y a aucune raison de le faire. Ce n'est pas comme si nous l'utilisions souvent.

— Si elle n'est pas cassée, pourquoi la réparer ? dit Anthony alors qu'il montait dans la voiture.

— Exactement.

La circulation était aussi horrible que Paul l'avait prévu. Le périphérique était à l'arrêt. Paul alluma la radio.

— Je sais que tu as dit que tu ne voulais pas faire de sieste cet après-midi, mais pourquoi ne pas essayer de dormir un peu maintenant ? Il n'est que 8 heures 30. Ce n'est pas une heure déraisonnable, je ne me lève habituellement pas avant neuf heures. Cela te donnera un peu plus d'énergie pour le reste de la journée.

Anthony voulait rester éveillé, mais Paul avait besoin de se concentrer sur la conduite, pas de le divertir, et avec une circulation aussi mauvaise qu'elle l'était, cela pourrait prendre une heure ou plus pour se rendre à l'appartement de Paul.

— D'accord, mais réveille-moi s'il y a quoi que ce soit que tu veux que je fasse.

— Je le ferai, promit Paul.

Anthony utilisa son manteau comme oreiller pour sa tête alors qu'il s'appuyait contre la fenêtre et fermait les yeux. La musique et les vibrations de la voiture l'entraînèrent dans un demi-sommeil léger. Il devait s'être endormi finalement parce qu'il se réveilla en sursaut lorsque Paul arrêta la voiture.

— Nous sommes arrivés. J'ai même trouvé une place de parking devant. Tout le monde doit déjà être au travail, je suppose.

Anthony bâilla et s'étira autant qu'il le pouvait dans la petite voiture.

— Combien de temps ai-je dormi ?

— Environ une heure, répondit Paul. Une fois que nous avons passé l'accident sur le périphérique, la circulation s'est beaucoup allégée. Montons tes bagages, puis tu pourras prendre une douche et un café, et nous pourrons réfléchir au déjeuner. Nous pourrions prendre des crêpes avant d'aller faire les courses.

— Cela semble parfait.

L'air froid fut un choc pour le corps d'Anthony lorsqu'il sortit de la voiture pour prendre ses bagages. Il cligna des yeux plusieurs fois alors qu'ils commençaient à s'humidifier.

— Je savais qu'il faisait plus froid ici qu'en Caroline du Nord, mais le savoir et le sentir sont deux choses totalement différentes.

— Va à l'intérieur et réchauffe-toi, dit Paul en lui offrant ses clés. Je peux m'occuper de tes bagages.

— Non, c'est simplement le choc de sortir de la chaleur de la voiture, voilà tout. Je vais vivre ici. Je dois m'y habituer.

Anthony attrapa ses bagages à main et une des valises du coffre de la voiture. Paul prit l'autre et ils se dirigèrent à l'intérieur. L'entrée de l'immeuble n'était pas chauffée, mais il faisait tout de même plus chaud qu'à l'extérieur, en particulier parce qu'il n'y avait pas de vent pour traverser son jean. Un pantalon en laine pourrait être de mise pour les deux prochains mois.

— Il n'y a aucun moyen que nous rentrions dans l'ascenseur avec tous mes bagages, dit-il.

— Tu devrais y tenir avec tes sacs, répondit Paul. Je peux prendre les escaliers. Je le fais habituellement, pour faire un peu d'exercice. Je te retrouve à l'étage.

Ils parvinrent à coincer Anthony et ses valises dans l'ascenseur, même si ce dernier n'était pas certain d'être capable d'en sortir sans aide. Il appuya sur le bouton et attendit alors que l'ascenseur grinçait et craquait, faisant lentement son chemin vers le quatrième étage. Il appuya sa tête contre le mur et se félicita de n'avoir pas sauté sur Paul à la minute où il l'avait vu. Même s'ils voulaient tous les deux quelque chose de différent de la personne avec qui ils seraient, Paul n'était pas devenu moins attirant durant le temps de leur séparation. La familiarité n'engendrait pas toujours le mépris. Cette constatation mise à part, la conversation entre eux avait été facile comme elle l'avait toujours été sur Skype et dans leurs e-mails. Il pouvait le faire. Il pouvait squatter chez son ami pendant une semaine ou deux jusqu'à ce qu'il trouve et meuble un endroit à lui, sans que cela se transforme en quelque chose de plus.

L'ascenseur sonna et la porte intérieure s'ouvrit en glissant. Avant qu'Anthony puisse atteindre la porte extérieure afin de la pousser pour l'ouvrir, Paul la tira avec son sourire en coin habituel.

— Donne-moi ta mallette et l'une des valises. Cela te donnera une marge de manœuvre pour sortir l'autre valise de l'ascenseur.

Anthony fit ce qu'on lui dit puis sortit le reste de ses affaires. Paul déverrouilla sa porte et lui fit signe de le précéder.

— Tu sais où tout se trouve. Apporte tes affaires dans la chambre. Nous verrons à partir de là ce qu'il faut déballer et ce qu'il faut laisser dans les valises.

Anthony prit le couloir en direction de la chambre de Paul. Rien n'avait changé depuis la dernière fois qu'il était venu, mais il ne s'était pas attendu à ce que ce soit le cas. Il poussa sa valise dans un coin et mit son sac à côté d'elle.

Paul arriva juste derrière lui avec l'autre valise.

— J'ai fait un peu d'espace pour toi dans l'armoire, dit-il. Tu peux pendre quelques chemises et des pantalons si tu veux.

Il le dépassa pour ouvrir la porte de l'armoire, sa hanche effleurant celle d'Anthony. La chambre était minuscule, à peine assez grande pour deux sans l'ajout de ses affaires. Cela ne voulait rien dire. Paul ne proposait rien. Il l'avait effleuré en le dépassant, rien de plus.

— Merci, dit-il.

Il se racla la gorge lorsque le mot sortit d'un ton rauque.

— J'apprécie vraiment le fait que tu bouleverses ta vie afin de me faire de la place.

Paul se retourna pour lui faire face, si proche qu'Anthony pouvait sentir la chaleur de son corps à travers ses vêtements.

— Ce n'est rien. Tu aurais fait la même chose pour moi si j'avais déménagé en Caroline du Nord. Il y a de la place dans un des tiroirs aussi.

Il se dirigea vers la commode, mais soit il avait mal évalué la distance, soit il s'était pris le pied dans la sangle du sac d'Anthony, parce qu'il trébucha. Anthony tendit la main sans réfléchir pour le stabiliser, ses bras s'enroulant autour de la taille de Paul. Ce dernier lui saisit les épaules par pur réflexe, croisa son regard, et la chaleur qu'y trouva Anthony détruisit toutes ses bonnes intentions. Il ne savait pas lequel d'entre eux bougea le premier, mais Paul vint à la rencontre de son baiser avec autant d'énergie frénétique qu'il en mettait lui-même.

Ils tombèrent sur le lit, un enchevêtrement de bras et de jambes, et de mains qui tâtonnent désespérément. Anthony gémit lorsque Paul saisit ses fesses et concentra ses efforts afin de glisser les mains à l'intérieur de la chemise de Paul sans rompre le baiser. Pourquoi ne s'étaient-ils pas arrêtés à la porte pour enlever leurs manteaux ?

Paul se tortilla hors de son manteau sans faire de pause dans son baiser. Anthony n'était pas certain de pouvoir faire le même exploit de gymnaste, mais il allait faire de son mieux parce que même s'écarter juste assez longtemps pour se déshabiller était hors de question. Il réussit à enlever son manteau, mais avant qu'il puisse essayer de retirer le reste de ses vêtements, Paul le fit rouler sur le dos et le cloua au lit. Il rua contre le poids de son compagnon, le mouvement frottant leurs corps ensemble. Ils gémissaient à l'unisson, riant dans le baiser à leur propre désespoir.

Paul l'épingla sur le lit et s'installa dans le berceau de ses hanches. Anthony gémit encore et glissa la main à l'arrière du pantalon de Paul en représailles. Ce dernier jappa en sentant sa paume froide, mais se contenta de se frotter plus rapidement contre le sexe engorgé d'Anthony.

Cela ne devrait pas être aussi bon, pensa frénétiquement Anthony alors qu'il s'approchait de la jouissance. Ils n'avaient même pas réussi à se déshabiller. Cela n'avait pas d'importance, cependant. Paul enflammait son sang comme personne d'autre, et rien, pas même les mains froides de son compagnon qui tiraient sur sa chemise et parcouraient son ventre, ne pourrait refroidir son ardeur. Au contraire, le contraste le stimulait encore plus. Il serra ses mains remplies des fesses de Paul, l'exhortant à se déplacer plus rapidement. Il avait besoin d'une douche et de vêtements propres de toute façon.

Ils ruèrent sauvagement ensemble, lui assurant que son compagnon était aussi désespéré que lui. Paul glissa sa main entre eux et la referma sur le sexe d'Anthony à travers le tissu de son jean. Ce n'était pas suffisant quand il voulait être peau contre peau et avoir les mains et la bouche de Paul partout sur lui. Quand il voulait Paul en lui, le baisant sauvagement ou peut-être le possédant jusqu'à l'oubli. Cela ne suffisait pas et pourtant c'était tellement plus que ce qu'il s'autorisait à admettre que cela le bouleversa. Sa jouissance lui déchira le corps, lui coupant le souffle et lui faisant presque perdre connaissance. Il lutta afin que son corps coopère et qu'il puisse faire quelque chose pour Paul, mais comme toujours, ce dernier semblait prendre plus de plaisir à sa jouissance que ce qu'Anthony pouvait bien faire pour lui. Il se frotta contre Anthony quelques fois de plus avant de gémir du fond de sa gorge et de frissonner de tout son corps alors qu'il jouissait.

Alors que le dernier frémissement dans le corps de Paul s'estompait, il roula sur le côté et attira Anthony dans ses bras. Ce dernier se laissa faire, car c'était trop bon pour qu'il ne le fasse pas, mais une voix tatillonne au fond de sa tête se demandait si Paul avait prévu tout cela. Il avait dit toutes les choses qu'Anthony voulait entendre au sujet d'être des amis et parfaitement capable de trouver du sexe ailleurs s'il le voulait puisqu'Anthony ne l'avait pas offert. Mais il y avait eu le baiser à l'aéroport. Sur sa joue, oui, mais les hommes français n'échangeaient généralement pas de bises avec d'autres hommes, à moins qu'ils soient de la famille. Le trébuchement qui avait conduit au baiser avait semblé bien réel, mais Paul aurait pu se tenir près de la porte et simplement lui parler de la place faite dans l'armoire et la commode sans entrer dans le petit espace avec lui. Il avait effleuré Anthony une fois ou deux avant même de se prendre le pied dans la sangle de son sac.

— C'était inattendu.

Paul lui mordilla le lobe de l'oreille.

— Pas indésirable, mais certainement inattendu.

Bon, peut-être n'était-ce pas prévu, mais planifié ou non, Anthony ne serait pas une autre des aventures de Paul.

— Nous ne devrions pas en faire une habitude.

— Non, nous ne devrions probablement pas, convient Paul. Mais bon sang ! Tu me touches à peine et c'est plus agréable que tout ce que j'ai pu faire avec quiconque depuis que tu es parti.

Les paroles de Paul envoyèrent un éclair de douce chaleur dans son ventre. Il voulait penser que leur aventure avait été aussi spéciale pour Paul qu'elle l'avait été pour lui, mais le Français lui avait clairement fait savoir qu'il ne souhaitait pas de relation. Du sexe, bien sûr, mais rien qui dure.

— Je suppose que je suis simplement bon à ce point.

Paul se mit à rire.

— Tu l'es certainement. Veux-tu prendre un bain ?

— Oui, mais tu peux y aller d'abord si tu veux. C'est ton appartement.

— Oh, tu ne comptes pas le partager avec moi ? le taquina Paul.

— Malgré ce qui vient de se passer, je suis ton ami, pas ton amant, dit-il fermement. Prends ton bain, puis je prendrai le mien. Ensuite, nous pourrons aller faire les courses et tout ce que tu avais prévu pour la journée.

— La seule chose que j'avais prévue était de t'aider à t'installer, déclara Paul.

Il avait une expression étrange sur le visage, mais Anthony était trop fatigué pour analyser sa signification.

— S'il te plaît, Paul. Va prendre ton bain ou laisse-moi aller prendre le mien. Je fonctionne sur beaucoup trop peu de sommeil et trop d'adrénaline. Je vais dire la mauvaise chose sans le vouloir, et je ne veux pas gâcher nos retrouvailles avec une dispute qui aurait pu être évitée.

— Vas-y. Tu te souviens où tout se trouve ?

Anthony hocha la tête alors qu'il se traînait hors du lit. Il saisit sa trousse de toilette dans la poche extérieure de sa valise, sortit des vêtements

133

de rechange et se dirigea vers la salle de bain. Il tourna le robinet afin d'obtenir l'eau la plus chaude possible et se déshabilla, se demandant comment tout avait si mal tourné et si vite.

Lorsque la porte de la salle de bain se ferma, Paul jura dans sa barbe et se redressa. Il avait prévu d'être sage et de montrer à Anthony qu'ils pourraient être ensemble et amis sans que cela se tourne vers le sexe, et c'était exactement pourquoi il avait voulu le faire de cette façon. Il n'avait pas commencé – Anthony avait tendu le bras vers lui en même temps qu'il avait lui-même tendu le bras vers Anthony – mais il n'avait pas arrêté non plus. Maintenant, Anthony était dans la salle de bain, en colère contre lui, tandis qu'il était assis ici, en colère contre lui-même. Il n'avait même pas eu la délicatesse de déshabiller l'Américain avant de se frotter contre lui comme un chien en rut. Pas étonnant qu'Anthony soit agacé. Il y avait tellement longtemps que Paul avait eu un véritable amant qu'il avait oublié comment agir. Non pas qu'Anthony voulait être son amant. Il avait été très clair sur le sujet en dépit de la façon dont il lui avait agrippé les fesses.

C'était la raison pour laquelle il ne voulait pas de relation. Les relations voulaient dire des émotions, et les émotions étaient difficiles à gérer. Lorsque les émotions étaient impliquées, les gens développaient des attentes et cela voulait dire essayer d'être à la hauteur de ces attentes, quelque chose que Paul n'avait jamais pu faire, et cela avait conduit à des scènes, des récriminations et des désagréments en général. Il lui faudrait s'excuser auprès d'Anthony lorsqu'il sortirait, qu'il explique clairement qu'il était entièrement à blâmer, et que cela ne se reproduirait pas. Puis il devrait s'y tenir, parce que c'était ce à quoi l'Américain s'attendait et qu'il refusait de décevoir à nouveau Anthony.

La porte s'ouvrit et Anthony sortit en frottant une serviette sur ses cheveux humides. Seigneur, il était magnifique. Il avait tenu sa promesse et laissé pousser sa barbe, et c'était aussi séduisant que ce qu'il avait deviné. Ne pas sauter à nouveau sur Anthony allait être la chose la plus difficile qu'il ait jamais faite, mais c'était la seule chose que son ami lui avait demandée.

— Je suis désolé. Je n'aurais pas dû laisser les choses aller aussi loin. C'était inadmissible et cela ne se reproduira pas.

Anthony s'assit sur le lit à côté de lui et fixa la serviette du regard.

— Je suis sûr que nous sommes tous deux responsables. J'aurais pu dire non, moi aussi, et je ne l'ai pas fait.

Il leva les yeux et croisa le regard de Paul.

— Dis-moi la vérité. Avais-tu planifié tout ça ?

— Non, bien sûr que non, dit vivement Paul. Je ne te ferais jamais ça.

— Je n'ai pas vraiment pensé que tu l'avais fait, du moins pas après que je me suis calmé, mais je devais te le demander. Pour la petite histoire, je ne l'ai pas planifié non plus. Ce n'est pas vraiment surprenant, compte tenu de notre histoire. Toutes les autres fois où nous nous sommes retrouvés dans cette pièce, nous avons fini sur le lit à coucher ensemble. Veux-tu que j'aille à l'hôtel jusqu'à ce que je trouve un appartement ?

Paul y réfléchit pendant un instant. À certains égards, ce serait plus facile. Anthony avait raison à propos de la proximité, et leur historique dans son lit établissait un modèle de comportement dans lequel ils étaient retombés trop facilement.

— Ce serait un véritable gaspillage d'argent. Nous sommes deux adultes. Nous pouvons garder nos mains pour nous jusqu'à ce que tu trouves un endroit qui te plaît. Ou nous pouvons discuter rationnellement avant de décider de ne pas garder nos mains pour nous. J'étais vraiment sincère quand je t'ai dit que j'étais d'accord avec toi qu'être des 'amis avec avantages' n'était pas une bonne idée, et rester ton ami est aussi haut dans ma liste de priorité que le restaurant. Je sais que je ne suis pas un bon choix, mais je veux que cela fonctionne.

— Hé, c'est mon ami que tu insultes.

Anthony poussa l'épaule de Paul avec la sienne.

— De l'eau a coulé sous le pont, d'accord ? Nous nous sommes sorti ça de notre système. Maintenant, nous passons à autre chose.

Paul observa le visage et les yeux candides d'Anthony, et hocha la tête.

— Marché conclu.

XVI

Lundi soir, une semaine plus tard, était mort comme d'habitude, mais Paul se rendit compte que ça ne le dérangeait pas vraiment parce qu'Anthony était assis dans 'son' box dans le coin au fond du restaurant. Il s'occupa des deux autres tables dans sa section, deux groupes en ville pour la convention au parc des expos. Ils étaient également venus le vendredi, alors il était content de voir qu'ils revenaient. Ils étaient assis dans la section de Florent la première nuit, mais il y avait eu tellement de monde que Florent et lui ne s'étaient pas inquiétés de savoir dans quelle section se trouvaient les tables et avaient simplement fait ce qu'il y avait à faire.

Après qu'il eut pris leur commande, il alla voir Anthony.

— Comment était ta journée ? demanda-t-il en lui serrant la main.

Il avait pris soin depuis le premier jour de ne pas franchir une ligne qui pourrait passer pour des avances. S'il ne le faisait pas avec l'un des habitués du restaurant, il ne le faisait pas avec Anthony.

— Productive, répondit ce dernier. J'ai plusieurs rendez-vous pour visiter des appartements demain. Nous verrons bien à quoi ils ressemblent en réalité, mais les photos sur le site semblent prometteuses, et ils sont dans ma fourchette de prix et dans les quartiers que tu as recommandés.

Plus vite Anthony trouverait quelque chose, plus vite il déménagerait. Paul colla un sourire sur son visage.

— C'est une bonne nouvelle. Si certains te plaisent, nous pourrons à nouveau les visiter mercredi lorsque je serai de repos. As-tu décidé de ce que tu veux pour le dîner ?

136

— Je veux l'assiette de charcuterie, mais si je la mange tout seul, même la demi-planche, je ne pourrai rien manger d'autre. À moins que tu veuilles la partager avec moi.

— Si Papa a vent de cela, je n'aurais pas fini d'en entendre parler, déclara Paul avec un sourire. Mais je suis sûr que je peux obtenir du chef qu'il mette un morceau ou deux sur une assiette pour toi. Puisque tu es un habitué maintenant.

— Ce serait formidable, dit Anthony. C'est une de ces choses que je ne peux pas trouver aux États-Unis. Pas de la même qualité, en tout cas. D'accord, donc ce que le chef pourra me mettre sur une assiette et le canard. De toutes les choses que j'ai mangées ici l'année dernière, c'était mon préféré.

Paul sourit.

— Beaucoup de gens le disent, en particulier parce qu'il est aromatisé avec des fruits de saison. Je pense que tu l'avais eu avec des cerises, c'est ça ?

— Non, juste une sauce au vinaigre balsamique, je crois, répondit Anthony. Quoi qu'il en soit, c'était délicieux, et j'étais impatient d'en manger à nouveau.

— Je vais faire savoir à Nicolas ce que tu veux. Veux-tu également du vin pour l'accompagner ? Nous marchons pour rentrer à la maison.

— Essaierais-tu de me saouler ? le taquina Anthony.

— Est-ce que cela me serait profitable ? le taquina Paul en retour.

— Pas du tout.

— Alors non, je n'essaie pas. Je te suggère simplement la demi-bouteille de Côtes du Rhône que nous avons reçue cette semaine. Elle n'est pas encore sur le menu et cela irait très bien avec le canard. Et cela ne serait pas trop pour une seule personne, dit Paul avec son meilleur sourire professionnel.

Anthony émit un petit bruit de gorge et Paul craqua, riant sur le chemin jusqu'à la cuisine.

Il donna à Nicolas la commande d'Anthony et vérifia ses autres tables. Lorsque tout parut sous contrôle, il vérifia le bar et descendit à la cave pour remonter l'une des demi-bouteilles au cas où Anthony la voudrait. Du moment qu'il lui faisait payer, son père ne trouverait rien à redire au fait qu'il l'avait sortie avant qu'elle soit sur le menu. Florent était au bar lorsqu'il remonta.

— J'ai apporté les escargots à ta petite table et le plateau de charcuterie à la grande, dit Florent. Il y avait également une assiette de charcuterie, mais je me suis dit que tu voudrais la donner toi-même à Anthony.

— Merci, dit Paul.

— Tu es plus heureux maintenant qu'il est de retour, continua Florent avant qu'il puisse s'éloigner. J'en suis ravi. Je ne savais pas si cela rendrait les choses meilleures ou pires.

Paul lui fit un sourire éclatant alors qu'il allait chercher l'entrée d'Anthony. Comme promis, Nicolas avait mis une tranche de chacun des quatre types de charcuterie sur une petite assiette, toujours astucieusement disposés, mais uniquement pour une personne qui voulait profiter de son dîner. Il agita la main en signe de remerciement et l'emporta à Anthony qui était absorbé par quelque chose sur sa tablette.

— Qu'est-ce que tu lis ?

— Un article sur les tendances de l'édition en Asie, répondit Anthony. Rien de folichon, je le crains. Patricia me l'a envoyé. Elle veut mon opinion à ce sujet. Et comme je suis encore en train de m'installer, je n'ai pas eu l'occasion de le lire plus tôt. Si j'en discute avec elle demain, je pourrai prendre mon jour de congé mercredi afin de le passer avec toi et travailler samedi ou dimanche à la place.

— Alors je ne vais pas te déranger, dit Paul. Veux-tu le vin ?

— Tu ne me déranges pas. C'est une lecture ardue, beaucoup de statistiques et d'interprétations, mais évidemment, chaque personne à qui ils ont parlé a une explication différente des statistiques. L'interruption est bienvenue. Et oui, je voudrais le vin.

— Tu devrais terminer l'article avant que le canard arrive, dit Paul, réconforté par la pensée qu'Anthony appréciait sa présence. Tu ne veux pas gâcher ton repas.

Anthony sourit.

— Rien ne pourra gâcher mon repas ce soir, même pas lire cet article. Je suis à Paris, dans mon restaurant favori, avec mon serveur préféré. Que demander de plus ?

— Évidemment, dit comme ça... Je vais chercher ton vin.

Il récupéra la bouteille qu'il avait cachée sous le bar et jeta un coup d'œil dans la cuisine. Une des commandes de Florent était prête, alors il l'apporta à la table puis fit de même avec le vin d'Anthony.

— J'ai fini ma lecture, dit ce dernier tandis que Paul ouvrait la bouteille.

— Bien. Goûte-moi ça et dis-moi ce que tu en penses. Nous avons ouvert une bouteille lorsque nous avons été livrés pour savoir le goût qu'il avait afin de pouvoir le recommander, mais tu es le premier client à le goûter.

Anthony prit une gorgée du fond de verre qu'il lui avait servi.

— C'est très agréable. Pas tout à fait aussi bon que le Hautes-Côtes-de-Beaune que j'ai bu avec Patricia, mais vraiment agréable.

— Il est d'une région différente et de raisins différents, mais c'est un substitut décent si une demi-bouteille est suffisante, convint Paul.

Il lui versa un verre.

— Je vais voir Florent et prendre une pause cigarette, mais je serai de retour avant que ton canard soit prêt.

— Je serais là, lui promit Anthony.

Il alla vérifier auprès de Florent, mais ce dernier lui fit signe d'y aller, alors il sortit dans la ruelle et alluma une cigarette. Avoir Anthony dans le restaurant était à la fois une bénédiction et une malédiction, un rappel vivant de tout ce qu'ils avaient fait ensemble la semaine où Anthony avait été un client régulier et qu'ils ne faisaient pas en ce moment. Mais cela lui rappelait également qu'ils étaient beaucoup plus proches à bien des égards. Il avait appris des choses au sujet d'Anthony qu'il ne savait pas un an auparavant, et l'Américain connaissait des choses sur lui. Peut-être pas tout, mais beaucoup, et cela ne ferait que s'approfondir au fur et à mesure qu'ils passeraient plus de temps ensemble. Anthony pourrait ne pas toujours être en mesure de prendre ses mercredis comme jour de congé, mais même s'il ne pouvait pas prendre toute la journée, ils pourraient encore déjeuner ou dîner ensemble une fois qu'il aurait déménagé.

Il prit une autre bouffée de sa cigarette. La nicotine fit son chemin à travers son système. Il fumait plus depuis qu'Anthony était revenu, se rendit-il compte distraitement. Probablement parce qu'en dehors du premier matin, il n'avait plus eu de relations sexuelles. La nicotine était un substitut sans danger, un qu'Anthony ne désapprouvait pas.

Le soulagement physique de l'acte sexuel lui manquait, mais pas autant qu'il l'aurait cru. Passer ses soirées à discuter avec Anthony était relaxant à sa manière. Cela lui manquerait lorsque ce dernier aurait trouvé son appartement. Car même si cela ne faisait pas tout à fait une semaine, il avait pris l'habitude de partager son espace avec Anthony. Il soupira. Son ami lui avait clairement fait savoir qu'il ne pouvait pas rester, et Paul respecterait cette décision. Il vivait seul depuis des années. Il pourrait y revenir dans quelques semaines. Il écrasa le mégot de sa cigarette et le jeta dans la poubelle. Il lui fallait revenir à l'intérieur et vérifier où en était le plat d'Anthony, puis voir si Florent avait besoin d'une pause.

LA PLUPART des clients étaient partis, seul Anthony s'attardait afin de rentrer à pied avec Paul lorsque Florent coinça ce dernier derrière le bar.

— Je peux faire la mise en place pour demain si Anthony et toi voulez rentrer. Je peux dormir tard puisque c'est mon jour de congé, et je suppose que tu es impatient de passer du temps avec lui.

— Merci, dit Paul, mais je vais rester pour aider.

— Est-ce que quelque chose ne va pas ? Tu as été d'une telle bonne humeur depuis son retour.

— Non, tout va bien, répondit Paul. Je réfléchissais simplement à certaines choses.

Florent saisit un torchon et commença à aider Paul avec les verres propres.

— Quelles choses ?

Paul faillit lever les yeux au ciel. Il aurait dû savoir que Florent ne laisserait pas tomber.

— À Anthony et combien il est agréable de l'avoir chez moi, et combien il va me manquer lorsqu'il trouvera son propre appartement.

— Ton espace ne te manque pas ? demanda Florent. Après Gilles, tu as toujours dit que tu ne te mettrais plus dans une situation où tu ne pourrais pas sortir un autre type à coups de pied dans le derrière si tu le voulais.

— Cela ne signifie pas que je ne me sens pas seul parfois. Quelquefois, ce serait agréable de me réveiller au milieu de la nuit et avoir quelqu'un contre qui me blottir.

— Je pensais qu'Anthony et toi n'étiez que des amis. Est-ce que vous vous blottissez beaucoup l'un contre l'autre ?

— Non, mais je ne me suis plus réveillé au milieu de la nuit depuis qu'il est de retour, reconnut Paul. C'est agréable d'être en mesure de s'asseoir et de discuter avant de se coucher. Nous prenons un verre de vin, nous parlons de notre journée, et nous nous détendons un peu avant d'aller dormir.

— As-tu songé à lui demander de rester ? demanda Florent. Ou à lui suggérer de chercher un endroit assez grand pour deux ? Si chacun de vous peut se permettre un appartement avec une chambre, vous pouvez vous permettre de partager un appartement avec deux chambres.

140

— Ce n'est pas comme ça, déclara Paul.

— Je n'ai pas dit que ça l'était, répondit Florent. Si tu te sens seul, avoir un colocataire pourrait t'aider. Je te le proposerais bien, mais nous passons déjà trop de temps ensemble.

— Je vais y réfléchir. Si je partage un appartement avec Anthony, ce sera bizarre de ramener quelqu'un avec moi.

— Tu as dit que tu irais chez l'autre gars si tu rencontrais quelqu'un pendant qu'Anthony logerait chez toi, lui rappela Florent. Ce ne serait pas différent si Anthony et toi étiez colocataires.

Sauf que malgré ce qu'il avait dit, Paul préférait être sur son propre terrain.

— Et puis, j'ai remarqué que tu n'avais flirté avec personne cette semaine. Aucun n'a attiré ton attention ?

Aucun qui était plus intéressant pour lui qu'Anthony.

— Non, réussit-il à sortir malgré la boule qui s'était formée dans sa gorge. Je préfère passer du temps avec Anthony.

Florent lui lança un regard acéré.

— Peut-être que tu devrais faire quelque chose à ce sujet, alors. Avant qu'il s'en aille. Il est toujours assis là, à t'attendre. Cela devrait te dire quelque chose.

Cela lui disait toutes sortes de choses, mais pas celles que Florent suggérait.

— Il comprend que je ne peux pas te laisser ici avec tout le travail qu'il y a à faire. C'était la même chose lorsqu'il était ici en mars.

— Nous sommes lundi soir, et la plupart de ce qui doit être fait est fait. Rentre chez vous et détends-toi. Prends une bonne nuit de sommeil. Tu pourras me rendre la pareille une autre fois.

Un coup d'œil autour de lui prouva que Florent avait raison. Ils avaient installé la plupart des choses pour le lendemain, et le peu qui restait ne prendrait pas à Florent plus d'une demi-heure.

— Laisse les tables. Je viendrai tôt demain matin et je m'en occuperai. Anthony a des rendez-vous pour visiter des appartements, alors nous serons réveillés et prêts à partir de bonne heure.

— Bonne nuit, lui dit Florent avec un geste de la main.

Paul attrapa son manteau et alla chercher Anthony.

— Tu as terminé plus tôt que prévu, dit Anthony avec un sourire. Je préparai mes réflexions pour Patricia.

— As-tu besoin de plus de temps ? Parce que je peux toujours trouver des choses à faire ici si tu veux finir.

— Non, nous pouvons y aller. Je pourrai le faire demain pendant que tu seras au travail avant qu'elle se lève. C'est l'avantage d'avoir ma patronne à six heures de décalage. Je n'ai pas besoin de me préparer la veille au soir pour une réunion, déclara Anthony.

Il enfila son manteau et rangea sa tablette dans sa mallette.

— La journée a été longue. Je suis prêt à me coucher.

— Tu n'aurais pas dû m'attendre, dit Paul. Je t'ai donné une clé de rechange pour une raison.

Anthony sourit.

— Je sais, et je l'ai utilisée, mais je voulais rester, et je me suis servi du temps pour travailler un peu, alors ce n'était pas du temps perdu. Si j'étais allé à l'appartement, je me serais endormi, je n'aurais pas eu l'occasion de passer la soirée avec toi, et je n'aurais pas abattu autant de travail. Donc l'un dans l'autre, c'était une bonne soirée.

Les paroles d'Anthony donnèrent à Paul un minimum d'espoir que la suggestion de Florent pourrait fonctionner. S'il n'y avait rien d'autre, l'Américain semblait désireux de profiter de sa compagnie autant que lui-même se réjouissait de la sienne. Mais là encore, Anthony ne connaissait pas beaucoup de monde à Paris pour l'instant. Une fois qu'il aurait son propre appartement et qu'il commencerait à sortir, professionnellement ou personnellement, il pourrait réagir différemment. Paul n'était qu'un serveur. Un bon serveur dans un bon restaurant qu'il finirait par posséder en copropriété avec son frère – *Dieu, s'il Vous plaît, pas avant de nombreuses années, ou alors seulement parce que papa aura pris sa retraite* – mais rien qu'un serveur quand même. Le travail d'Anthony lui permettait de rencontrer des hommes d'affaires venus des quatre coins du monde.

Puis il y avait ses horaires. Bien sûr, cela ne semblait pas déranger Anthony. Il était réveillé tous les soirs lorsque Paul rentrait la maison, même la première nuit alors qu'il souffrait encore du décalage horaire, mais il ne travaillait pas vraiment pour l'instant, de sorte que cela n'avait pas d'importance qu'il fasse la grasse matinée et reste éveillé jusqu'à tard la nuit. À un certain moment, ses horaires allaient changer ; il aurait des rendez-vous à neuf heures et ne voudrait pas rester à discuter jusqu'à une ou deux heures du matin comme ils le faisaient maintenant. Cela avait été une des choses que Gilles lui avait jetée à la figure lorsqu'ils avaient rompu leur relation. Anthony serait plus indulgent à ce sujet parce que c'était un homme beaucoup plus indulgent que Gilles l'avait été, mais cela ne signifiait pas que cela ne causerait pas de problèmes à un moment ou un autre.

— Tu es terriblement silencieux, dit Anthony. Est-ce que tout va bien ?

— Oui, désolé, j'étais simplement en train de penser à quelque chose que Florent a dit, répondit-il. Rien d'important. Parle-moi des appartements que tu as trouvés.

Anthony accepta l'excuse et décrivit joyeusement les différents appartements qui l'intéressaient tout en marchant.

— J'ai surtout cherché des appartements avec deux chambres afin de transformer la deuxième en bureau. La plupart d'entre eux ont également un beau salon où je pourrais inviter des gens à dîner ou pour boire un verre. Ce n'est probablement pas aussi important que je me plais à le penser, mais c'est agréable d'avoir le choix. Celui que j'ai vraiment aimé en ligne ne dispose pas d'ascenseur, mais l'exercice me fera du bien puisque je passe la plupart de mon temps assis devant un ordinateur.

— Où se situe-t-il ? demanda Paul.

Anthony sourit.

— Rue du Hameau.

— Tu plaisantes !

Anthony secoua la tête.

— Non, sérieusement. Juste en bas de la rue. Il y en a un autre sur le boulevard Victor, mais il est plus cher et un peu plus petit. Peut-être qu'il est plus récent ? Ou peut-être y a-t-il des aménagements que je n'ai pas vus quand j'ai lu l'annonce ? Il n'est pas excessivement cher, mais plus que celui qui semblait mieux sur le site.

— Et voilà pourquoi tu dois toujours les voir en personne. Les annonces immobilières mettent tout sous une meilleure lumière, convint Paul. Cela pourrait être quelque chose de mieux à propos de celui sur le boulevard Victor ou un problème dans celui de la rue du Hameau, ou ça pourrait être l'emplacement, bien que je préférerais vivre dans une rue adjacente plutôt que sur le boulevard Victor.

— Moi aussi, dit Anthony. Mais si les chambres donnent sur la cour plutôt que sur la rue, il pourrait n'y avoir pas trop de bruit. Je regarderai ça demain.

Ils arrivèrent à l'appartement et se dirigèrent à l'intérieur.

— Je sais que tu as pris du vin avec ton dîner, mais veux-tu un autre verre ? demanda Paul.

— Bien sûr, mais seulement la moitié. Je ne voudrais pas briser notre routine, déclara Anthony. Je t'ai tout dit au sujet de ma journée, mais tu ne m'as rien dit de la tienne.

— Il n'y a pas grand-chose à dire. Nous sommes lundi. Rien ne se passe jamais le lundi, ce qui explique pourquoi papa ne travaille pas ce jour-là.

— L'as-tu convaincu de prendre un deuxième jour de congé ? demanda Anthony. Tu m'as dit que vous aviez engagé un autre serveur à temps partiel, c'est ça ?

— Oui, Gaël. Même sans papa, nous n'avons pas besoin de lui le lundi. Il vient du jeudi au dimanche. Papa l'aime bien, mais pas assez pour prendre une deuxième journée de congé. Il a finalement accepté que Florent et moi ne puissions pas travailler tous les jours pour le déjeuner, ce qui est bien. Je vais probablement prendre le déjeuner du vendredi et laisser Florent avoir le jeudi midi. De cette façon, je ne prends pas tous mes jours de congé à la fois.

— Fais-le-moi savoir lorsque tu en seras certain. Je ferai en sorte d'avoir mes déjeuners libres le vendredi. Une fois que j'aurai mon appartement, nous devrons prévoir un peu plus afin de nous voir. Je peux planifier mes rendez-vous quand je veux et effectuer mes heures de travail en fonction de ça du moment que tout est fait. Nous pourrons déjeuner ensemble le vendredi en plus de ce que nous ferons le mercredi. Sauf si tu as d'autres plans, bien sûr. Je sais que je ne suis pas ton seul ami à Paris.

Si seulement c'était vrai…

XVII

ANTHONY ENTENDIT la clé dans la serrure et sourit. Minuit, comme d'habitude. Depuis dix jours qu'il logeait chez Paul, son horaire n'avait pas varié de plus de dix ou quinze minutes lorsqu'il travaillait, et ils avaient passé sa soirée de repos ensemble. Il ne pouvait pas s'empêcher de ressentir un petit frisson à la pensée que Paul préférait rentrer directement à la maison et passer du temps avec lui plutôt que de trouver un type avec qui passer la nuit dans une chambre d'hôtel à proximité. Ce n'était probablement pas la raison, en fait. Paul s'appliquait probablement à être un hôte poli.

— Salut, lança-t-il lorsque la porte s'ouvrit. Je suis dans la cuisine.

Il versa un verre de vin pour Paul et remplit le sien. Il faudrait que Paul termine la bouteille. Il n'y en avait pas suffisamment pour la mettre de côté.

— Salut.

Paul prit le verre de vin qu'il lui tendait avec un sourire reconnaissant.

— Comment était ta journée ?

— Très bien, mais tu as l'air d'avoir eu une soirée agitée.

— Pas plus qu'un vendredi typique. Tu as déjà dîné là le vendredi. Tu sais comment c'est. Pas une seconde pour respirer, encore moins pour s'asseoir. Je n'ai même pas eu de pause ce soir.

— Pas étonnant que tu sois nerveux. Tu n'as pas eu ta cigarette. Tu peux aller en fumer une maintenant. Je peux attendre.

— J'en ai fumé une sur le chemin, répondit Paul. Mais merci. Je dois simplement me détendre, et ça va prendre un peu de temps.

Une séance de sexe permettrait d'accélérer le processus. Anthony repoussa cette pensée traîtresse. Ils étaient amis, et pas le genre avec des avantages.

— J'ai signé le bail pour l'appartement dans la rue aujourd'hui. Je peux y aménager lundi, donc je vais bientôt te débarrasser le plancher. Tu pourras revenir à ta routine et te défouler sans que je sois dans tes pattes, lâcha-t-il afin de cacher combien cette pensée l'avait troublé.

— Il faut encore que tu trouves des meubles, lui rappela Paul. Sauf si tu as l'intention de dormir sur le sol. Nous pouvons récupérer le cadre de lit dans la cave, mais tu auras besoin d'un matelas. Et vraiment, il n'y a pas d'urgence. J'aime t'avoir ici. C'est agréable d'avoir de la compagnie sans aucune demande, et quelqu'un dont l'emploi du temps est suffisamment souple pour s'adapter à la folie qu'est ma vie.

Anthony fronça les sourcils.

— Est-ce pour cela que tu es toujours célibataire ? Tu penses que personne ne s'adaptera à tes horaires au restaurant ?

— C'est une des raisons, répondit Paul. Le dernier mec avec qui je suis sorti a dit très clairement et à plusieurs reprises ce qu'il pensait de mon dévouement envers le restaurant.

— Connard, déclara Anthony. Ton dévouement pour le restaurant est l'une de tes qualités, car cela en dit long sur toi et ce à quoi tu accordes vraiment de l'importance. S'il n'a pas pu voir ça, tu es mieux sans lui. Je te connais depuis moins d'un an – dont la plupart de ce temps s'est passé en ligne – et je peux voir tout ce que cela signifie pour toi.

Paul sourit et prit une gorgée de son vin. Il fit tourner le verre dans sa main et Anthony se demanda à quoi il pensait.

— Cela va me manquer de ne plus t'avoir ici lorsque tu déménageras, finit-il par dire. Je n'ai plus vécu avec quelqu'un depuis que j'ai pu me permettre d'avoir un endroit à moi, pas même avec Gilles – l'ex dont je te parlais. C'était agréable.

— Ça l'a été, confirma Anthony. Mais ton appartement est vraiment trop petit pour deux personnes, et je ne peux pas travailler longtemps sans un bureau approprié afin de tenir les registres et tout le reste. D'ailleurs, je sais que je t'empêche de ramener quelqu'un chez toi. Difficile d'avoir des relations sexuelles quand je suis endormi dans le seul lit.

— Ce n'est pas la raison pour laquelle je n'ai pas fini la nuit avec une personne cette semaine, tu sais. Je n'ai pas trouvé quelqu'un qui m'intéressait, c'est tout.

— Cela n'a jamais semblé être un problème auparavant. C'est une clientèle différente qui vient du parc des expos cette semaine ? demanda Anthony.

Paul secoua la tête.

— Je ne sais pas. Je n'y ai pas prêté attention.

Il se passa la main dans les cheveux.

— Écoute Anthony, je sais que c'est probablement déplacé, mais je n'ai pas cherché parce que je ne voulais pas. Je voulais revenir à la maison et parler avec toi. Nous avons tout fait à l'envers depuis la minute où nous nous sommes rencontrés, et je sais ce que nous avons dit à propos du fait d'être des amis et que c'était plus important que d'être des 'copains de baise', mais... et si je voulais plus que cela ?

Anthony prit une gorgée de son vin pour dissimuler son choc. De toutes les choses qu'il avait prévues que Paul lui dirait, celle-là n'était même pas sur la liste. Une partie de lui voulait crier 'bon sang, oui !' et sauter dans le lit le plus rapidement possible. Dormir à côté de Paul tous les soirs et ne pas le toucher avaient été une véritable torture. La partie la plus rationnelle de son cerveau lui fournit toutes les raisons pour lesquelles c'était une mauvaise idée.

— Ne le prends pas mal, dit-il, mais je t'ai rencontré alors que tu 'chassais' au restaurant. Nous avons passé ensemble une semaine de sexe extraordinaire, qui nous savions dès le début ne serait rien de plus, puis j'ai passé les dix derniers mois à t'écouter parler de tous les autres hommes avec qui tu avais couché de la même façon. Que ce soit pour une nuit ou une semaine, c'était toujours le même genre de rencontres insignifiantes. Et c'est très bien. Il n'y avait aucune raison que tu ne le fasses pas. Nous ne nous étions fait aucune promesse l'un à l'autre, et je ne suis pas resté célibataire non plus, mais cela rend un peu difficile à accepter que tu veuilles tout à coup une relation.

Le visage de Paul se décomposa.

— Bien sûr, je n'en parlerai plus.

— Stop, dit Anthony, un peu perturbé par la facilité avec laquelle Paul abandonnait.

Ce n'était pas nécessairement une mauvaise idée, seulement une à laquelle il faudrait un certain temps pour s'y habituer, et des négociations des deux côtés.

— Je n'ai pas refusé. J'ai dit que ce n'était pas quelque chose à quoi je pouvais simplement acquiescer sans y réfléchir et sans une preuve de ta part que je peux te faire confiance. Je ne suis pas venu en France à la recherche d'une relation amoureuse, avec toi ou quelqu'un d'autre. Je suis venu pour faire un travail.

— Je le sais. Si tu étais revenu pour moi, tu n'emménagerais pas dans ton propre appartement lundi.

— En fait, c'est exactement ce que je ferais, répondit Anthony. Si tu es sérieux à ce sujet, il est encore plus important pour moi de partir.

— Comment en es-tu venu à cette conclusion ? demanda Paul. Ne serait-il pas plus logique de vivre ensemble ?

La question prouva à Anthony le peu d'expérience que Paul devait avoir des relations.

— Au bout d'un certain temps, peut-être, mais pas tout de suite. Nous avons besoin tous les deux de notre propre espace de sorte que lorsque nous nous disputerons – et tout le monde le fait de temps en temps – nous pourrons nous éloigner l'un de l'autre pendant un certain temps. Nous ne sommes jamais sortis ensemble. Nous avons eu des rapports sexuels, nous avons échangé des e-mails et parlé sur Skype, et nous avons passé cette semaine collés l'un à l'autre, mais c'est tout. Il faut plus que cela pour qu'une relation fonctionne.

— Est-ce que cela signifie que tu es prêt à essayer ? demanda Paul.

Anthony réfléchit à la question. Il aimait tellement de choses au sujet de Paul, et le seul point qu'il n'aimait pas pourrait ne plus être un problème s'ils se fréquentaient, mais l'acte de foi que cela entraînerait était imposant vues les antécédents de Paul.

— Je suis prêt à accepter l'idée, déclara-t-il. Laisse-moi m'installer dans mon appartement et mettre mon travail en route, et nous pourrons voir comment les choses se passent. Je veux te faire confiance, mais c'est difficile vu les circonstances. Et pas de sexe tout de suite. Nous savons déjà que nous sommes compatibles sur ce plan. Ce sont tous les autres niveaux que nous devons découvrir.

Il s'attendait à ce que Paul rie, ou lui demande combien de temps cette interdiction devrait durer, ou n'importe quoi d'autre afin de briser la tension, mais au lieu de cela, il hocha solennellement la tête et prit une autre gorgée de vin.

— Si tu peux attendre jusqu'à mercredi, je peux emprunter la voiture et nous pourrons aller faire du shopping pour les meubles. Certains des magasins assurent la livraison, mais Ikea ne le fait pas, alors nous aurons peut-être besoin de la voiture, en fonction de ce que tu trouveras et où.

Anthony fit tinter leurs verres ensemble.

— Marché conclu.

— EH BIEN ? demanda Florent lorsque Paul entra dans le restaurant le lendemain matin. Qu'a-t'il dit ?

Paul grimaça. La dernière chose dont il voulait parler était sa conversation avec Anthony.

— Je suis désolé, dit Florent. Je pensais vraiment qu'il dirait oui.

— Il n'a pas dit non, répondit Paul. Il n'a tout simplement pas dit oui non plus.

Florent fronça les sourcils.

— Qu'est-ce que ça signifie ?

Paul soupira. Comment expliquer à Florent qu'il avait tout foutu en l'air en couchant à droite et à gauche comme il l'avait fait et qu'il avait tout raconté à Anthony à ce sujet ? Il s'était tellement concentré pour prouver qu'il avait tourné la page après le départ d'Anthony qu'il n'avait pas réfléchi à l'image que cela allait donner de lui si jamais l'Américain revenait. Oh, il pourrait toujours dire que ce n'était pas de sa faute, qu'il savait qu'une relation avec Anthony ne serait jamais possible au-delà d'une autre semaine de sexe s'il revenait pour le Salon du Livre. Même ainsi, il avait délibérément choisi de partager ces expériences avec Anthony. Pour le rendre jaloux, envieux, pour se faire bien paraître ? Cela n'avait pas d'importance. Le mal était fait.

— Mon comportement les hommes depuis qu'il est parti me rend indigne de confiance, déclara-t-il amèrement. Nous ne nous étions pas fait de promesses, cela il l'a reconnu, mais tout de même.

— Il voit un modèle de comportement et il ne sait pas s'il est une raison suffisante pour que tu changes, dit Florent avec un hochement de tête. Tu m'as dit assez souvent que tu n'étais pas intéressé par une relation. Même si tu ne lui as pas dit avec des mots, tes actions l'ont exprimé pour toi. Cela ne signifie pas que tu n'as pas changé d'avis. Les gens le font tout le temps, mais il lui faudra du temps pour croire que tu veuilles vraiment changer d'attitude.

— Il a dit qu'il est prêt à voir comment les choses se passaient. Je veux vraiment que cela fonctionne. Je suis heureux avec lui, même si tout ce que nous faisons, c'est boire un verre de vin et parler, ce que je ne me souviens pas avoir fait depuis très longtemps.

— Lui as-tu dit ça ?

— Pas dans ces termes, mais oui.

— Peut-être as-tu besoin d'utiliser ces mots, déclara Florent. Et puis beaucoup d'autres mots, comme pourquoi tu as ressenti le besoin de coucher avec autant d'hommes, et pas seulement après son départ, mais depuis toujours. Et pourquoi tu ne ressens plus ce besoin maintenant. Tu ne le ressens plus, n'est-ce pas ?

Paul commença à répondre non parce qu'il n'avait pas ressenti l'envie de chercher quelqu'un cette semaine en sachant qu'Anthony l'attendait dans son appartement, mais il pouvait sentir l'agitation familière grandir sous sa peau. Il pouvait l'ignorer pour l'instant, mais il connaissait la suite. Cela allait grandir de plus en plus, les nuits deviendraient plus longues et plus sombres, jusqu'à ce qu'il craque.

— Paul ?

— Non, ça va. C'était facile, c'est tout.

Florent étudia son visage.

— Si tu le dis. Anthony veut te faire confiance. Avoir des relations sexuelles avec quelqu'un d'autre derrière son dos est le meilleur moyen de gâcher ça.

— Je le sais, lui répondit sèchement Paul. J'ai déjà dit que je n'allais plus le faire.

— S'il y a quoi que ce soit que je puisse faire, dis-le-moi.

Il n'y avait rien, mais Paul apprécia l'intention. Il allait devoir prendre sur lui et prouver à Anthony qu'il ferait tout afin que cette relation fonctionne. Cela ne devrait pas être trop difficile, n'est-ce pas ?

TROIS NUITS plus tard, lorsqu'il entra dans son appartement vide après avoir passé la journée à aider Anthony à s'installer dans son nouvel appartement en bas de la rue, Paul regretta d'avoir posé la question. Anthony avait été l'image même de la gratitude toute la journée alors que Paul le conduisait d'un magasin à l'autre, l'aidait à choisir les meubles et organiser la livraison, ou encore à charger les paquets dans la voiture et les monter jusqu'à son appartement. Chaque muscle de son corps lui faisait mal après ce travail physique, mais ce n'était pas le problème. Alors qu'il était chez Anthony, assis à côté de lui sur le canapé, la douleur musculaire avait été un rappel presque agréable du temps qu'ils avaient passé ensemble. Anthony avait l'air si heureux de ses achats et de son nouvel espace. Il avait un bureau ultramoderne avec tous les tiroirs et gadgets dont il pourrait éventuellement avoir besoin et à côté, une chambre pittoresque qu'on aurait pu trouver dans n'importe quel hôtel de campagne en France. Et d'après ce qu'il avait dit, c'était exactement ce qu'il désirait. Le mobilier de salon était de l'Ikea basique, confortable, mais utilitaire. Anthony avait préparé le dîner en signe de remerciement pour l'aide de Paul et la soirée avait été absolument parfaite.

Jusqu'à ce qu'arrive l'heure de partir. Anthony l'avait remercié de nouveau, mais l'avait mis à la porte. Même la promesse de se retrouver pour le déjeuner le vendredi suivant n'avait pas suffi à apaiser le sentiment d'être renvoyé chez lui sans même un baiser de remerciement pour ses efforts.

Paul n'avait rien fait de mal, alors pourquoi avait-il le sentiment d'être puni ? Il ferma la porte de son appartement et attrapa ses cigarettes. Il faisait beaucoup trop froid pour être sur son balcon, mais il s'y tint de toute façon alors qu'il allumait une cigarette et prenait une grande bouffée. La nicotine l'apaisa un peu. Il expira lentement la fumée et regarda le ciel de la nuit. Avec les lumières de la ville, il ne pouvait pas voir de nombreuses étoiles, mais le croissant de lune brisait la toile noire. Il ne pouvait pas craquer après moins d'une semaine, et surtout pas la première nuit où il était seul. Cela n'aiderait pas du tout sa cause, peu importe combien il considérait que son agacement était justifié. Il essaya de voir les choses du point de vue d'Anthony ; le doux, gentil et aimant Anthony, qui voulait une relation et qui ne pratiquait pas le sexe pour le sexe. Sauf lors de sa semaine avec Paul. Il transformait même cette semaine de sexe sans signification en une relation. Non, Anthony ne comprenait pas que les coups d'un soir de Paul n'avaient eu aucune répercussion sur sa vie. Ils n'étaient pas importants. Pas comme Anthony l'était.

Paul essaya de se souvenir du temps qu'il avait passé avec Gilles avant que tout ne se détériore, quand il croyait encore qu'il pourrait trouver quelqu'un avec qui passer sa vie, que cette personne travaille dans le restaurant avec lui comme ses parents l'avaient fait, ou qu'ils trouvent un moyen de contourner ce problème d'horaire. Il était habitué à ce que ses interactions aient un côté physique, et même qu'il n'y ait que ce côté physique. À l'époque, cependant, il avait su comment être patient, il avait su qu'un baiser lors d'un premier rendez-vous n'était pas obligatoire et que les relations demandaient du temps pour se développer, à la fois émotionnellement et physiquement. Anthony et lui avaient tout fait à l'envers. Pour Paul, c'était un cas de 'pourquoi fermer la cage maintenant que l'oiseau s'est envolé', mais Anthony était inébranlable. Pas de sexe pour le moment. Paul n'avait toujours pas demandé combien de temps cette interdiction allait durer. Il n'était pas certain de vouloir le savoir. Cela pourrait rendre l'attente encore plus difficile.

Pourtant, il pourrait réapprendre la patience. L'interlude sexuel qu'ils avaient eu au retour d'Anthony, bien que précipité et simple, avait été plus gratifiant que les séances plus longues, plus impliquées avec quiconque depuis qu'Anthony était parti. Cela vaudrait la peine d'attendre.

Il termina sa cigarette et retourna à l'intérieur. Par habitude, il ferma les volets, laissant sa chambre dans une obscurité complète. Si Anthony était là, il se serait installé dans le lit avec la lampe allumée, lisant sur sa tablette ou le journal. Il lèverait les yeux vers Paul et sourirait lorsqu'il fermerait les volets. Il ne tapoterait pas le lit ni ne soulèverait les couvertures en signe d'invitation, mais son sourire serait accueillant à sa manière, une reconnaissance de la présence de Paul et l'assurance de la sienne. Paul ne tirerait peut-être pas son coup, mais il ne serait pas seul, et c'était tout aussi précieux.

Mais Anthony n'était pas là. Paul tâtonna dans l'obscurité jusqu'à ce qu'il atteigne l'interrupteur sur le mur et allume la lumière. Il se prépara pour la nuit et grimpa sur le lit, entre les draps froids. Anthony ne se serait peut-être pas blotti contre lui pour le réchauffer, mais il aurait tout de même ajouté sa chaleur corporelle.

Paul se tourna et se retourna, essayant en vain de se réchauffer. Après plusieurs longues minutes, il se leva de nouveau et sortit une paire de chaussettes et un sweat-shirt. Il devait travailler le lendemain, ce qui signifiait qu'il devait dormir ce soir.

Les couches supplémentaires de vêtements l'aidèrent, mais le sommeil lui échappait encore. Il jura dans sa barbe et se rendit dans la salle de bain pour y prendre une aspirine. Peut-être que cela aiderait la douleur dans ses muscles et lui permettrait de dormir.

XVIII

PAUL PRIT le gigot d'agneau dans la cuisine et apporta l'assiette au client qui était arrivé tard dans la soirée et qui avait pris leur dernière table libre. Autrefois, Paul lui aurait donné un petit peu plus d'attention pour voir le genre de réaction qu'il recevrait, mais il ne pouvait plus le faire maintenant. Il avait promis à Anthony qu'il ne coucherait plus à droite et à gauche. S'il rompait sa promesse après moins de deux semaines, Anthony ne lui ferait jamais confiance.

— Et voilà votre gigot d'agneau, dit-il avec un sourire pour le client.

— Merci, répondit l'homme. Cet endroit est une véritable trouvaille. Je suis heureux d'être venu ce soir.

Le ton de sa voix toucha une corde sensible chez Paul, mais il l'ignora. Demain était un vendredi et il avait rendez-vous avec Anthony pour déjeuner. Il n'avait pas besoin de faire 'ça' ce soir.

— Nous sommes heureux que vous nous ayez trouvés.

— Le concierge de l'hôtel Mercure vous a recommandé. J'aime voyager, mais il est parfois difficile de trouver ce que vous cherchez.

— Êtes-vous en ville pour le salon au parc des expos ? demanda Paul avant de pouvoir s'en empêcher.

Il n'avait pas besoin d'encourager cet homme. Il était déjà bien trop intéressé par Paul.

— Oui. Et cette année, mon collègue a annulé à la dernière minute, donc je suis venu seul. Ce n'est pas si mal, cependant. Je vous ai trouvé.

Paul fronça les sourcils.

— Votre restaurant, je veux dire.

153

— Bon appétit, dit Paul avant de battre en retraite avec une sensation de malaise dans l'estomac.

Il croisa le regard de Gaël et mima le fait de fumer une cigarette. Gaël agita la main pour lui signifier qu'il avait compris, alors Paul attrapa son manteau et se sauva dans la ruelle. Il essayait vraiment d'être 'sage'. Il n'avait flirté avec personne depuis qu'Anthony avait déménagé. Avait-il fait quelque chose ce soir sans le savoir ? Le client avait clairement pris son professionnalisme pour de l'intérêt, bien qu'il ait fait marche arrière lorsque Paul n'avait pas réagi à l'invitation évidente. Mais il ne pouvait pas nier le bref frisson qu'il avait ressenti en comprenant qu'il avait attiré l'attention de l'homme sans même essayer. Sans trop d'efforts, il ne serait pas rentré dans un appartement vide. Pour une nuit, il n'aurait pas à faire face à l'obscurité étouffante qui le laissait nerveux et incapable de dormir.

Et demain, il aurait à faire face à Anthony et admettre ce qu'il avait fait, ce qui lui coûterait toute chance de gagner sa confiance. Cela n'en valait pas la peine. Une nuit de paix éphémère ne pouvait pas remplacer Anthony.

Il termina sa cigarette et retourna à l'intérieur afin de trouver Florent.

— J'ai besoin que tu t'occupes de la table deux pour moi, dit-il à son frère.

— Pourquoi ?

Leur père passa devant eux et les regarda bizarrement.

— Je t'expliquerai plus tard. Échange une table avec moi. Peu importe laquelle. S'il te plaît.

— Très bien, prends la table dans le coin arrière. Mais je veux une explication plus tard.

Paul hocha la tête et alla s'occuper de sa nouvelle table, veillant à ne pas croiser le regard de l'autre client alors qu'il passait devant lui. La table qu'il avait récupérée auprès de Florent était un groupe de vieux messieurs, des contemporains de son père, peut-être même un peu plus âgés. Ils s'attendaient à un service exemplaire, de la nourriture délicieuse et du vin de qualité. Paul pouvait leur donner les trois sans faire quoi que ce soit pour mettre en danger sa relation avec Anthony.

Il réussit à éviter le regard inquisiteur de Florent pour le reste de la soirée, mais quand le dernier client partit – celui-là même que Paul évitait, remarqua-t-il – et qu'ils commencèrent à préparer les choses pour le service du déjeuner de vendredi, la chance de Paul le quitta.

— Bon, dit Florent en jetant une pile de serviettes sur la table. Assieds-toi et aide-moi à les plier.

— Je dois m'occuper du bar, protesta Paul.

— Gaël l'a déjà fait, déclara Florent. Ses tables se sont vidées tôt, alors il s'est occupé de la préparation pour demain. Quel était le problème avec la table que tu m'as imposée ?

— J'ai fait une promesse à Anthony, répondit Paul.

— Oui, je sais. Tu ne l'as pas rompue. Tu es assis ici avec moi et personne ne t'attend.

— Non, mais il aurait attendu si je lui avais donné le moindre signe d'intérêt.

— L'as-tu fait ?

— Je ne pense pas, mais si je ne l'ai pas fait, pourquoi m'a-t-il dragué si ouvertement lorsque je lui ai apporté son dîner ? demanda Paul. Peut-être que je l'ai fait si souvent et si longtemps que je ne m'en rends même plus compte. J'étais simplement poli et je lui faisais la conversation – ou du moins, c'est ce que je croyais – et soudain, il se met à me dire qu'il est seul en ville et qu'il a de la chance de m'avoir trouvé. J'ai dû avoir l'air surpris, parce qu'il s'est repris et a dit qu'il parlait du restaurant, mais ce n'est pas ce qu'il voulait dire, Florent. J'ai passé suffisamment d'années à la recherche de ce genre de 'signes'. Je sais ce que j'ai vu. Je ne sais pas pourquoi il l'a vu en moi.

— Je ne sais pas non plus, mais le plus important, c'est que tu n'y as pas répondu, déclara Florent. Tu essaies de rompre une habitude de longue date. Il est naturel d'être tenté, d'agir sans réfléchir, mais tu t'es repris avant de faire une erreur.

— J'étais tenté, admit Paul. Je suis allé à l'extérieur pour une pause, et tout ce à quoi j'ai pu penser pendant une minute, c'était comme cela serait bon et qu'Anthony ne le saurait jamais. Puis je me suis dit que ce serait bon pendant l'acte, mais que ça ne durerait pas, et que ça ruinerait mes chances d'avoir quelque chose avec Anthony.

— Mais c'est bien ! Ne le vois-tu pas ? Tu n'as pas cédé à ta première impulsion. Tu as réfléchi et tu as fait le bon choix.

— Et que se passera-t-il quand je ne prendrai pas le temps de réfléchir ? demanda Paul. Ça ne fait que deux semaines. Qu'adviendra-t-il lorsque l'impulsion deviendra plus forte et que j'en oublierai Anthony ?

— Penses-tu vraiment que cela se produira ?

— Je ne sais pas. Je voudrais te dire non, mais je recommence à mal dormir, à sentir cette démangeaison sous ma peau qui ne disparaît jamais.

155

Pour le moment, je me dis que c'est temporaire, mais si ça ne l'était pas ? Et si ça ne s'arrange pas et que je cède ?

— Je ne peux pas croire que je suis sur le point de te demander ça, mais quand conclus-tu habituellement avec tes coups d'un soir ?

— Quoi ? J'essaie de ne pas le faire, tu te souviens ?

— Je sais. C'est pourquoi je te le demande. Quand es-tu le plus vulnérable pour faire un mauvais choix ? élabora Florent.

— Quand je récupère l'addition. Parce que c'est à ce moment-là qu'ils choisissent de rester pour m'attendre.

— Alors c'est simple. Je vais m'occuper des additions de toutes tes tables à partir de maintenant, ou du moins celles avec des candidats probables. Tu feras toute la préparation du bar et nous serons quittes.

Le soulagement balaya Paul, entraînant avec lui toute la tension qui l'avait tourmenté toute la soirée. Il avait un plan. Un plan réel et concret pour s'assurer qu'il ne ferait pas quelque chose de stupide sans le savoir. S'il ne s'occupait pas des additions, il ne pouvait pas prendre de dispositions afin qu'un client l'attende jusqu'à ce qu'il en ait terminé pour la nuit.

— Merci.

— Je veux que tu sois heureux, lui dit Florent. Si c'est ce qu'il faut, c'est assez facile à faire. S'il y a autre chose, dis-le-moi. Nous allons faire en sorte que ça marche.

Paul prit une profonde inspiration.

— Demain, ce sera plus facile de toute façon. Je vais déjeuner avec Anthony.

— Il faut que tu couches avec Anthony, murmura Florent. Cela te calmera.

Paul rougit.

— Quand il sera prêt. Non pas que cela te regarde.

Florent marmonna quelque chose dans sa barbe que Paul ne comprit pas, mais il ne demanda rien. Il ne voulait pas savoir.

PAUL SONNA à l'appartement d'Anthony à exactement onze heures le matin suivant. Il était prêt depuis une heure, trop excité pour rester au lit même s'il ne s'était pas endormi avant trois heures du matin, mais il savait qu'Anthony aimait travailler le matin, et il ne voulait pas interférer avec ça.

— Oui ?

— C'est Paul.

— Monte. J'ai encore besoin de quelques minutes avant que nous puissions y aller.

Le buzzer retentit pour déverrouiller la porte d'entrée. Paul la poussa et grimpa les escaliers jusqu'à l'appartement d'Anthony. La porte était entrebâillée, alors il tapota dessus en entrant.

— Je suis là.

— Je suis dans le bureau. Fais comme chez toi. J'arrive dans une minute.

Paul sentit le café alors il entrait dans la cuisine. Anthony avait un pot sur la plaque chauffante de la machine à café. Il s'en versa une tasse et apporta la carafe dans le bureau d'Anthony.

— Il reste un peu de café. Tu en veux ?

— Oui, s'il te plaît, répondit Anthony. Ça a été une longue matinée et il n'est que onze heures. Je suis désolé de ne pas être encore prêt.

Paul était un peu déçu que le travail d'Anthony empiète sur leur temps ensemble, mais il repoussa cette pensée et versa le café restant dans la tasse de son compagnon.

— Merci, dit Anthony. J'écris un dernier e-mail, puis je ferme la boutique jusqu'à ce que tu partes travailler.

— Je vais attendre dans le salon, dit Paul.

Il rinça la carafe et la mit près de l'évier afin qu'elle soit prête lorsqu'Anthony voudrait refaire du café. Il entra dans le salon en sirotant son café, laissant le liquide lui réchauffer le corps. Le trajet jusqu'à l'appartement d'Anthony n'était pas long, mais la température avait atteint un niveau record la veille, et il faisait encore très froid dehors. Même avec son écharpe jusqu'aux oreilles, il avait senti le vent le couper comme un couteau. Quand il avait prévu sa suggestion pour l'après-midi, il n'avait pas pensé qu'il ferait si froid.

— Bon, désolé pour ce contretemps, dit Anthony en entrant dans le salon avec son café à la main.

Il se dirigea vers Paul et lui donna un baiser rapide.

— Merci d'avoir rechargé mon café. Le radiateur est à son maximum et je n'arrive toujours pas à me réchauffer.

Le baiser, aussi fugace qu'il fût, réchauffa Paul beaucoup plus que le café.

— De rien. Je voulais te proposer de marcher jusqu'au restaurant japonais de la rue de Vaugirard pour le déjeuner, puis de nous arrêter à la librairie sur le chemin du retour. Le propriétaire est un habitué du restaurant, et je pensais que je pourrais vous présenter, mais je ne suis pas sûr de vouloir marcher par ce temps.

Anthony frissonna.

— Autant j'adore la nourriture japonaise, autant aujourd'hui est plus un jour du genre 'ragoût copieux'. Peut-être pourrions-nous garder ça pour la semaine prochaine, s'il fait plus chaud ? Je pense avoir tout ce qu'il faut pour un ragoût de bœuf. Nous pourrions rester ici et cuisiner, et peut-être que cela aiderait également l'appartement à se réchauffer.

— Cela semble beaucoup plus agréable que de marcher dans ce froid, convint Paul. La librairie n'ira nulle part. Je peux te présenter à Jean-Charles une autre fois. As-tu une recette en tête ou est-ce que tu penses à un ragoût dans lequel nous mettrions tout ce qui nous tombe sous la main ?

— Le genre 'tout ce qui nous tombe sous la main', répondit Anthony. Je ne suis pas un chef gastronome. Sauf si tu as une recette cachée dans ta manche.

Paul secoua la tête.

— Je sers seulement la nourriture. Je ne la fais pas. Papa m'a chassé de la cuisine il y a longtemps.

Anthony se mit à rire.

— Commençons, alors.

Paul saisit sa tasse et suivit Anthony dans la cuisine. Ce dernier sortit un paquet de viande avec l'étiquette du boucher local, une botte de carottes, des poireaux, une branche de céleri, deux pommes de terre, et une tête d'ail.

— De quoi d'autre avons-nous besoin ?

— As-tu du vin rouge ? Rien d'extraordinaire, simplement quelque chose à ajouter au bouillon, demanda Paul.

— Laisse-moi regarder, répondit Anthony.

Paul commença à éplucher les carottes tandis qu'Anthony allait vérifier sa sélection de vins. Qu'il ait du vin ou pas, les carottes devaient être coupées.

— Est-ce que ça ira ?

Paul regarda l'étiquette et hocha la tête.

— Parfait. Rien d'extraordinaire, mais assez bon pour ajouter un peu de saveur au ragoût. Maintenant, nous avons besoin de bouillon de bœuf, et as-tu des champignons ? Nous pourrions presque faire un bœuf bourguignon.

— Miam, dit Anthony. Mon plat d'hiver préféré. Tu es certain que cela ne te dérange pas de m'aider à cuisiner ? Ce n'est pas exactement un rendez-vous amusant.

C'était un rendez-vous parfait en ce qui concernait Paul.

— Nous passons l'après-midi ensemble. C'est tout ce qui m'importe.

Le sourire d'Anthony éclaira la cuisine, et Paul sentit l'agitation qui le dévorait s'apaiser à cette vue. Aussi gratifiante qu'aurait été la nuit précédente s'il avait succombé, cela n'aurait pas pu remplacer l'expression sur le visage d'Anthony en ce moment.

— Qu'est-ce qui te prend ce soir ? demanda Florent lorsque Paul lui répondit vertement pour la quatrième fois en dix minutes.

Paul savait qu'il perdait les pédales, mais il n'arrivait pas à se maîtriser.

— Rien, lui répondit-il sèchement.

— Ce n'est pas rien, insista Florent. Anthony et toi vous êtes-vous disputés ?

— Non.

Paul se retourna et fit appel à son plus beau sourire pour l'homme assis seul dans le box qu'il était venu à considérer comme celui d'Anthony. Qu'il aille se faire foutre. Si Anthony pouvait annuler leur dîner habituel pour quelqu'un d'autre, Paul le pouvait aussi.

Il prit la commande de toutes ses tables et les déposa auprès de Nicolas. Alors qu'il se dirigeait vers le bar pour préparer les apéritifs de ses clients, Florent vint à lui.

— Qu'est-ce que tu fais ? Je ne t'ai pas vu comme ça depuis qu'Anthony est revenu. Tu es à l'affût. Je croyais que tu voulais qu'Anthony te fasse confiance.

— Il aurait dû penser à ça avant d'annuler mercredi, dit Paul.

Il versa les boissons, puis un verre de whisky pour lui-même. Il l'engloutit en une seule gorgée et jeta un regard noir à Florent avant de partir d'un pas décidé livrer les boissons.

Il sourit et flirta avec l'homme dans le coin arrière et fit en sorte que tous les autres aient tout ce qu'il leur fallait. Il réussit à éviter Florent pendant l'heure suivante, mais lorsqu'il alla prendre sa pause, son frère le suivit à l'extérieur.

— Pourquoi a-t-il annulé votre rendez-vous habituel du mercredi ? demanda Florent.

— Cela n'a pas d'importance, répondit Paul. C'est 'Gilles' qui recommence.

159

— Paul, pourquoi a-t-il annulé le rendez-vous ?

— Il doit dîner avec un type nommé Pierre des livres Hachette, ricana Paul.

— Écoute-toi. Il travaille dans l'édition. Bien sûr qu'il va avoir des dîners d'affaires avec des gens qui publient, déclara Florent. Si tu craques chaque fois qu'il doit assister à un dîner d'affaires, tu ne réussiras jamais à rester sain d'esprit.

— C'est le mercredi. Je ne m'en soucierais pas si c'était le mardi, ou le jeudi, ou tout autre jour.

— Il peut ne pas avoir eu le choix, dit Florent. Tu en es conscient, n'est-ce pas ?

Paul lui jeta un regard noir. Cela n'avait pas d'importance. Il avait mis sa vie sens dessus dessous pour Anthony. Il avait fait tout ce qu'Anthony lui avait demandé, se contentant d'un baiser occasionnel, ne flirtant pas au restaurant, *tout*, et cela n'avait rien changé.

— Je ne m'en soucie plus.

— Mais bien sûr, répliqua Florent. Tu t'en soucies trop au contraire. Rentre chez toi. Gaël et moi te couvrirons. Je ne te laisserai pas gâcher la meilleure chose qui te soit arrivée parce que tu es trop stupide et probablement trop ivre pour comprendre ce que tu fais.

Paul ne voulait pas rentrer chez lui. Il voulait baiser. Il voulait oublier Anthony. Il voulait se sentir libre à nouveau pendant quelques heures. Il voulait…

— Non, j'ai changé d'avis, dit Florent. Parce que si tu pars dans cet état, tu finiras par aller dans un club où je ne pourrai pas t'arrêter. Tu es de service au bar pour le reste de la soirée, et tu viens chez moi après. Demain, quand tu te seras calmé et que tu seras sobre, nous en reparlerons.

— Va te faire foutre.

— C'est le boulot d'Anthony, pas le mien, rétorqua Florent.

— Si seulement, murmura Paul, mais il retourna à l'intérieur derrière le bar.

Il accrocherait un sourire sur son visage pour tous ceux qui voudraient prendre un verre, même si la plupart des gens voulaient également dîner, et il ferait ce que Florent avait dit parce que sinon, il n'aurait pas fini d'en entendre parler. Il s'occuperait du reste plus tard.

XIX

LE BOURDONNEMENT de l'interphone de sa porte surprit Anthony. Il n'attendait pas de livraisons, et Paul devait travailler pour le service du déjeuner, de sorte que ce ne pouvait pas être lui.

— Oui ? dit-il dans le haut-parleur.

— C'est Florent, le frère de Paul. Nous devons parler.

Anthony appuya sur le bouton pour déverrouiller la porte de l'immeuble afin de laisser entrer Florent. Il ouvrit également la porte de son appartement et attendit. Si quelque chose était arrivé, Paul aurait appelé, se rassura-t-il. Il n'avait pas besoin de s'inquiéter. Florent voulait probablement l'aide d'Anthony afin de faire une surprise pour l'anniversaire de son frère ou une chose dans ce style.

Florent le salua avec une poignée de main et un hochement de tête.

— Voulez-vous un café ? demanda Anthony. Je ne suis pas sorti ce matin, mais je sais combien il fait froid.

— Oui, merci, répondit Florent. C'est une petite trotte pour venir jusqu'ici. J'arrive de chez moi, pas du restaurant.

— Qu'est-ce qui vous amène ? demanda Anthony en se dirigeant dans la cuisine afin de servir un café à Florent et de remplir à nouveau sa propre tasse.

Florent ne répondit pas jusqu'à ce qu'Anthony ait rapporté les deux tasses dans le salon et se soit assis.

— Que vous a raconté Paul au sujet de ses aventures d'une nuit ? demanda-t-il finalement.

— Pas grand-chose, répondit Anthony. Que cela lui arrivait. Qu'il ne le faisait plus. Qu'y a-t-il d'autre à savoir ?

161

— C'est ce que je craignais, dit Florent en se passant une main dans les cheveux. Vous a-t-il parlé de Gilles ?

— Son ex ? demanda Anthony. Il m'a dit qu'ils avaient rompu parce que Gilles ne voulait pas s'adapter à ses horaires au restaurant, ce qui est une raison assez merdique si vous voulez mon avis.

— Absolument, acquiesça Florent. A-t-il dit autre chose ?

— Pas vraiment. J'ai cru comprendre que cela s'était produit il y a quelque temps déjà, et il ne m'a pas donné l'impression que c'était un gros problème pour lui au-delà du fait qu'il ne trouverait jamais quelqu'un dont les horaires s'accorderaient aux siens.

— Ouais, eh bien, c'est un idiot qui ne voit pas ce qui est bon pour lui, même si on lui met le nez dedans, déclara Florent. Il m'a dit quelque chose l'année dernière, quand il couchait à droite et à gauche plus que ce que je l'avais vu faire auparavant. Il a dit qu'il n'y avait rien de mal avec le sexe du moment que tout le monde comprenait que ce n'était que du sexe, et que cela lui permettait de traverser la nuit et le jour suivant. Je ne prétends pas comprendre mon frère autant que je le voudrais, mais ce n'est pas une attitude très saine.

— Non, reconnut doucement Anthony. Ça ne l'est pas.

— Voici ce qui me préoccupe. Il a cessé de coucher à droite et à gauche parce que vous lui avez demandé de ne plus le faire – non pas que je pense que vous auriez dû agir différemment – mais il ne couche pas non plus avec vous, parce que vous êtes ici et qu'il est chez lui. Comment arrive-t-il à traverser la nuit maintenant ?

— Que voulez-vous dire ? demanda Anthony.

— Je ne pense pas que vous pouvez le voir. Il est différent quand vous êtes dans les parages. Quand vous êtes là, il est le frère que j'ai toujours connu – plein d'humour, un peu grossier parfois, mais lumineux comme un jour d'été. Cependant, lorsque vous n'êtes pas là, tout ça disparaît. Oh, pas le jeudi, puisqu'il a rendez-vous pour déjeuner avec vous le vendredi, mais le lundi, quand il vous a à peine vu si vous n'êtes pas venu au restaurant pour le dîner, toute sa bonne humeur commence à se fissurer, comme si un voile beaucoup plus sombre et très déplaisant s'abattait sur lui, et c'est à ce moment-là que je commence à m'inquiéter pour lui. Je ne le vois pas le mardi, mais il vous voit le mercredi et tout redevient normal – ou presque normal – le jeudi. Il a mis complètement sa vie sens dessus dessous pour essayer de gagner votre confiance, mais cela lui coûte cher. Puis vous avez annulé votre rendez-vous habituel de demain.

— C'était le seul jour du mois où le gestionnaire des droits de Hachette pouvait me rencontrer, répondit Anthony. Je veux passer du temps avec Paul. Je suis aussi impatient que lui qu'arrivent les mercredis, mais on m'a envoyé ici pour faire un travail. Je pensais qu'il comprendrait.

Florent fronça les sourcils.

— Vous voyez, c'est là que se situe le problème, parce que lorsque vous dites que vous êtes aussi impatient que lui qu'arrivent les mercredis, vous n'êtes qu'impatient. Il survit grâce à eux. Il n'a pas flirté avec un autre homme depuis que vous êtes de retour et encore moins ramené un inconnu chez lui. Il a fait tout ce que vous auriez pu demander, mais il le fait sur la promesse d'un avenir qui ne s'est pas encore matérialisé, et si cela n'arrive pas bientôt, il va craquer parce que je ne suis pas certain que ses aventures d'un soir ne sont qu'une mauvaise habitude. Je crains que cela se soit transformé en une façon de supporter les choses de la vie.

Les yeux d'Anthony se fermèrent alors que les mots le pénétraient, déchirant son cœur comme des balles.

— Et j'ai empiré les choses en insistant pour que nous ayons chacun notre appartement et que nous devrions attendre avant d'avoir à nouveau des rapports sexuels jusqu'à ce que je sois sûr que je pouvais lui faire confiance.

— Peut-être, mais vous les avez aussi améliorées, déclara Florent. Forcément, sinon vous auriez vu combien il est à bout. Il peut le faire, mais il a besoin de votre soutien, pas seulement passivement dans le fait que vous êtes content qu'il ne couche plus à droite et à gauche. Il a besoin que vous soyez là de manière active, afin de l'aider à traverser les longues nuits si c'est ce dont il a besoin. Je ne prétends pas tout savoir sur ce qui le contrarie, mais je sais qu'il y a quelque chose, et si vous voulez que votre relation fonctionne, vous devez savoir ce que c'est et l'aider à le gérer.

— Merci, dit Anthony. Je ne peux pas manquer la réunion de demain. Annuler à la dernière minute comme ça... ce n'est pas l'impression que je peux me permettre de donner à une entreprise comme Hachette.

— Venez au restaurant ce soir. Autrement, je ne sais pas ce qu'il va faire sans moi pour garder un œil sur lui.

Anthony devait avoir l'air sceptique, parce que Florent fronça les sourcils.

— Je suis sérieux, Anthony. La façon dont il a agi la nuit dernière... si je n'avais pas été là, il aurait rompu sa promesse envers vous. Il était à ce point hors de contrôle. Je l'ai empêché de faire une bêtise qu'il aurait regrettée, mais je suis de repos ce soir, et si j'y vais quand même, cela rendra mon père encore plus suspicieux qu'il l'est déjà. Si vous êtes là, il se tiendra bien, puis vous pourrez rentrer à la maison avec lui après. Parlez, baisez, je m'en moque, mais faites-lui traverser la nuit. Vous pourrez trier le reste plus tard.

— C'est à ce point ? demanda Anthony.

Florent leva les yeux au ciel.

— Oui, c'est vraiment à ce point. Vous savez quoi ? J'ai une meilleure idée. Qu'avez-vous programmé pour aujourd'hui? Parce que je n'ai rien de prévu à part vous sonner les cloches pour être un aussi grand imbécile que mon frère. Nous allons aller au restaurant tout de suite, je vais prendre le service de Paul aujourd'hui, et vous pourrez tout régler maintenant. Il travaillera demain, puisque vous serez en réunion de toute façon.

Anthony passa mentalement en revue sa liste de choses à faire pour la journée. La plupart consistaient tout simplement à relire ses notes pour sa réunion de demain, mais il les avait déjà mémorisées. L'anxiété de Florent était contagieuse.

— Êtes-vous certain que cela ne vous dérange pas ?

— Je ne l'aurais pas suggéré si cela me dérangeait, répondit Florent. Est-ce que cela signifie que vous allez venir ?

— Oui, laissez-moi simplement prendre mon manteau et une écharpe.

Les pensées d'Anthony tourbillonnaient dans sa tête alors qu'il éteignait son ordinateur et attrapait son manteau et une écharpe dans sa chambre. Il n'avait pas voulu ériger un obstacle insurmontable pour Paul. Il avait simplement voulu voir si ce dernier était sérieux au sujet de leur relation, s'il n'allait pas se placer lui-même en position d'avoir son cœur à nouveau brisé. Si ce que Florent avait dit était vrai – et vraiment, que gagnerait-il en mentant? – Anthony avait fait bien pire. Pourtant, en même temps, les mots de Florent suggéraient que le changement dans le comportement de Paul était une bien meilleure preuve que Paul avait pris au sérieux sa promesse qu'il l'avait cru.

Il espérait seulement que Paul lui parlerait aussi honnêtement que ce que Florent l'avait fait. Il ferait tout ce qui était en son pouvoir pour l'aider – il n'avait pas compris que Paul souffrait autant – mais Paul devrait lui expliquer quoi faire.

— Voilà, je suis prêt, dit-il en revenant dans le hall où Florent s'était également rhabillé pour affronter l'hiver.

Ils parcoururent rapidement les deux pâtés de maisons jusqu'au restaurant, la tête penchée en avant afin d'atténuer la morsure du vent. Alors qu'Anthony se préparait à rentrer par l'avant, Florent attrapa son bras.

— Venez par l'arrière. Postez-vous dans la cuisine et observez-le un moment, voyez ce que je voulais dire, puis j'irai le chercher et je vous le ramènerai. Les clients ne doivent pas voir sa réaction, quelle qu'elle soit. J'espère vraiment qu'il sera tellement heureux de passer la journée avec vous qu'il acceptera, mais après la nuit dernière, je n'en suis pas certain.

Anthony hocha la tête et suivit Florent par l'entrée de la cuisine donnant sur la ruelle où s'effectuaient habituellement les livraisons. Depuis la porte de la cuisine du restaurant, il pouvait voir le bar et la salle de devant. Il aperçut d'abord Gaël, mais un moment plus tard, Paul s'approcha du bar. Anthony n'avait pas voulu croire Florent, mais voir Paul lui fit comprendre qu'il avait raison. Paul avait des cernes sous les yeux comme s'il n'avait pas dormi depuis des jours, et tout dans sa posture clochait, comme si tous ses muscles étaient tendus et que les seules choses qui l'empêchaient de s'effondrer étaient sa mâchoire crispée et son emprise sur le plateau qu'il avait à la main.

— Comment n'ai-je pas vu cela ?

— Parce que quand il est avec vous, s'attend à être avec vous ou vient d'être avec vous, il n'est pas comme ça, déclara Florent. C'est ce qui arrive quand vous n'êtes pas dans les parages.

Anthony hocha la tête, mal à l'aise en songeant à quel point tout aurait pu mal finir si Florent n'était pas intervenu.

— Je vais attendre à l'arrière si vous pouvez l'amener dans la ruelle.

Il arpenta les pavés froids alors qu'il attendait en essayant de se réchauffer et de relâcher la tension qui augmentait à chaque seconde qui s'écoulait. Il avait espéré que Paul sauterait sur l'offre du réconfort que – selon Florent – il lui apporterait, mais apparemment ce n'était pas le cas, si le temps qu'il avait fallu afin que la porte s'ouvre et que Paul sorte était d'une quelconque indication. Au moins, il était habillé pour partir.

— Pourquoi ne m'as-tu rien dit ? lâcha-t-il avant de pouvoir s'en empêcher.

— Pas ici, grogna Paul.

Maudit soit Florent et sa curiosité. Paul ne voulait pas du tout avoir cette conversation avec Anthony, et encore moins dans la ruelle derrière le restaurant.

Anthony acquiesça immédiatement.

— Chez toi ou chez moi ?

Cela n'avait pas d'importance. Ce ne serait pas une conversation agréable ou facile, peu importe où elle avait lieu.

— Chez moi.

Au moins de cette façon, il serait sur son propre terrain.

Anthony hocha la tête et se dirigea vers la rue avant de s'arrêter et de prendre la main de Paul. Ce dernier la lui arracha presque, n'étant pas d'humeur à accepter un quelconque signe d'affection, mais l'expression sur le visage d'Anthony l'arrêta. Quoi qu'ai dit Florent – et son frère ne lui avait donné que peu de détails avant de l'envoyer dans la ruelle – cela n'avait pas repoussé Anthony. Il prit la main offerte et sourit malgré son irritation lorsque l'Américain les enfouit dans la poche de son manteau. S'il ne le connaissait pas mieux, il aurait pu jurer qu'Anthony n'avait jamais vécu de véritable hiver auparavant.

— Je croyais qu'il pouvait faire très froid dans le Michigan.

— En effet, répondit Anthony. Mais je n'y ai pas vécu depuis quinze ans. Je n'y suis plus habitué.

Paul rit.

— Ça va bientôt se réchauffer. Ensuite, il va faire chaud et tu vas devoir le supporter sans l'aide de l'air conditionné.

— Je n'ai pas eu chaud depuis que je suis ici, déclara Anthony. En fait, c'est faux. J'avais chaud les nuits où je dormais dans l'appartement avec toi.

Paul retira sa main.

— Tu ne dois pas dire des choses comme ça.

— Désolé.

Ils parcoururent le reste du chemin jusqu'à l'appartement de Paul dans un silence tendu. Florent ne s'était pas épanché sur sa conversation avec Anthony, il lui avait seulement signalé qu'il avait dit à l'Américain que Paul était sur le point de craquer si rien ne changeait, mais ce dernier connaissait l'opinion de son frère sur toute cette situation. Il lui en avait clairement fait part plus d'une fois. S'il avait partagé tout cela avec Anthony, celui-ci pensait sans aucun doute au pire. Il lui faudrait éclaircir ce point avant d'aller plus loin.

— Qu'est-ce que Florent t'a dit ? demanda-t-il lorsqu'ils atteignirent enfin son appartement.

Anthony ne répondit pas. Au lieu de cela, il l'attira dans ses bras et l'embrassa. La tourmente qui avait fait rage en Paul à partir du moment où Anthony lui avait dit qu'il devait travailler le mercredi montra sa tête. Il rendit désespérément le baiser. Il désirait Anthony avec un besoin né de la privation et de la peur, mais il ne pouvait pas y céder. C'était ce qui les avait amenés à ce gâchis en premier lieu. Il recula et prit une profonde inspiration, avalant goulûment l'air pour se stabiliser.

— Est-ce que tu essaies de me rendre les choses plus difficiles ?

— Non, bien sûr que non, répondit Anthony. J'essaie de te montrer que je suis là pour toi, peu importe ce dont tu as besoin. Tu as l'air de n'avoir pas dormi depuis des jours, et Florent a dit...

— Oublie ce qu'a dit Florent, l'interrompit-il. C'est un sale fouineur qui ferait mieux de se soucier de sa propre vie amoureuse au lieu de fouiller dans la mienne.

— Je ne me suis pas très bien débrouillé pour te donner une vie amoureuse, répondit Anthony. J'avais tellement peur de combien je pourrais souffrir si tu couchais à droite et à gauche dans mon dos, que je n'ai pas vu ce que cela te coûtait de gagner ma confiance.

— Ce n'était pas une demande déraisonnable. Tu ne devrais pas avoir à t'inquiéter de savoir si je vais te tromper. Si c'est ce qu'il faut pour te le prouver, je le ferai.

— Non, je ne devrais pas en effet, mais tu ne devais pas non plus être aussi fatigué. Je ne savais pas que cela ferait autant de ravages sur toi. Pourquoi ne m'as-tu rien dit ?

— Parce qu'il n'y a rien à en dire, répondit Paul. Je n'ai pas de relations sexuelles avec quelqu'un d'autre comme tu me l'as demandé, et je n'en ai pas avec toi – comme tu l'as demandé – donc je suis un peu sur les nerfs. C'est parfaitement normal.

— C'est plus qu'un peu sur les nerfs, insista Anthony. Florent a dit que tu avais eu un comportement inconstant. Tu as des cernes sous les yeux comme si tu n'avais pas dormi. Je ne t'ai jamais vu aussi tendu. Je ne peux pas t'aider si tu ne me dis pas ce qui ne va pas.

Si seulement c'était aussi facile, mais comment pourrait-il expliquer la façon dont l'obscurité et le vide se refermaient sur lui lorsqu'il était seul dans son lit la nuit ? Comment pouvait-il faire comprendre à Anthony, qui avait toujours voulu une relation, que le sexe même sans sentiment était mieux que d'être seul ? Il pourrait dire les mots, mais ils n'auraient pas de sens pour l'âme romantique de son compagnon.

Il haussa les épaules.

— Je vais bien.

— Non, tu ne vas pas bien, le contra Anthony en envahissant son espace personnel. Laisse-moi t'aider.

Des images de lui attirant Anthony dans ses bras et dans le lit, se perdant dans la chaleur de son corps accueillant l'assaillirent, mais ils l'avaient déjà fait et il avait presque perdu Anthony à cause de cela.

— Tu ne peux pas, répondit-il d'une voix rauque.

— Pourquoi ? le pressa Anthony. De quoi as-tu besoin ? Que retires-tu de ces coups anonymes que je ne te donne pas ?

Paul émit un petit bruit dédaigneux.

— Du sexe ? De la compagnie ? Un corps auquel m'accrocher afin de traverser la nuit ?

Anthony recula et se dirigea vers la porte qui donnait dans le couloir conduisant à sa chambre.

— Tu viens ?

— Je ne veux pas d'une baise inspirée par la pitié, dit sèchement Paul. Je ne suis pas tombé si bas.

Anthony le saisit et l'embrassa violemment, ses dents entrant en collision avec celle de Paul alors qu'il ravageait sa bouche.

— La liste des choses que je ressens en ce moment est bien trop longue pour que je l'énumère, mais la pitié n'en fait pas partie.

Paul voulait demander ce qu'étaient ces choses. C'était important, pensa-t-il brièvement, avant que le désespoir refoulé des semaines d'abstinence et de solitude efface chaque pensée de sa tête qui n'impliquait pas d'avoir Anthony nu dans son lit.

XX

PAUL POUSSA Anthony dans le couloir, non pas que ce dernier ait essayé de lui résister.

— Déshabille-toi, ordonna-t-il lorsqu'ils franchirent le seuil de sa chambre.

Une autre fois, il se serait attardé et aurait lentement dénudé Anthony, vénérant chaque centimètre de peau qui aurait été révélé, mais pas aujourd'hui. Heureusement, son compagnon ne semblait pas avoir plus de patience que lui ; il fit passer son pull et son tee-shirt par-dessus sa tête et tendit le bras vers la boucle de sa ceinture tandis que Paul le regardait.

— Toi aussi, exigea Anthony. Je veux tout de toi.

Anthony pouvait lui dire tout ce qu'il voulait à partir du moment où il continuait à le regarder avec cette expression sur son visage qui était certainement réservée aux héros et demi-dieux, pas à la cause perdue qu'il était. Il enleva ses chaussures tout en défaisant les boutons de sa chemise. Cela fait, il ôta son pantalon, son boxer et ses chaussettes dans un mouvement fluide. Lorsqu'il se redressa, Anthony avait enlevé son jean et se tenait complètement nu devant lui.

Paul se précipita en avant, les renversant tous les deux sur le lit. Anthony lui agrippa les épaules afin de ralentir sa chute. Paul tourna la tête pour déposer un baiser sur un biceps, mais c'était là la limite de sa patience et de sa tendresse. Anthony avait beau se plaindre de toujours avoir froid, sa peau brûlait contre la sienne.

Conscient de la réunion qu'avait Anthony le lendemain, il n'attaqua pas son cou comme il le voulait parce qu'il laisserait inévitablement des marques. Il opta pour sa poitrine à la place, mordant et suçant ses mamelons :

l'un, puis l'autre, puis de nouveau le premier. Anthony cria, mais Paul ne détecta aucune douleur dans sa voix ni ne sentit de rejet dans la façon dont il se cramponnait à son corps et se cambrait sous lui.

Aussi bon goût qu'avait la peau d'Anthony, cela n'était pas la saveur qui avait hanté ses rêves. Il traça un chemin sur le ventre de son amant, laissant une traînée rose de marques de morsure, jusqu'à ce qu'il atteigne son érection croissante. Il la caressa plusieurs fois, se délectant de la façon dont elle durcissait sous son contact. Son propre sexe le harcelait comme une rage de dents, mais il l'ignora. Il sentait le musc qui indiquait le désir d'Anthony, et cela l'excitait beaucoup plus que tout ce qu'il aurait pu se faire à lui-même en cet instant. Il enfouit le visage dans son pubis, frottant son nez contre les boucles drues. Il voulait se noyer dans l'odeur et la sensation d'Anthony, l'intégrer si profondément dans son cœur et dans sa tête qu'il pourrait supporter un certain nombre de nuits solitaires et de jours de grande affluence. Anthony pourrait ne pas le croire – et étant donné les antécédents de Paul, il ne pourrait pas le lui reprocher – mais tout cela lui était vital. Être avec lui, être en mesure de le toucher et d'être touché en retour, savoir qu'il n'était pas seul ou ne le serait pas pour longtemps lorsqu'ils étaient séparés.

Anthony haletait bruyamment au-dessus de sa tête, le son de sa respiration hachée étant tout l'encouragement dont il avait besoin pour tourner la tête et lécher un chemin de la base du membre épais jusqu'à la pointe sombre. Il agita sa langue sur la fente, dégustant le liquide amer qui s'y trouvait. Anthony rua contre sa bouche avec un cri aigu. Paul l'ouvrit plus largement et laissa son sexe glisser sur sa langue, provoquant un autre cri de la part de son amant. Combien de ces sons délectables pourrait-il tirer de la bouche d'Anthony avant qu'il jouisse ? Il attendait avec impatience de le découvrir.

Il commença par planer au-dessus de l'érection de son compagnon, se concentrant sur le gland sensible et laissant sa main s'occuper du reste. Il courba la langue afin de pouvoir jouer avec le tendon qui faisait ruer et gémir Anthony à chaque passage. Il pourrait passer des heures à le tourmenter ainsi, son membre lourd sur sa langue, l'odeur du désir qui l'entourait, les halètements et les gémissements d'Anthony remplissant ses oreilles et son cœur. Cependant, il n'était pas certain que son amant ait cette patience, et honnêtement, il avait lui-même besoin de plus. Déplaçant sa main, il engloutit toute la longueur de son sexe. La pointe heurta le fond de sa gorge et il déglutit afin d'éviter de s'étouffer. Il toucha le fond et y resta aussi longtemps qu'il le put, laissant la compression rendre Anthony fou. Lorsque le besoin de respirer devint urgent, il se retira, seulement pour plonger à nouveau dès qu'il eut aspiré plus d'air. Anthony rua pour venir à sa rencontre, l'étouffant presque avec ses coups frénétiques. Il épingla les hanches de l'Américain sur le lit avec un bras, mais l'angle était bizarre.

Libérant son prix, il se redressa sur les genoux afin de tenir plus facilement Anthony comme il le voulait.

— Ne bouge pas, ordonna-t-il, appuyant son poids sur Anthony afin de le maintenir en place.

— Comment suis-je censé le faire quand tu me suces comme ça ? demanda Anthony d'une voix rauque.

— Essaie.

Paul n'attendit pas qu'il réponde, baissant la tête et le prenant profondément dans sa bouche. L'angle facilita une pénétration plus profonde. Il bougea la tête de haut en bas, gardant autant de pression sur la pointe que possible.

— *Fuck*, cria Anthony. Paul...

Le reste de ses paroles furent perdues dans l'incapacité de Paul à traduire l'anglais au milieu de sa passion, mais le ton lui dit tout ce qu'il avait besoin de savoir.

Avec la main qui ne maintenait pas son amant immobile, il saisit sa propre érection, se masturbant en rythme avec le mouvement de sa tête. Si ce n'était pas aussi satisfaisant que de plonger dans le corps d'Anthony, aucun d'eux n'avait pour l'instant la patience qu'une bonne préparation exigerait. *La prochaine fois*, se promit Paul.

Il s'était dit cela chaque fois depuis le premier soir où il avait rencontré Anthony.

L'inflexion des cris de son amant changea, l'avertissant de sa jouissance imminente. Il aurait pu se retirer, mais il voulait tout ce qu'Anthony pourrait lui donner. Il relâcha son emprise sur son propre sexe afin de pouvoir empaumer les testicules de l'américain. Ce dernier se raidit sous lui et éjacula dans sa bouche. Paul avala chaque goutte, massant les bourses d'Anthony afin de prolonger autant qu'il le pouvait sa jouissance.

Lorsque le flot finit par se tarir, Paul laissa le sexe d'Anthony glisser de sa bouche et se dressa sur les genoux. Il observa le corps gisant de son amant tandis qu'il empoignait fermement sa propre érection, recherchant sa jouissance. Les yeux bleus de Anthony étaient fermés, ses beaux traits détendus, chaque ligne de son corps proclamant sa satiété. Un sentiment de suffisance remplit Paul, se mélangeant avec son désir. Il en était responsable. Il avait laissé Anthony comme un tas désossé sur son lit. Puis les yeux de ce dernier s'ouvrirent et leur regard se croisa et s'accrocha. Il y avait tant de chaleur et d'affection dans leurs profondeurs que Paul ne pouvait pas détourner le regard. Il bougea sa main plus rapidement, si proche de la jouissance que cela en était douloureux.

— Maintenant, lui dit Anthony, en français cette fois-ci. Jouis partout sur moi.

Le peu de contrôle qu'il avait encore se brisa en entendant ces mots provocants. Il rejeta la tête en arrière alors que son orgasme lui déchirait le corps. Il éjacula partout sur le ventre et le sexe d'Anthony, peignant des stries nacrées sur sa peau pâle.

— J'aime l'expression sur ton visage quand tu jouis, dit Anthony.

Paul frissonna en entendant le mot 'aimer' sur la langue de son amant. Ce n'était pas le contexte dans lequel il voulait l'entendre, mais c'était trop tôt. Ils avaient à peine commencé quelque chose qui ressemblait à une vraie relation au lieu du sexe qu'ils avaient eu auparavant ou de l'amitié qu'ils avaient développée au cours des mois qu'ils avaient passés sur des continents différents.

Anthony lui tendit les bras et Paul se laissa glisser dans son étreinte. Il posa sa tête sur l'épaule de l'américain et prit une profonde inspiration, s'imprégnant de la proximité de son amant. Cela ne durerait pas, mais il la savourerait aussi longtemps qu'il le pourrait. Et peut-être, s'il avait de la chance, Anthony serait d'accord pour un autre round plus tard, ou si ce n'était pas aujourd'hui, alors peut-être bientôt. Il ferma les yeux et laissa le moment s'étirer.

Il avait dû s'assoupir parce que les ombres s'étaient allongées sur les murs lorsqu'il ouvrit les yeux.

— Tu te sens mieux ? demanda Anthony.

Paul hocha la tête contre sa poitrine.

— Nous devons parler.

C'en était fini de l'après-midi paisible. Il commença à se redresser, mais Anthony resserra ses bras autour de lui, le maintenant en place.

— Tu n'as pas besoin de te lever. Nous sommes tous les deux parfaitement à l'aise ici. Tu as dit que tu avais besoin d'être tenu, alors reste allongé et laisse-moi te tenir.

Paul fronça les sourcils, mais resta contre le flanc d'Anthony.

— Que veux-tu savoir ?

— Je ne voulais pas te faire accomplir une tâche herculéenne, déclara Anthony. Je n'avais pas compris à quel point c'était un changement drastique pour toi lorsque je t'ai demandé de te conduire ainsi.

— Je sais, répondit Paul. Je ne voulais pas que tu le saches.

— Pourquoi ?

— Pourquoi ? répéta Paul. Parce que ça n'est pas flatteur pour moi. Même pas capable de traverser une semaine sans envie dévorante de sexe, prêt à l'obtenir d'un inconnu parce que personne ne veut de moi plus d'une fois... Ce n'est pas exactement quelque chose que je tiens à admettre à l'homme avec qui j'espère passer le reste de ma vie.

— Je te veux plus d'une fois. Et c'était déjà le cas lorsque nous nous sommes rencontrés la première fois. Et ne dis pas que c'était par commodité ou que ce n'était que du sexe, parce que tu sais aussi bien que moi que ce n'est pas vrai. Peu importe la façon dont tout cela a commencé, c'était déjà quelque chose de réel avant que je parte ou nous n'aurions pas gardé le contact.

— Raison de plus de ne pas vouloir paraître ainsi devant toi, murmura Paul.

— Tu ne m'as toujours pas dit pourquoi, dit Anthony.

Paul ferma les yeux et essaya de trouver une façon de l'expliquer.

— Parfois, j'ai l'impression que les murs se referment sur moi, et il y a cette démangeaison sous ma peau, ce besoin qui ne veut pas s'en aller. Je peux l'ignorer pendant un certain temps, mais finalement je dois faire quelque chose ou j'ai l'impression que je vais devenir fou. Le sexe m'apaise pendant un certain temps. Et avant que tu le demandes, j'ai essayé la masturbation. Ce n'est pas la même chose. Ce n'est pas au sujet de la libération physique, du moins pas seulement.

— Qu'y a-t-il d'autre ? demanda Anthony.

— Le frisson de la chasse, la sensation de pouvoir que je ressens en faisant jouir un homme sous mes mains, savoir que j'ai encore ce qu'il faut pour attirer quelqu'un, même si je ne veux pas le garder.

— Ou mieux encore, y a-t-il autre chose qui a le même effet ?

C'était une question beaucoup plus facile à répondre.

— Toi, répondit Paul. Je ne me sens pas comme ça quand nous sommes ensemble. C'est lorsque tu n'es pas dans les parages que je deviens nerveux.

— Peu importe la façon dont nous organiserons notre vie ensemble, il y aura des moments où je ne serai pas là, déclara Anthony. Je devrais encore aller au BEA à New York, à la Foire du Livre de Francfort, probablement à celle de Londres également, et selon les autres marchés que Patricia décidera de développer, il peut y en avoir d'autres. Même si je rends mon installation à Paris permanente, que nous emménageons ensemble et que nous avons une vie proche de la perfection, les voyages font partie de mon travail.

Paul avait espéré, dans l'intimité calme de ses rêves les plus profondément enfouis, qu'Anthony resterait définitivement à Paris. Mais l'entendre le dire d'un ton neutre comme si c'était une véritable possibilité lui coupa le souffle. Il étreignit son amant plus étroitement, comme s'il pouvait le retenir ici par la seule force de sa volonté.

— Je sais. Je ne t'empêcherai pas de faire ton travail.

— Ce n'est pas ce qui m'inquiète, répondit Anthony. Je suis inquiet de la façon dont tu vas t'en sortir lorsque je serai en déplacement pour une semaine ou deux. Nous nous sommes vus vendredi. Nous sommes seulement mardi. Et non, nous ne nous serions pas vus demain, mais je n'ai pas annulé notre déjeuner de vendredi. Cela n'aurait fait qu'une semaine, et pourtant tu étais déjà suffisamment amoché la nuit dernière pour que Florent vienne me trouver aujourd'hui. Donc, soit les bienfaits ne durent pas très longtemps, soit le fait d'être ensemble ne suffit pas vraiment. Quelle que soit la raison, mes voyages me tiendront certainement éloigné aussi longtemps si ce n'est plus. Comment vas-tu y faire face lorsque je serai parti ?

— Je ne sais pas, répondit honnêtement Paul. Mais je trouverai un moyen. Je ne vais pas te tromper pendant que tu seras parti. Je te le jure.

Anthony inclina la tête de Paul pour lui donner un baiser.

— Je sais. Ce n'est pas la raison pour laquelle je t'ai posé la question. Je suis inquiet pour toi et non pas de savoir si tu coucheras avec quelqu'un d'autre. Si tu ne l'as pas fait au cours du mois écoulé alors que je ne savais pas ce qui se passait, tu ne le feras pas lorsque tu pourras compter les jours avant que je revienne. Mais je ne veux pas non plus rentrer à la maison pour te trouver comme une épave.

Paul examina la question, mais tout ce qui lui venait à l'esprit était des conjectures.

— Cela pourrait aider si nous pouvons parler les nuits où nous ne pouvons pas être ensemble. Je n'ai jamais regardé d'autres hommes le mardi soir quand tu étais aux États-Unis parce que je savais que tu appellerais quand je rentrerais à la maison, et parler avec toi était mieux que tout ce que j'aurais pu faire avec eux.

Il rit amèrement.

— Cela aurait probablement dû me mettre la puce à l'oreille.

— Peut-être. Mais cela suppose que tu étais à la recherche d'un message, et aucun de nous ne l'était à l'époque. Je pourrais t'appeler quand je rentre chez moi demain soir. Nous pourrons voir comment ça se passe puisque tu dois travailler jeudi.

Paul hocha la tête.

— J'aimerais beaucoup ça.

— Alors c'est ce que je ferai, déclara Anthony.

Il roula sur le côté de sorte qu'ils se retrouvent face à face, leur nez se touchant presque.

— Je ne voulais pas que tu doutes de mon désir que ça marche entre nous.

— Je sais.

— Bien. Parce que quelque part entre mars et maintenant, je suis tombé amoureux de toi. Il était temps que je te le dise. Je sais que ce n'est pas un remède miracle, mais peut-être que l'entendre t'aidera un peu.

Le souffle de Paul se coinça dans sa gorge. Anthony l'aimait. Il ouvrit la bouche pour la refermer aussitôt, les mots lui faisant défaut. Il ressemblait probablement à l'un des poissons d'Anthony. Cette pensée déclencha un rire inapproprié.

— Nous devons t'acheter un aquarium, dit-il en réponse au regard interrogateur de son amant. Tu parlais tellement d'eux, tu ne seras pas heureux si tu n'en as pas.

— Que dirais-tu d'attendre d'abord jusqu'à ce que nous sachions où nous allons vivre ? déclara Anthony. Déplacer un aquarium sans perdre de poissons est un travail difficile.

— Je t'aime aussi.

XXI

— ARRIVES-TU À croire que cela fait déjà un an depuis notre premier voyage à Paris ? demanda Patricia lorsqu'Anthony la rejoignit sur leur stand afin de le mettre en place pour le Salon du Livre qui ouvrait ses portes le lendemain. Tu as bien fait des réservations pour ce soir, n'est-ce pas ?

— Bien sûr, répondit Anthony alors qu'il se penchait pour l'embrasser sur la joue. Et non, je n'arrive pas à croire que cela fasse déjà un an.

Elle étudia son visage pendant un instant, puis hocha la tête d'un air décidé.

— Tu es heureux ici. C'est bien. Je n'en étais pas certaine lorsque tu m'as expliqué combien les choses étaient devenues compliquées avec Paul.

Les choses n'étaient pas parfaites, mais elles s'étaient arrangées depuis le jour où Florent était venu frapper à sa porte. Au cours des trois semaines écoulées, ils avaient parlé au téléphone tous les soirs et s'étaient vus plus souvent que lors du premier mois d'Anthony à Paris. Certaines nuits, ils avaient fait l'amour, mais pas toujours. Souvent, ils se contentaient de s'allonger côte à côte et de parler jusque tard dans la nuit. Anthony avait remercié ses horaires flexibles plus d'un matin lorsqu'il était retourné dormir après le départ de Paul, pour se réveiller et commencer sa journée de travail à une ou deux heures de l'après-midi.

— Nous faisons en sorte que ça fonctionne, dit-il lorsqu'il fut évident que Patricia attendait une réponse. Je voulais t'en parler, en fait.

— Pendant que nous installons le stand, décréta Patricia.

Anthony saisit un cutter et commença à ouvrir des boîtes. Ils avaient un espace plus petit à Paris que ce qu'ils avaient au BEA de New York, mais ils avaient encore des livres à exposer et des affiches à créer.

— À quel point cela compliquerait tes plans si je restais à Paris de façon permanente au lieu d'une année comme nous l'avions prévu au début ? demanda-t-il alors qu'il installait les livres sur les étagères.

— Je t'envoie déjà à quatre grands événements par an à l'heure actuelle, répondit Patricia. Trois d'entre eux sont en Europe, et l'un d'eux est dans la ville où tu as l'intention de vivre. Cela va me faire économiser de l'argent en t'ayant ici, parce que je n'aurais à payer qu'un vol transatlantique par an au lieu de trois. Les choses sont-elles sérieuses à ce point ?

— Peut-être pas encore, mais elles en prennent le chemin, déclara Anthony. Il y a encore des choses auxquelles nous devons réfléchir, comme l'endroit où nous voulons vivre. Paul est propriétaire de son appartement, mais il est vraiment trop petit pour nous deux, surtout avec moi qui travaille à domicile. Je loue le mien parce que je pensais que c'était temporaire lorsque j'ai signé le bail. Il y a suffisamment d'espace pour nous deux, même si un endroit plus grand ne serait pas mal non plus. Mais il est stupide de vendre l'appartement de Paul pour vivre dans une location. Alors il faudrait que nous cherchions à en acheter un ensemble, mais c'est un engagement bien plus sérieux que ce que nous sommes prêt à faire après seulement deux mois.

Surtout en considérant les faux pas et les 'presque faux pas' du premier mois, mais il n'en parla pas à Patricia. Elle n'avait pas besoin de ce genre de détails au sujet de sa vie sexuelle.

— Et puis il y a la question de savoir si je vais pouvoir rester.

— Pourquoi ne le pourrais-tu pas ? demanda Patricia. Je croyais que la France délivrait des visas pour les époux des citoyens français.

— Alors là, tu mets la charrue avant les bœufs, déclara Anthony. Nous ne sommes pas encore prêts à nous marier.

Il espérait qu'ils finiraient par l'être. Il aimait Paul et serait heureux de passer le reste de sa vie avec lui, mais ce dernier devait être prêt à prendre cet engagement.

— Je ne savais pas comment tu prendrais le fait que je veuille rester.

— Nos rendez-vous sur Skype ne sont pas aussi amusants que de te voir en personne, mais ce n'est pas une raison pour te faire revenir en Caroline du Nord, dit Patricia. Nous nous sommes bien débrouillés de cette façon les deux derniers mois. Nous pouvons compenser en nous rencontrant quelques jours avant ou après les grandes foires de livres si nous avons des choses qui doivent être réglées face à face.

177

— Merci, répondit Anthony. Je ne sais pas ce que j'aurais fait si tu avais dit non.

— Je serais une bien piètre amie si j'avais dit non, répondit Patricia. Oui, j'ai une entreprise à gérer, mais cela n'aiderait personne si j'étais une personne insensible. Je vais demander à Juana de commencer à se renseigner sur ta situation fiscale. Je ne sais pas si tu auras à payer des impôts aux États-Unis ou en France.

— Seigneur, j'espère que ce ne sera pas les deux, gémit Anthony. J'aimerais avoir un peu d'argent pour vivre.

Patricia rit.

— Nous allons le découvrir. Finissons le stand. Je veux aller dîner.

— SEIGNEUR, ÇA m'a manqué, déclara Patricia lorsque Paul lui apporta un kir royal avant même qu'elle ait à le demander.

— N'avez-vous pas de restaurants avec un bon service en Caroline du Nord ? demanda Paul.

C'était tellement étrange d'entendre Paul parler anglais. Anthony savait qu'il en était capable, mais ils utilisaient toujours le français ensemble, sauf lorsque son amant lui grillait tellement le cerveau qu'il ne pouvait plus distinguer les deux langues et qu'il passait à l'anglais sans s'en rendre compte.

— Pas comme ça, répondit Patricia. Aucun endroit où je vais assez souvent pour en faire quelque chose de régulier et apprendre à connaître les gens. Il y a surtout de grandes chaînes de restaurants, là où je vis.

— Ce n'est pas bien. Nous allons prendre soin de vous pendant que vous êtes ici.

— Je sais, déclara Patricia. Est-ce que je peux voir avec vous la réservation d'une table pour des dîners d'affaires ou dois-je plutôt en discuter avec votre père ?

— Il serait préférable d'en parler avec lui si vous voulez quelque chose de spécifique, répondit Paul. Je vous l'envoie.

Paul disparut et revint quelques minutes plus tard avec son père. Maurice s'était un peu adouci au sujet d'Anthony lorsqu'il avait compris qu'il restait non seulement à Paris, mais également avec Paul, mais il faisait toujours en sorte d'être très professionnel lorsqu'il était au restaurant.

— Madame ? dit Maurice.

— *I'm sorry, I don't speak any French* [1].

— Ce n'est pas un problème, Madame, répondit Maurice en passant à l'anglais. Paul me dit que vous voudriez réserver une table ?

— Pour demain soir et vendredi soir, dit Patricia. Nous organisons des dîners pour certains de partenaires commerciaux. Ce sera surtout l'occasion de se rencontrer, une chance de discuter de façon informelle, mais le cadre et le service seront importants.

— Bien sûr. Nous vous mettrons à la grande table à l'avant où vous aurez beaucoup d'espace, et je superviserai moi-même votre dîner.

Anthony ne fit pas la grimace, mais il fut tenté. Si Maurice supervisait personnellement tout, il ne pourrait qu'apercevoir Paul. Non pas qu'il aurait flirté ouvertement avec lui au cours d'un dîner d'affaires, mais ils auraient pu partager un sourire de temps en temps ou échanger quelques mots lorsque Paul serait venu vérifier que tout allait bien à leur table. Dans ces conditions, il aurait de la chance s'il arrivait à obtenir un salut de la part de son amant.

— Je vous remercie, dit Patricia. Nous nous sommes tellement régalés en mangeant ici l'année dernière que je ne pouvais pas imaginer organiser ces dîners autre part.

Maurice s'inclina légèrement.

— Nous sommes heureux de l'entendre. Profitez de votre dîner ce soir. Je suis certain que Paul prendra bien soin de vous.

— Il l'a toujours fait, répondit Patricia.

PAUL GÉMIT presque à haute voix lorsqu'il tourna au coin de l'arrière-salle du restaurant et vit Ludovic assis à l'une de ses tables. Il n'avait pas besoin de ça ce soir. Le Salon du Livre avait gardé Anthony incroyablement occupé. Il ne l'avait pas vu depuis vendredi soir, lorsqu'il avait dîné au restaurant avec Patricia et un groupe de contacts professionnels, mais ils n'avaient pas eu le temps de faire plus que se voler un baiser rapide dans la cave. Il avait été tenté d'attirer Anthony dans les toilettes, mais Patricia n'était pas la seule à l'attendre cette fois, et Paul ne voulait pas être responsable d'une quelconque mauvaise impression de la part d'Anthony envers les gens avec qui il voulait travailler. Anthony lui avait envoyé un texto tous les soirs,

---

1 Je suis désolée, je ne parle pas du tout le français.

mais généralement pour dire qu'il s'endormait en essayant d'attendre que Paul rentre et qu'il tenterait à nouveau la nuit suivante. Sauf que cela faisait sept nuits, et ils n'avaient toujours pas réussi à rester en contact autrement que par quelques textos. Paul était à bout, et de voir le sourire appréciateur de Ludovic alors qu'il s'approchait de lui le poussa un peu plus près du précipice.

— Paul, dit Ludovic. Je suis ravi de te voir. J'espérais que tu travaillerais ce soir.

Des nœuds se formèrent dans son estomac. Il n'avait pas besoin de ça, surtout lorsqu'il était déjà sur les nerfs de ne pas avoir pu parler à Anthony durant toute une semaine. Il sentait la démangeaison sous sa peau s'intensifier alors même qu'il se demandait comment il avait pu être attiré par Ludovic pour vouloir coucher avec lui une fois, et encore moins une autre fois.

— Mardi est le jour de repos de Florent.

Ludovic haussa un sourcil.

— Cela signifie-t-il que c'est mon jour de chance et que tu seras en congé demain ?

— C'est en effet mon jour de repos, mais j'ai déjà des choses de prévues.

Il songea à mentionner son petit ami, mais il ne voulait pas blesser Ludovic, même si ce n'était qu'avec des mots.

— Je ne me souciais pas vraiment de demain, mais plutôt du fait que je n'aurais pas à m'inquiéter de te faire veiller tard ce soir, répondit Ludovic.

Il n'avait même pas été un bon coup. À quoi diable avait-il pensé ?

À rien, évidemment, et c'était bien là le problème. Anthony lui manquait et il avait été désespéré de prouver que leur semaine ensemble n'avait pas signifié plus pour lui que ce qu'elle avait apparemment signifié pour Anthony. Il se sentait seul et avait peur de l'être à jamais, et il avait laissé sa libido prendre le pas sur son bon sens.

Il ne referait pas la même erreur.

Il pourrait ignorer Ludovic et demander à Gaël de s'occuper de lui, mais il connaissait ce genre de type. Il finirait par se plaindre de quelque chose par dépit, et Gaël supporterait le poids du mécontentement de son père alors que Paul était le problème. Il pouvait le dire à son père et le laisser gérer Ludovic – quand bien même ils s'affrontaient parfois, il n'avait jamais douté que son père le protègerait de ce genre de situation s'il le lui demandait – mais il verrait alors cette expression déçue qu'il avait sur le visage lorsqu'il avait dû faire face à ses 'indiscrétions' passées.

Même Anthony récoltait parfois ce regard, bien que son père commence à accepter que Paul soit sérieux à son sujet et qu'Anthony le soit lui aussi.

Non, la meilleure chose à faire était de prendre sur lui et de gérer Ludovic. Lorsque la soirée serait terminée – ou demain au plus tard – il pourrait parler à Anthony, et toute cette histoire en aurait valu la peine.

— Veux-tu un apéritif ? demanda-t-il au lieu de répondre à la question de Ludovic.

LORSQU'IL SORTIT enfin pour prendre sa pause cigarette, les mains de Paul tremblaient d'avoir dû gérer Ludovic, du fait qu'Anthony lui manquait et de l'agitation croissante sous sa peau. Il s'était si bien débrouillé jusqu'à présent. Il ne s'était pas attendu à ce que cette semaine – et ce soir en particulier – soit si difficile. Il prit une longue bouffée de sa cigarette et attendit que la nicotine fasse son effet. C'était mardi. Il n'y avait pas beaucoup de monde. Peut-être pourrait-il s'esquiver un peu plus tôt. S'il savait qu'il verrait Anthony avant de se coucher, cela rendrait le reste de la nuit plus supportable.

Il détestait ce que disait de lui le fait qu'il ait besoin de *l'espoir* de voir Anthony afin de traverser la nuit, mais il était suffisamment honnête pour reconnaître qu'il ne pouvait pas le faire tout seul. Essayer ne lui avait apporté qu'une multitude d'aventures sans lendemain. S'appuyer sur Anthony lui avait apporté... eh bien, tout. Aussi difficile qu'avait été le mois suivant son retour, les trois dernières semaines avaient été paradisiaques. Rien ne valait la peine de perdre cela, et certainement pas le quelconque coup d'un soir de son passé. Alors, pourquoi ne pouvait-il pas laisser tomber et traiter Ludovic comme n'importe quel autre client ?

C'était cette partie qui le rendait fou. Il n'était pas tenté. Il regardait Ludovic maintenant et se demandait ce qu'il avait bien pu lui trouver, et pourtant il était sur les nerfs, rôdant autour du restaurant comme il l'avait fait au plus fort de son besoin de promiscuité. Il prit une autre bouffée de sa cigarette pour voir si cela l'apaiserait. Il avait besoin de se calmer afin de pouvoir retourner à l'intérieur et faire son travail. Anthony et lui avaient déjà prévu de passer le lendemain ensemble, même s'ils n'avaient pas encore décidé de ce qu'ils allaient faire de leur journée. Cela dépendrait du degré de fatigue d'Anthony à la suite de ses quatre jours au Salon du Livre ainsi que des deux jours supplémentaires de réunions qu'il avait mises en place pour Patricia pendant qu'elle était en ville. Paul savait qu'il avait passé la majeure partie de ce temps à jouer les traducteurs pour elle, un travail épuisant s'il en est, mais en plus de cela, il avait passé des journées de dix heures au Salon et avait eu des dîners d'affaires après ça. Ce n'était pas une recette pour être 'énergique' le lendemain.

Se sentant plus calme avec ses pensées centrées sur Anthony, Paul réfléchit à leurs options. Le temps s'était suffisamment réchauffé pour qu'ils puissent sortir quelque part, peut-être faire un pique-nique comme l'an dernier au lendemain du Salon du Livre. Cela pourrait devenir leur tradition. Un pique-nique dans l'un des nombreux parcs de Paris le lendemain du départ de Patricia.

Bien sûr, cela supposait qu'Anthony reste à Paris de façon permanente. Il avait dit qu'il allait en parler à Patricia, mais ils n'avaient pas eu le temps d'en discuter depuis lors et Paul ne savait pas s'il avait réussi à le faire, et encore moins ce qu'elle avait répondu à ce sujet. Cela jouait probablement dans la façon dont il se sentait, comprit-il. Il n'y avait pas pensé jusqu'à ce qu'Anthony lui apprenne que Patricia pourrait avoir un problème avec le fait qu'il s'installe définitivement à Paris, et que si c'était le cas, ils pourraient avoir des décisions difficiles à prendre. Pas demain ou la semaine prochaine, puisqu'Anthony estimait qu'il lui faudrait un an ou plus afin d'accomplir l'ensemble de ce que Patricia voulait qu'il fasse ici, mais un jour ou l'autre.

Il pourrait lui envoyer un texto et le lui demander, même s'il ne parlait pas d'autre chose. S'il connaissait la réponse, peut-être aurait-il un peu moins de difficultés ce soir. Cependant, c'était égoïste de troubler le dîner d'Anthony – et sa dernière soirée avec Patricia – afin d'obtenir une assurance qui pouvait tout aussi bien attendre de lendemain matin. Anthony répondrait aussi rapidement que possible, et il ne dirait rien au sujet de l'interruption parce que c'était le genre d'homme qu'il était, mais Paul essayait d'être le genre d'homme qui méritait quelqu'un comme Anthony.

Ce dernier rirait et dirait qu'il l'avait choisi en connaissant ses défauts aussi bien que ses qualités, mais Paul voulait plus que cela. Anthony avait une certaine idée de lui, et il ne voulait pas le décevoir.

Il termina sa cigarette et regarda sa montre. Il avait encore quelques minutes avant de devoir retourner à l'intérieur. Il sortit son téléphone pour vérifier la météo du lendemain.

Journée claire et fraîche, mais un peu de soleil serait un changement agréable après la pluie qu'ils avaient eue depuis quelques jours. Un temps parfait pour un pique-nique. Maintenant, il ne lui restait plus qu'à décider dans quel parc emmener Anthony. Ils pourraient retourner au parc Monceau ou pousser un peu plus loin. Le bois de Boulogne ne serait pas encore en pleine floraison, mais ils pourraient s'y promener pendant des heures. Si Anthony n'était pas partant pour une marche, ils pourraient aller au Jardin du Luxembourg ou même au Champ-de-Mars, près de la Tour Eiffel. Les fleurs y étaient toujours superbes. Bien sûr, ils auraient à côtoyer les touristes, mais il y en avait toujours à Paris, même dans les coins les moins connus de la ville. Pas autant, mais ils étaient toujours présents.

Il s'arrêterait à la boulangerie, la charcuterie et la crémerie dans la matinée, puis il verrait ce qu'en pensait Anthony. S'il était partant pour une promenade, ils iraient au bois de Boulogne. Sinon, ils trouveraient un parc en ville.

Se sentant mieux maintenant qu'il avait un plan, il se dirigea à l'intérieur pour affronter le reste de la soirée.

AU MOMENT de sa deuxième pause, Paul en avait par-dessus la tête, de lui-même, de Ludovic, du restaurant, de tout ce qui l'empêchait d'être avec Anthony en ce moment. Il avait espéré que se concentrer sur son amant et ses plans pour le lendemain l'aideraient – et cela avait fonctionné pendant une courte période – mais alors que les heures s'étiraient, il retourna à ses pensées négatives, y ajoutant son besoin d'être avec Anthony. L'unique chose positive qui ressortait de cette soirée – ou même des derniers jours – en ce qui concernait Paul, c'était de savoir qu'aller avec quelqu'un d'autre qu'Anthony ne l'attirait pas. Il était jaloux des gens qui passaient du temps avec son compagnon alors qu'il était coincé au restaurant, mais pas au point de vouloir se tourner vers quelqu'un d'autre afin de se consoler ou par vengeance.

Il doutait que le savoir l'aide à dormir ce soir. Il avait besoin de parler à Anthony. Il sortit son téléphone portable de sa poche et lui envoya un texto.

S'il te plaît, ne va pas te coucher tôt ce soir. J'ai besoin de te parler.

Quelques secondes plus tard, son téléphone bipa, l'avertissant qu'il avait un message.

Appelle-moi quand tu arrives chez toi. Même si ça me réveille.

Paul fronça les sourcils. Il ne voulait pas réveiller Anthony, mais il n'était pas certain de pouvoir dormir cette nuit s'il ne trouvait pas un moyen de se calmer.

Je t'aime, répondit-il.

Je t'aime aussi.

Ce rappel l'aida. Quel que soit le besoin tordu qui le faisait sursauter chaque fois que Gaël le frôlait ou vaciller chaque fois que Ludovic flirtait avec lui, Anthony l'aimait toujours. Encore deux heures tout au plus, et il serait à la maison et pourrait appeler Anthony, et peut-être alors pourrait-il dormir.

XXII

PAUL N'ATTENDIT que le temps nécessaire pour dire au revoir à son père avant d'appeler Anthony. Le téléphone sonna trois fois avant que ce dernier réponde.

— *Hello* ?

Merde, il l'avait réveillé, parce qu'en général, Anthony répondait au téléphone en français, mais ce 'bonjour' endormi était définitivement en anglais. Il avait espéré que son amant ne serait pas trop fatigué.

— Salut, dit-il. Je ne voulais pas te réveiller.

— C'est bon, répondit Anthony en français cette fois, et Paul sourit en entendant l'accent américain revenir au grand galop.

Anthony parlait si bien le français et avec si peu d'accent la plupart du temps que Paul oubliait presque que ce n'était pas sa langue maternelle... jusqu'à des moments tels que celui-là.

— Je t'ai dit d'appeler dès que tu arriverais chez toi.

— Je suis encore sur le chemin, admit Paul. Mais je ne pouvais pas attendre plus longtemps pour te parler. Je parlais plus souvent avec toi lorsque tu étais encore en Caroline du Nord que je l'ai fait cette semaine.

— Je sais. Je suis désolé. Je savais que ce serait chaotique, mais je ne pensais pas que ça le serait autant. L'an dernier, nous ne connaissions personne – et personne ne nous connaissait – alors lorsque la journée au Salon se terminait, nous venions dîner au restaurant et c'était tout. C'est l'inconvénient de commencer à se faire connaître dans ce secteur, je suppose.

— Mais c'est une bonne chose, répondit Paul. C'est la raison pour laquelle Patricia t'a envoyé ici.

— Oui, c'est une bonne chose. Nous sommes recherchés maintenant, comme partenaire par le biais de licences, et en tant que client pour les imprimeurs et les distributeurs. Cela signifiait six jours très occupés. Mais c'est fini. Je suis impatient qu'arrive demain.

— Moi aussi, dit Paul. La météo est censée s'arranger. Je pensais que nous pourrions faire un pique-nique quelque part.

— Comme nous l'avons fait l'année dernière ? lui demanda Anthony, et Paul pouvait entendre le sourire dans sa voix.

— Oui, même si nous n'avons pas à aller dans le même parc. Il y a beaucoup d'autres endroits où nous pourrions nous rendre.

— Surprends-moi, déclara Anthony. Sauf si tu préfères que je te surprenne.

— Non, je vais choisir un endroit. Maintenant que je sais que tu aimes l'idée.

Il entra dans son immeuble et grimpa les escaliers, car il aurait perdu la réception de son téléphone s'il avait pris l'ascenseur.

— Je ne sais pas pourquoi, mais je ne crois pas que c'est la raison pour laquelle tu m'as envoyé un texto un peu plus tôt, dit Anthony. Si ça l'était, tu m'aurais simplement demandé si je voulais faire un pique-nique demain. Que se passe-t-il ?

— Tu me manquais, avoua Paul. Ce n'était pas une bonne soirée.

— Je suis désolé. Je sais que cela a été difficile pour toi.

Cela n'aurait pas dû l'être. Cela ne faisait que quelques jours, et Paul savait qu'ils arrivaient. Il s'y était préparé, et il verrait Anthony le lendemain.

— C'est cette démangeaison sous ma peau. Je n'arrivais pas à m'en débarrasser ce soir.

Au moment où les mots s'échappèrent de sa bouche, il se rendit compte comment cela devait apparaître aux yeux d'Anthony.

— Je n'ai rien fait de stupide, même si j'en avais la possibilité. Je t'ai envoyé un texto à la place, mais cela n'a fait qu'empirer les choses.

— Paul, calme-toi. Je te fais confiance. Je sais que tu ne partirais pas avec quelqu'un simplement parce que je ne pouvais pas être avec toi ce soir.

— Mais j'aurais pu le faire, dit-il doucement. Un des clients de ce soir était une connaissance, quelqu'un avec qui j'ai couché deux fois. Il m'a clairement fait comprendre qu'il serait intéressé pour recommencer une troisième fois.

Il frissonna en y repensant.

— Je ne voulais pas le faire. Je ne le voulais pas, *lui*. Mais cela a déclenché mon agitation. Je suis censé être plus fort que ça.

—Hé, arrête ça, dit Anthony. Les mauvaises habitudes ne disparaissent pas simplement parce que tu veux qu'elles le fassent. Demande à quiconque a essayé d'arrêter de se ronger les ongles et de changer de régime alimentaire. Cela demande beaucoup d'efforts et il y a parfois des rechutes. Tu n'as pas accepté son offre. Tu m'as appelé à la place. Je dirais que c'est un progrès.

Paul n'était qu'à moitié convaincu.

— Je déteste ne pas être capable de passer une semaine sans ressentir cette sensation si tu n'es pas dans les parages. Qu'arrivera-t-il lorsque tu devras te rendre à Londres ou à New York, ou quelque part encore plus loin ?

— Je ne sais pas, répondit Anthony. Mais nous trouverons une solution lorsque cela se présentera. De quoi as-tu besoin ce soir ?

Une image d'Anthony épinglé sur le lit lui traversa l'esprit, mais il la repoussa. Il ne pouvait pas lui demander de se rhabiller et de venir chez lui à cette heure-ci. Il pouvait attendre jusqu'à demain soir pour ça.

— Te parler m'aide, dit-il, et c'était la vérité.

Il était plus calme qu'il l'était en quittant le restaurant. Peut-être pas complètement apaisé, mais il se sentait mieux. Cela lui permettrait de surmonter la nuit jusqu'à ce qu'il puisse se voir dans la matinée. Il se pourrait qu'ils ne quittent pas tout de suite l'appartement d'Anthony s'il n'arrivait pas à complètement se calmer, mais il pourrait surmonter la nuit. Il allait y arriver.

— Bon, alors parle-moi, dit Anthony.

Tout sujet de conversation quitta le cerveau de Paul.

— Euh... Comment était ta réunion ce soir ?

— C'était avec l'un des éditeurs qui courtisent Patricia pour l'acquisition des droits. Terriblement ennuyeux, sauf si vous êtes l'un des auteurs dont les livres étaient examinés. Et ce n'est pas me parler. C'est moi qui parle. Parle-moi.

— À propos de quoi ? demanda Paul.

— De n'importe quoi. De ta journée, de ce client qui t'a embêté, de ce qui se passe dans ta tête en ce moment. De nos plans pour demain. Tout ce dont tu as besoin de me parler.

— Il m'a regardé comme si j'étais sur le menu. Comme s'il pouvait payer pour m'avoir de la même manière qu'il payait pour son dîner. J'espère n'avoir jamais fait se sentir quelqu'un de la façon dont il m'a fait me sentir ce soir.

— Je ne peux pas parler pour les autres, mais tu ne m'as jamais fait me sentir de cette façon, déclara Anthony.

— Comment t'ai-je fait te sentir ? demanda Paul sur une impulsion.

Il n'y avait jamais réfléchi avant ce soir parce qu'il s'était toujours assuré que ses conquêtes étaient d'accord, mais maintenant, il se posait des questions. Sa réaction était-elle simplement motivée par le fait qu'il ne désirait pas l'attention de Ludovic ? Ou avait-il renvoyé chez eux certains de ses partenaires de lit en les faisant se sentir aussi sales qu'il se sentait lui-même en ce moment ?

— Oh, ça va être ce genre de conversation ? le taquina Anthony. Est-ce ce dont tu as besoin ce soir ? Que je te dise en détail ce que tu me fais ressentir chaque fois que tu me touches ? Ou peut-être ce dont tu as besoin ce soir, c'est que je te fasse l'amour pour changer ?

Paul gémit en entendant la voix rauque. Il n'avait pas voulu que cela dégénère en sexe au téléphone, mais maintenant qu'Anthony avait commencé, il ne pouvait pas dire non.

— Oui, dit-il d'une voix tout aussi rauque.

— Oui à quelle partie ? le taquina son amant.

— À chacune d'elles, répondit Paul. À toutes.

— Alors, à moins que tu aies dépassé ton salon, tu ferais mieux de te déshabiller et d'aller dans ton lit, déclara Anthony. J'ai déjà plusieurs longueurs d'avance sur toi.

— Tu dors en sous-vêtements et tee-shirt lorsque tu es seul, dit Paul. Tu m'as dit que tu en avais besoin pour rester au chaud.

— Il ne fait pas froid ce soir. Je portais mon boxer. Maintenant, je ne porte qu'un sourire. Que portes-tu ?

— Je suis toujours dans mes vêtements du restaurant, dit Paul. Un jean et une chemise boutonnée de haut en bas, comme toujours. Donne-moi une minute. Je vais les enlever.

— Juste ta chemise, lui dit Anthony. Enfin, si tu me donnes le contrôle ce soir.

Paul hésita. Il prenait soin de ses amants. Même au plus bas, il s'enorgueillissait toujours de ça. Il faisait en sorte qu'ils jouissent en premier. Ce n'était qu'à ce moment-là qu'il s'inquiétait de sa propre jouissance.

— Je...

— Tu n'es pas obligé. Mais si tu ne le fais pas, je veux quelque chose en retour.

— Quoi ? demanda Paul, parce que ce serait certainement plus facile que ce qu'Anthony demandait.

— Raconte-moi un fantasme dont tu n'as jamais parlé à personne d'autre. Celui que tu n'as jamais cherché à réaliser pour une raison quelconque. Que veux-tu *vraiment* ?

Des images d'Anthony sous lui, baisé si brutalement, si complètement qu'il ne pouvait pas penser, pas parler, pas bouger défilèrent dans sa tête. Paul déglutit difficilement alors qu'il évaluait la vulnérabilité de donner le contrôle à Anthony avec celle de prendre le risque de partager son fantasme le plus profondément enfoui. Il prit une profonde inspiration.

— Est-ce que tu te touches ?

— Maintenant, oui, répondit Anthony. J'ai commencé à durcir à la minute où j'ai entendu ta voix. Tu n'es pas le seul à souffrir de notre séparation.

— Arrête, dit Paul. Nous allons prendre notre temps ce soir.

— Quand avons-nous pris notre temps ? plaisanta Anthony. Tu m'as nu et dans ton lit à peine quelques minutes après être arrivé chez toi presque chaque fois que nous avons eu des rapports sexuels. Et avant que tu commences à t'inquiéter, non, je ne me plains pas. C'est incroyablement excitant de savoir que tu me désires à ce point.

— Nous allons prendre notre temps ce soir, insista Paul. C'est mon fantasme. Prendre mon temps et obtenir tellement de toi que je puisse passer plus d'une minute sans avoir à nouveau envie de toi.

— Tu peux essayer. Mais je n'obtiendrais jamais suffisamment de toi pour ne pas en vouloir plus.

Les yeux de Paul se fermèrent à l'idée d'Anthony qui prendrait tout ce qu'il avait à donner et en voudrait encore plus.

— Fait-il assez chaud dans ta chambre pour repousser les couvertures ? Je veux te regarder ainsi que te sentir.

— Il fait toujours suffisamment chaud quand tu me regardes, répondit Anthony.

Paul résista à l'envie de le contredire. Anthony avait tiré les couvertures sur eux plus d'une fois lorsqu'ils faisaient l'amour parce qu'il disait qu'il faisait trop froid. Cependant, pour son fantasme, il allait laisser fonctionner son imagination.

Maintenant, il devait décider de ce qu'il voulait faire avec le morceau de choix étalé devant lui dans sa tête.

— Tu es tellement beau. Je peux te voir couché là, nu et dur, attendant simplement que je m'occupe de toi.

— Tu t'occupes toujours très bien de moi, dit Anthony d'une voix rauque. Tellement bien.

Ce n'était pas l'impression que Paul avait pour l'instant, avec cette démangeaison toujours sous sa peau et le souvenir du regard lubrique de Ludovic dans sa tête, mais il accepta le compliment d'Anthony. Il allait effacer toute pensée sauf celles de ce qu'Anthony et lui faisaient ensemble.

— Je commence par ton cou. Le Salon du Livre est terminé. Personne ne se souciera si tu as des suçons demain ou même plus tard dans la semaine. Il n'y aura personne pour les voir, et s'ils le pouvaient, ils seraient jaloux que quelqu'un t'ait aimé si complètement.

— Laissez-les voir. Je n'ai pas honte de toi.

— Je mordrai et embrasserai chaque centimètre de ton cou, continua Paul. Tu te tordras sur le lit, suppliant pour en avoir plus après la première morsure, et je te le donnerais.

— Chaque morsure va directement à mon sexe, dit Anthony avec un gémissement. Je ne sais pas comment c'est possible, mais j'adore ça.

— Tu es tellement sensible.

Paul aimait la façon dont Anthony réagissait à ses morsures d'amour, qu'elles soient sur son cou, son épaule ou plus bas, le long de sa poitrine et de son ventre jusqu'à ses cuisses.

— Je vais couvrir chaque centimètre de ta peau de suçons ce soir. Crois-tu pouvoir jouir rien qu'avec ça ?

— Essaie, dit Anthony.

Si Paul était là, il le ferait, mais de toutes les choses qu'il avait rêvées de faire à son amant, celle-là serait difficile à simuler par téléphone. Anthony pourrait pincer sa peau afin d'imiter les dents de Paul, mais ça ne serait pas pareil.

— Une autre fois, dit Paul. Quand je serai avec toi afin de le faire pour de vrai. Mouille tes doigts. Suce-les jusqu'à ce qu'ils soient trempés.

Il tendit l'oreille pour entendre le son de la bouche d'Anthony mouillant ses propres doigts. Il n'était pas certain de pouvoir entendre quoi que ce soit, cela dépendait de l'endroit où se trouvait le téléphone par rapport à la bouche d'Anthony, mais il attendit jusqu'à ce que ce dernier murmure :

— Prêt.

— Pour quoi ? demanda Paul.

Il savait ce qu'il voulait, mais Anthony avait dit qu'il était prêt. Si son amant avait quelque chose en tête, il le lui donnerait dans un battement de cœur.

— Pour tout ce que tu as prévu, répondit Anthony. Ce soir est à propos de ce dont tu as besoin.

Paul secoua la tête, mais Anthony ne pouvait pas le voir. Il voulait donner à l'Américain ce dont il avait besoin. Il n'était pas un amant égoïste, même s'il était parfois un homme égoïste.

— Dis-moi à quoi tu penses, l'exhorta Anthony.

— Je pense que je vais te briser, répondit Paul. Quand j'en aurai fini avec toi, tu ne te souviendras plus que de mon nom.

Anthony gémit.

— Je ne peux pas attendre. Dis-moi ce que tu me feras.

— Quand je t'aurai couvert de marques de morsure et que tu me supplieras de pouvoir jouir, je te retournerai et je continuerai sur ton dos. Ton dos est-il aussi sensible que ton torse ?

— Non, mais cela ne signifie pas que tu ne devrais pas prendre ton temps, répondit Anthony. Il n'est peut-être pas aussi sensible, mais tout est sensible quand tu me touches.

C'était là à nouveau, l'assurance qu'Anthony jouirait quoique Paul choisisse de lui faire. C'était une pensée enivrante. Jusqu'où pourrait-il pousser ?

— Je sais déjà combien ton cul est sensible, dit-il.

— Couvre-le de suçons, supplia Anthony. Je ne veux pas être en mesure de m'asseoir à mon ordinateur demain.

— Je vais faire plus que simplement le mordre, grogna Paul. Je vais le dévorer et ensuite le baiser si profondément que tu le sentiras pendant une semaine.

— Seigneur, oui, gémit Anthony. Je le veux.

— Pas encore, cependant. Tu peux encore parler. Tu ne le veux pas suffisamment.

— Tu devrais faire quelque chose à ce sujet, l'aiguillonna Anthony.

— Je le ferai, lui promit Paul. Touche ton trou. C'est ma langue qui travaille à t'ouvrir, toute mouillée et affamée de toi.

— Tu m'as fait ça la nuit où nous nous sommes rencontrés, dit Anthony. Je ne crois pas avoir été léché aussi profondément de toute ma vie. En tout cas pas au point d'en jouir.

— Je le referai, chaque fois que tu le voudras.

— Je le veux tout le temps. Je te veux tout le temps. Mais ce soir, ce ne sera pas suffisant, n'est-ce pas ?

Paul pouvait faire en sorte que ça le soit. Il pourrait retirer son jean et son boxer, et se masturber en pensant à Anthony en train de jouer avec son orifice en imaginant que c'était la langue de Paul. Il pourrait trouver sa jouissance et repousser les démons au loin pendant quelques heures. Demain, ils se verraient en personne, ils feraient l'amour, iraient pique-niquer, et referaient probablement l'amour encore une fois parce qu'une fois ne serait pas suffisante, peu importe comment cela se terminerait ce soir. Il n'avait pas besoin de faire ça.

— N'est-ce pas ? insista Anthony.

— Non, grimaça-t-il.

— Alors prends ce dont tu as besoin.

— As-tu du lubrifiant ? demanda Paul. Parce que tu vas en avoir besoin.

— J'attendais simplement que tu me le demandes, répondit Anthony. Dois-je sortir mes jouets ?

— Oh, putain, grogna Paul. Tu n'as pas de gode. Je t'ai aidé à déménager. Je le saurais si tu en avais un.

— Tu n'as pas déballé tous mes sacs, la contra Anthony. Ou peut-être l'ai-je acheté après avoir déménagé. J'avais besoin d'avoir quelque chose afin de m'aider à traverser les nuits où tu n'étais pas là.

— Demain, tu me montreras tous les jouets que tu possèdes, déclara Paul. Et puis tu vas tous les utiliser sur toi pendant que je regarderai.

— Inquiète-toi de ça demain. Qu'en est-il de ce soir ?

La tête de Paul tourna. Il ne réussissait pas à penser au-delà de l'image d'Anthony avec un gode en lui.

— Ces doigts dans ton cul sont les miens. Ton cul est à moi. Personne à part moi ne te touche.

— Personne à part toi, lui promit Anthony. C'est toujours toi. Si tu n'es pas avec moi, j'imagine que tu l'es. Si je me sers de mes jouets, j'imagine que c'est toi.

— Prends-en un, ordonna Paul.

Il attendit alors qu'il entendait un bruissement à l'autre bout du fil.

— Je l'ai, déclara Anthony d'une voix haletante.

Paul songea à lui demander de le décrire afin de savoir ce qu'il utilisait lorsqu'il était seul, mais ce serait briser le fantasme qu'il avait de répondre à tous les besoins d'Anthony.

— Je ne te prendrai pas tout de suite, dit-il. J'ai besoin que tu sois étiré et ouvert pour moi, si vide que tu ne peux pas le supporter une minute de plus.

— Dis-moi quoi faire.

— Prépare-toi, aussi détendu que tu le peux, parce que je n'aurai pas la patience d'être lent une fois que je serai en toi. Mais ne touche pas ta prostate. Je ne veux pas que tu jouisses tout de suite, ordonna-t-il. Dis-moi ce que tu fais.

Anthony eut un rire haletant.

— Tu veux que je me doigte en m'imaginant que c'est toi, et tu espères que je sois suffisamment cohérent pour parler ? Tu n'en demandes pas un peu trop ?

— Dis-moi ce que tu fais, répéta Paul.

— J'ai deux doigts en moi. C'est tellement bon. Ils vont plus profondément que ta langue, mais pas encore assez. Je leur imprime un mouvement de ciseaux afin de détendre mon sphincter pour toi. Tu glisseras facilement en moi lorsque tu seras enfin prêt à me baiser.

Paul était plus que prêt, mais Anthony pouvait encore parler. Bien sûr, c'était lui qui lui avait demandé de parler, alors peut-être que ce n'était pas une estimation très honnête.

— Est-ce que *tu* es prêt ?

— Plus que prêt, dit Anthony. S'il te plaît, Paul.

Ces mots chuchotés d'une voix rauque eurent raison des dernières bribes de son contrôle.

— Maintenant, dit-il. Je te veux maintenant, durement, profondément et un peu brutalement. Je veux que tu perdes complètement la tête.

Le cri d'Anthony résonna à travers le téléphone. Paul ferma les yeux et laissa son imagination prendre le dessus ; la main de Anthony sur un gode qu'il enfonçait profondément en lui, Paul entre ses jambes, remplaçant le jouet avec sa propre érection, le pilonnant vigoureusement et durement jusqu'à ce que son amant sanglote sous l'intensité de son désir et le supplie de le laisser jouir. Il trouverait le point sensible d'Anthony et le stimulerait jusqu'à ce qu'il jouisse, puis il le baiserait pendant son orgasme, l'arrachant de son corps jusqu'à ce que son compagnon n'en puisse plus. Alors il se retirait et le sucerait jusqu'à ce qu'il soit à nouveau dur, puis il recommencerait tout.

— Paul !

Son nom sur les lèvres d'Anthony le fit revenir à l'instant présent. Avait-il dit toutes ces choses à voix haute ?

La respiration de l'Américain était hachée à travers le téléphone.

— Merde, dit-il finalement. Comment fais-tu pour me faire jouir si violemment alors que tu n'es même pas ici ?

— Le talent, ironisa Paul.

Anthony se mit à rire, comme il l'avait prévu.

— Penses-tu pouvoir dormir maintenant ?

Paul se passa en revue. Il était encore tout habillé et dur comme un roc, mais la démangeaison sous sa peau avait disparu.

— Oui. Merci.

— C'est moi qui devrais te remercier, dit Anthony. Mais, Paul ?

— Oui ?

— Un jour, quand tu t'y attendras le moins, toutes ces choses que tu viens de décrire... Je te les ferai.

Paul déglutit. Pourrait-il le faire ? Pourrait-il s'abandonner suffisamment afin de laisser Anthony prendre le contrôle de cette façon ?

— Pas demain, continua Anthony. Mais un jour.

— Un jour, accepta Paul.

— Dors bien. Je te verrai dans la matinée.

— Je t'aime.

— Je t'aime aussi.

Le téléphone bipa pour lui faire savoir que l'appel était terminé. Paul le fixa et se demanda ce qu'il venait d'accepter. S'en inquiéter maintenant ne changerait rien. Il se déshabilla, se glissa entre les draps, et s'endormit presque immédiatement.

XXIII

— JE DEVRAIS appeler Matt, dit Anthony alors qu'il se blottissait plus profondément dans les bras de Paul.

— Nous sommes au lit, nus, et tu penses à Matt ? demanda Paul. Devrais-je être inquiet ?

Anthony rit.

— J'aime Matt comme un frère, et il est aussi hétéro qu'on peut l'être. Tu n'as aucune raison de t'inquiéter. Je dois lui dire que mon séjour en France est prolongé indéfiniment. Je n'ai personne chez moi de suffisamment proche pour que cela les contrarie, mais Matt doit savoir. Je peux envoyer un e-mail à ma tante – même si cela ne lui fera ni chaud ni froid – mais Matt mérite plus que cela.

— Oui, en effet. Je sais ce qu'il représente pour toi, et je sais ce que tu abandonnes afin de rester ici avec moi.

Anthony fit rouler Paul sur son dos et se redressa sur ses coudes afin de pouvoir regarder son visage.

— Je ne veux pas entendre ça. Je 'n'abandonne' rien du tout. Je fais un petit virage dans ma carrière, mais pas de manière significative puisque je serai encore en mesure de faire mon travail d'ici. Je ne verrai pas Layla aussi souvent, mais cela signifie simplement que je profiterai encore plus d'elle lorsque je la verrai. En échange, je peux passer ma vie avec toi. Et ne me demande pas si tu en vaux vraiment la peine. Ce n'est pas un choix difficile. Oui, Matt va me manquer, mais nous resterons en contact même si nous ne nous voyons pas toutes les deux semaines. Je ne vais pas le perdre parce que nous ne vivons plus dans la même ville.

— Veux-tu que je reste pendant que tu lui parles ? Ou préfères-tu ne pas avoir de public ?

— C'est toi qui vois, dit Anthony. Je ne vais rien lui dire que tu ne saches déjà.

— Ce n'est pas pour ça que je t'ai proposé de rester, répondit Paul. Je me suis dit que tu apprécierais le soutien.

— Merci, mais ça va aller, dit Anthony. Matt n'est pas encore réveillé à cette heure et je ne veux pas que tu sois en retard pour ton service. Ce n'est pas la peine de donner une raison supplémentaire à ton père d'être fâché contre moi.

— Il n'est pas fâché contre toi. Il t'aime bien.

— Ce n'est pas l'impression qu'il donne, marmonna Anthony.

— Il ne savait pas que penser de toi au début, admit Paul. Mais il s'est calmé. Il avait besoin de temps pour se rendre compte que tu étais différent, que tu n'étais pas seulement quelqu'un avec qui je couchais, surtout vue la façon dont nous nous sommes rencontrés.

Étant donné que cela correspondait aux craintes qu'il avait lui-même ressenties au début, Anthony ne pouvait pas blâmer Maurice de son inquiétude. Il n'était simplement pas convaincu que ce dernier s'était vraiment calmé autant que Paul le pensait.

— D'accord, alors ce n'est pas la peine de lui donner une raison d'être fâché contre toi.

Anthony s'affaira dans l'appartement après le départ de Paul alors qu'il attendait qu'il soit suffisamment tard pour passer un appel en Caroline du Nord un samedi matin. Il avait rempli deux machines à laver et fait toute la vaisselle lorsqu'il n'y tint plus. Neuf heures – quinze heures pour Anthony – semblait une heure suffisamment tardive pour un homme avec un bébé qui ne faisait toujours pas ses nuits. Il saisit son téléphone et composa le numéro de Matt.

— Salut, Anthony. Je ne pensais pas avoir de tes nouvelles ce matin, dit Matt lorsqu'il décrocha.

— Salut. Comment va Layla ?

— Elle grandit. Passe sur FaceTime et tu pourras la voir. Le petit déjeuner a été un peu salissant ce matin, mais elle sera ravie de voir Oncle Anthony.

— Attends une seconde, dit Anthony alors qu'il passait d'un appel vocal à un chat vidéo.

Le visage de Matt apparut sur l'écran, et une seconde plus tard, l'image passa sur Layla. Son bavoir était couvert de taches rouges.

— Fraises ? demanda-t-il.

— Myrtilles. Ses fruits préférés, répondit Matt. Alors, quoi de neuf ?

— Tu te souviens que je t'avais dit que mon déménagement en France ne durerait qu'un an ?

— Tu ne reviens pas à la maison, c'est ça ?

— Pas dans un futur proche. Enfin, je dois régler les questions d'immigration, mais cela devrait être assez simple puisque j'ai un emploi et tout le reste. Je l'aime vraiment.

— Je sais. Je suis seulement surpris qu'il t'ait fallu tout ce temps pour l'admettre. Je pensais qu'il te faudrait un mois, pas presque trois. Robin et moi avons fait des paris.

Anthony grimaça.

— Combien as-tu perdu ?

— Je dois m'occuper du bébé le week-end pendant un mois, répondit Matt. Robin apprécie beaucoup de faire la grasse matinée.

— Je suis désolé. Je m'en occuperai la prochaine fois que je viendrai.

— Seras-tu à New York en mai, comme d'habitude ? demanda Matt. Tu pourrais venir quelques jours avant ou après. Ce ne sera pas tout à fait à temps pour l'anniversaire de Layla, mais elle est trop jeune pour faire la différence.

Anthony soupesa la possibilité de voir Matt et sa famille contre le stress que son absence infligerait à Paul et à leur relation. Il ne s'était pas attendu à ce que les jours du Salon du Livre prennent le tour qu'ils avaient pris, mais Paul et lui n'avaient eu presque aucun contact parce qu'il avait dû jouer les traducteurs pour Patricia lors de ses soirées. Au BEA, il en aurait terminé à dix-sept heures, lorsque le salon fermait ses portes. Même si Patricia avait des réunions en soirée, elle n'aurait pas besoin de lui comme cela avait été le cas à Paris. Il pourrait parler à Paul le soir ou le matin sur son chemin vers le centre de conférence lorsque ce dernier serait entre les services du déjeuner et du dîner. Ce serait plus facile, sauf pour le fait qu'il serait plus loin.

— Si c'est d'accord avec toi. Je peux t'envoyer les dates. Ce serait sans doute préférable que je vienne après. De cette façon, je pourrais réellement prendre quelques jours de vacances au lieu de passer mon temps à me préparer pour le salon et les réunions, dit-il. Laisse-moi en parler avec

Paul et Patricia afin de m'assurer que c'est faisable, mais tu devrais pouvoir compter sur moi.

— Es-tu heureux ? demanda Matt.

Anthony sourit.

— Oui.

— Alors je suis heureux pour toi. Je me suis toujours dit que si tu quittais un jour Winston-Salem, ce serait pour aller en France. Layla s'attend à des appels hebdomadaires, par contre. Elle ne te verra peut-être qu'une ou deux fois par an, mais elle adore Oncle Anthony.

— Chaque samedi matin, promit Anthony. Et Robin et toi êtes également les bienvenus ici. Je n'ai pas de chambre d'amis pour le moment, mais nous nous débrouillerons.

— Pas cette année, mais sois certain que nous viendrons. Robin a toujours voulu visiter Paris.

— Je suis impatient. Je veux que tu rencontres Paul en personne, dit Anthony, soulagé que Matt prenne tout cela aussi bien.

— Tu es terriblement silencieux ce soir, dit Paul alors qu'ils finissaient de dîner le soir de son jour de repos, quelques semaines plus tard. Qu'est-ce qui te préoccupe ?

— Je réfléchis, répondit Anthony.

— À quoi ?

Anthony haussa les épaules, pas certain de savoir comment mettre des mots sur les pensées qui traversaient sa tête. L'anniversaire de sa mère arrivait. Il avait été trop immergé dans le premier Noël de Layla – et il y avait bien longtemps que sa mère et lui ne l'avaient pas célébré ensemble – pour ressentir sa perte, mais les distractions étaient plus difficiles à trouver pour son anniversaire.

— L'anniversaire de ma mère aurait été dans deux semaines. Je suis heureux qu'elle soit en paix maintenant, mais elle me manque encore de temps en temps.

Paul hocha la tête avec sympathie.

— Maman a disparu depuis quinze ans. Je te dirais bien que cela devient plus facile, mais je pense que c'est surtout qu'on devient un peu moins surpris qu'elle ne soit plus là. Veux-tu faire quelque chose pour marquer son anniversaire ? Nous faisons un gâteau pour maman. Nous pourrions faire la même chose pour la tienne.

— Non, ça va. Aucun de vous ne la connaissait. Il n'y a aucune raison que vous vous donniez cette peine pour elle.

— Nous ne l'avons peut-être pas connue, mais nous te connaissons toi. Et cela ne pose aucun problème. Nous possédons un restaurant. Un gâteau de plus ne changera rien dans notre routine. Quel jour est-ce ?

— Dans deux semaines.

— Je vais en parler à papa et Nicolas demain, décida Paul.

ANTHONY FIXA du regard le gâteau que Paul avait posé sur la table. Ils avaient dîné au restaurant même si c'était le jour de repos de Paul, et ce dernier avait disparu dans la cuisine lorsqu'ils avaient fini leur repas. La ganache au chocolat était brillante et lisse avec des fraises sur le côté et des feuilles de menthe comme garniture.

— C'est magnifique, dit Anthony. Elle adorerait.

— Bien. Tout le monde sera là dans une minute afin de couper le gâteau et t'aider à le manger, déclara Paul. Florent est allé chercher une bouteille de champagne et des verres. Nous ne pouvons pas avoir une fête d'anniversaire sans un toast en l'honneur de la personne concernée.

Anthony refoula des larmes devant l'effort que Paul et sa famille avaient fourni afin d'honorer le souvenir de sa mère. Il lui faudrait trouver un moyen de les remercier. Il ne pouvait pas leur cuisiner quelque chose – ils étaient tous meilleurs cuisiniers que lui, même Paul, qui affirmait ne pas savoir. Il lui faudrait trouver autre chose. Il ne savait pas encore quoi, par contre. Se retrouver tous en dehors du restaurant était presque impossible compte tenu de leurs horaires. Peut-être entre les services du déjeuner et du dîner, s'il les prévenait suffisamment en avance. Il n'avait pas compris ce que Paul voulait dire au sujet de ses horaires qui prenaient le pas sur ses tentatives de relation suivie jusqu'à ce qu'il commence à le fréquenter sérieusement. Heureusement que son propre emploi du temps était assez souple pour s'adapter à celui de son amant.

— Oh, et j'ai quelque chose pour toi, dit Paul. Pour te remonter le moral.

— Tu as déjà fait beaucoup, protesta Anthony. Le gâteau, le champagne, rassembler tout le monde. C'est plus que suffisant.

— Ne t'inquiète pas, je vais en profiter autant que toi, dit Paul en lui remettant une enveloppe.

Anthony l'ouvrit et resta bouche bée devant les billets dans sa main. Paul faisait toujours de petites choses comme ça, que ce soit penser à l'anniversaire de sa mère, organiser un pique-nique pour le mercredi après-midi ou lui apporter des fleurs pour son bureau. Ils avaient peut-être commencé leur relation à l'envers, mais Paul s'était plus que racheté depuis.

— Ce sont des billets pour le match au Stade de France de l'équipe de Lyon ! s'exclama Anthony.

— Je me suis dit que tu aimerais les voir jouer en personne. C'est une chose de les encourager quand tu les regardes à la télévision. Aller à un match est complètement différent.

— Je ne les ai pas vus jouer en personne depuis le temps où je vivais à Lyon, déclara Anthony. Paul, c'est trop.

— Les billets ne sont pas si chers que ça. Et comme je le disais, je vais en profiter aussi. Ce n'est peut-être pas Toulouse, mais ça devrait être un bon match.

Avant qu'Anthony puisse ajouter quelque chose, Florent arriva avec la bouteille de champagne et six verres. Gaël, Nicolas et le père de Paul les rejoignirent quelques instants plus tard. Maurice prit le champagne des mains de Florent et fit sauter le bouchon. Il versa une gorgée dans l'une des flûtes et renifla avant d'en ajouter plus et de la remettre à Anthony. Il remplit rapidement les autres verres et les fit passer autour.

Tout le monde regarda Anthony, mais les mots lui manquaient, alors il se contenta de lever son verre. Les autres firent solennellement tinter les leurs contre le sien et le goûtèrent quand il le fit. Une boule dans la gorge, il coupa le gâteau et fit également passer les assiettes. Le gâteau était aussi bon que tout ce qui sortait de la cuisine.

— Merci, finit-il par dire. Ma mère aurait adoré le gâteau, le champagne et vous tous.

Maurice lui tapota l'épaule.

— Aucun merci n'est nécessaire en famille. Je dois voir si tout se passe bien aux autres tables.

Il s'éloigna avant qu'Anthony ait pu digérer ses paroles. Nicolas et Gaël partirent peu de temps après, mais Florent s'attarda.

— Tu vois ? Je t'avais dit qu'il t'aimait bien, dit Paul avec un sourire qui rompit l'humeur morose.

Anthony éclata de rire.

— En effet, tu l'avais dit.

Florent lui tapota à son tour l'épaule.

— Il n'a jamais été quelqu'un de très démonstratif, et quand maman est morte, ça a empiré, mais il ferait n'importe quoi pour nous. Cela t'inclut maintenant.

Anthony commençait à le comprendre. Il lui faudrait faire plus d'efforts pour passer du temps au restaurant avec la famille de Paul. Il ne pourrait peut-être jamais les aider à le gérer, mais il pourrait en faire partie puisqu'il avait une telle place dans leur vie.

XXIV

Il était tard lorsqu'ils rentrèrent du match de rugby, mais cela valait la peine d'être fatigué le lendemain en regard du sourire qu'arborait maintenant le visage d'Anthony. Paul avait passé autant de temps à regarder son amant que le match. Les billets avaient certainement été l'une de ses meilleures idées.

Anthony les fit pénétrer à l'intérieur et pendit sa veste légère. Les jours de la mi-avril s'étaient réchauffés, mais les nuits étaient encore assez fraîches pour qu'une veste soit nécessaire. Paul accrocha la sienne à côté de celle d'Anthony et l'attira dans ses bras. Anthony vint à sa rencontre pour un baiser profond, mais alors Paul aurait commencé à se diriger dans le couloir vers la chambre, Anthony le retourna et plaqua son dos contre le mur.

— Tu t'occupes tellement bien de moi, déclara Anthony contre ses lèvres. Tu me nourris, tu rends tous les mercredis spéciaux d'une manière ou d'une autre, tu me fais l'amour jusqu'à ce que je ne puisse plus aligner deux mots... Ce soir, c'est moi qui vais te faire l'amour.

Le souffle de Paul se coinça dans sa poitrine. Il prenait soin de ses amants. Il faisait en sorte qu'ils trouvent leur jouissance avant de s'occuper de la sienne. C'était ce qu'il faisait. Mais c'était Anthony qui le tenait et l'embrassait. Anthony, qui l'aimait, même à ses heures les plus sombres, qui ne se souciait pas qu'il laisse parfois ses vêtements sales sur le plancher de la salle de bain, oublie de laver sa tasse de café ou du fait qu'il avait auparavant l'habitude de coucher avec d'autres hommes. Anthony ne remettrait pas en question sa capacité d'amant si Paul prenait pour une fois

202

au lieu de toujours donner. Il força ses poumons à fonctionner à nouveau et hocha la tête en signe d'assentiment.

Anthony l'embrassa tendrement, effleurant de ses lèvres celle de Paul. Ce dernier se pencha automatiquement pour approfondir le baiser, mais Anthony recula.

— C'est moi qui m'occupe de toi, tu te souviens ?

— Suis-je autorisé à faire quoi que ce soit ? demanda Paul, ne plaisantant qu'à moitié.

Il voulait rendre Anthony heureux, et cela voulait dire connaître ses attentes.

— Détends-toi et profite. Je sais que ce sera difficile, mais fais-le pour moi.

Cela n'aurait pas dû l'être, sauf que cela allait à l'encontre de la façon dont Paul se définissait en tant qu'amant.

— Je te promets que cela en vaudra la peine, ajouta Anthony avant de l'embrasser à nouveau, plus profondément cette fois.

Paul sépara ses lèvres pour la langue d'Anthony et se dit qu'il le rendait heureux, ce qui était un plaisir en soi. Ses doigts se contractèrent sous le besoin de toucher, mais Anthony lui avait dit de se contenter d'apprécier.

— Tu penses trop.

Anthony enlaça ses doigts avec ceux de Paul et les souleva jusqu'à sa hanche.

— Fais-moi confiance.

De toutes les choses qu'Anthony pourrait demander, celle-là était la plus facile.

— Je te fais confiance.

— Je sais. Viens.

Il conduisit Paul dans la chambre et déboutonna les trois boutons de son polo. Lorsqu'il se pencha pour embrasser sa gorge, Paul pencha la tête en arrière afin de lui donner plus d'espace.

— Je ne te laisserai pas couvert d'ecchymoses. Pas besoin de donner une raison à Florent et Gaël de te taquiner demain au travail. Il fait trop chaud pour porter des cols roulés.

Les paroles d'Anthony calmèrent ses nerfs. Anthony pouvait être le seul responsable ce soir, mais c'étaient les mêmes préoccupations.

— Ils peuvent me taquiner autant qu'ils le veulent, mais papa me lancerait son regard déçu qui signifie que je n'agis pas en professionnel.

— Et ce n'est pas ce que nous voulons.

Il prit la peau de Paul dans sa bouche avec à peine un soupçon de dents, suffisamment pour lui faire savoir qu'il pouvait le marquer s'il le voulait, mais pas assez pour laisser une trace. Une vague de désir submergea presque la nécessité de Paul de ne pas encourir la colère de son père. Il se recula juste assez pour faire passer sa chemise par-dessus sa tête.

— Il y a d'autres endroits où tu peux laisser des marques.

Anthony lui sourit avec une telle anticipation qu'un éclair de luxure lui traversa le corps.

— Oh, c'est ce que je compte faire.

Paul gémit à la promesse contenue dans les mots d'Anthony et se demanda où il arborerait des marques le matin venu. Lorsqu'Anthony avait promis d'échanger les rôles avec lui après l'admission de certains de ses désirs les plus profonds au téléphone, Paul lui avait décrit comment il lui laisserait des traces de morsures sur tout le corps afin qu'il puisse les sentir pendant des jours. Il n'était jamais allé aussi loin dans la réalité, même si Anthony avait habituellement une marque ou deux qui s'estompait alors qu'il suppliait d'en avoir plus. Il frissonna sous le coup d'un mélange de souvenirs et d'anticipation. Quoi que fasse Anthony, quel que soit l'endroit où il lui laisserait des suçons, Paul en aimerait chaque seconde.

Anthony ne commença pas avec les baisers mordants qu'il aimait tant recevoir. Au lieu de cela, il lécha et suça plus qu'il mordit sa peau le long de sa clavicule jusqu'à sa poitrine, avant de s'attarder sur un mamelon, puis l'autre. Paul prit la tête de son amant dans une main alors qu'il se stabilisait avec l'autre sur son épaule. C'était certainement autorisé. Il ne dirigeait pas, il se contentait de toucher.

Anthony aspira un peu plus durement jusqu'à ce que Paul halète, avant de se redresser pour à nouveau l'embrasser sur la bouche.

— Nous serons plus à l'aise dans le lit.

Paul tendit la main vers le bouton du jean de son amant, mais ce dernier l'arrêta.

— Laisse ça pour l'instant. Contente-toi de t'allonger et de me laisser te faire du bien.

— Qu'en est-il de toi ? demanda Paul.

Il ne serait jamais capable d'en profiter si Anthony n'en retirait pas lui aussi du plaisir.

Anthony sourit d'un air canaille.

— Ne t'inquiète pas de ça. Je suis tellement excité à la pensée d'enfin te faire l'amour que j'aurais de la chance si je tiens suffisamment longtemps pour te faire toutes les choses que je veux te faire.

Paul se détendit un peu à ces mots. Après tout, c'était ce qu'il ressentait lorsque c'était lui qui guidait leurs ébats amoureux. Il n'était pas difficile de comprendre qu'Anthony puisse ressentir la même chose, pas maintenant alors qu'ils faisaient l'amour et ne se contentaient plus de simples relations sexuelles. Il retira ses chaussures à l'aide de ses orteils et s'étendit sur le lit, tendant les bras vers Anthony dès qu'il fut installé.

Ce dernier le suivit et s'inclina à côté de lui.

— Alors, où vais-je bien pouvoir commencer ?

Paul avait bien quelques suggestions, la plupart tournant autour de l'élimination des couches de vêtements de son compagnon, mais c'était Anthony qui menait la danse ce soir, pas lui. Il le laisserait faire.

La réponse d'Anthony fut : avec ses mamelons. Il pinça et aspira l'un alors qu'il jouait avec l'autre avec ses doigts, conduisant Paul dans une frénésie de désir. Il gémit sous une morsure particulièrement violente et se cambra sur lit.

— J'aime la façon dont tu réagis, murmura Anthony. Tu es tellement sexy comme ça. Je pourrais jouir simplement en te regardant.

Lorsqu'Anthony retourna à son obsession avec les mamelons de Paul, ce dernier gémit un peu plus librement. Il ferait tout pour qu'Anthony ait lui aussi du plaisir.

Anthony finit par abandonner ses pectoraux pour s'occuper de la peau sensible à la base de ses côtes.

— Dis-moi si c'est trop.

Paul haleta alors qu'Anthony aspirait suffisamment fort pour laisser une marque. Il agrippa son épaule, mais pour l'encourager, pas pour l'arrêter. Personne ne verrait cette marque, mais Paul saurait qu'elle était là et chérirait le souvenir d'Anthony l'y laissant sur sa peau.

— Plus.

Anthony rit.

— Maintenant, tu sais comment je me sens quand tu fais ça pour moi.

Paul était plus intéressé par ce qu'Anthony ressentait à le faire, mais un regard à l'expression sur son visage fit taire la question avant qu'elle puisse être formulée. Il avait passé suffisamment de temps à étudier toutes les façons dont la passion se manifestait sur son visage. Il n'avait pas besoin de mots pour la reconnaître maintenant.

Il empauma son sexe à travers son jean, mais Anthony attrapa sa main et la cloua au lit.

— Ce soir, je prends soin de toi. Tu n'as pas besoin de t'en occuper, et ne crois pas que je n'ai pas remarqué combien de fois tu t'es masturbé pendant que j'étais trop 'parti' plutôt que d'attendre que je le fasse. C'est mon tour.

Paul rougit, mais il pouvait difficilement le nier.

— Te regarder m'excite tellement que je ne peux pas attendre.

— Je comprends, dit Anthony. Mais ce soir, tu n'as pas besoin d'attendre, et tu n'as pas besoin de le faire toi-même. Tu as tout simplement à me dire ce que tu veux.

— Et si je te disais que ce que je veux, c'est te faire rouler sur le ventre et te faire un anulingus ? demanda Paul, parce que rien ne faisait plus gémir Anthony que sa langue dans son orifice.

— Alors je te dirais de garder ça en tête jusqu'à demain, répondit Anthony. Dis-moi ce que tu veux que je te fasse, et je te le ferai. Sinon, allonge-toi et laisse-moi m'occuper de toi à ma façon.

Demander quelque chose de spécifique était trop égoïste, alors Paul se contenta de rester immobile sur le lit et de laisser Anthony faire ce qu'il voulait. Quoi qu'il décide de faire, cela lui plairait, et savoir que c'était ce qu'Anthony voulait rendait les choses encore meilleures.

Anthony fit sauter le bouton du jean de Paul et descendit la fermeture éclair, sa main effleurant la ligne de son sexe dans le processus. Paul rua sous la caresse, son corps réclamant ce que sa bouche ne dirait pas.

— Soulève tes hanches. Laisse-moi retirer ton jean.

Une autre nuit, Paul aurait dit quelque chose sur la façon dont Anthony aurait dû de le laisser l'enlever avant de monter dans le lit, mais ce soir, il fit tout simplement ce qu'il lui demandait et l'aida à se débarrasser de son jean. Anthony le jeta de côté et glissa une main de sa cuisse jusqu'à l'ourlet de son boxer, puis en dessous, le taquinant avec un semblant de contact.

— S'il te plaît, haleta Paul. Touche-moi pour de vrai.

Anthony retira sa main, au grand dam de Paul, afin d'abaisser la ceinture du boxer jusqu'à ses cuisses. C'était mieux. Mais le suspense le tuait. Lorsqu'il faisait l'amour à Anthony, il connaissait toujours le plan, que ce soit lors d'une fellation rapide ou quand il passait des heures enfoui dans son amant. Laisser la décision entre les mains d'Anthony était déstabilisant.

L'Américain fit traîner le bout d'un doigt le long de la face inférieure du sexe de Paul, directement le long de l'épaisse veine. Paul gémit et rua sous le contact, essayant d'obtenir une caresse plus ferme, mais Anthony maintint un contact léger. Cela aurait été exaspérant s'il n'y avait pas eu l'expression de plaisir fasciné sur son visage. Paul voulait plaisanter et faire un commentaire sur le fait qu'il paraissait n'avoir jamais vu un sexe auparavant, mais il ne pouvait pas se résoudre à gâcher l'ambiance. Anthony pouvait le tourmenter impitoyablement, mais il y prenait autant de plaisir que Paul, et c'était tout ce qui comptait. Le reste viendrait. Anthony n'était pas cruel. Il prendrait peut-être son temps et le rendrait fou de désir, mais il s'assurerait également que Paul obtiendrait ce dont il avait besoin de leur rencontre.

— Sais-tu depuis combien de nuits je voulais faire cela ? demanda Anthony alors qu'il caressait Paul plus fermement. Tu me mets dans ce lit et tu m'excites, et avant que je comprenne ce qui se passe, je jouis à m'en rendre aveugle et je n'ai jamais la chance de te retourner la faveur.

— Tu ne m'as jamais laissé insatisfait, haleta Paul.

— C'est parce que tu te satisfais parfaitement de ta propre main après m'avoir fait jouir, rétorqua Anthony.

Ce n'était pas ça du tout, c'était parce qu'il s'excitait tellement à regarder Anthony jouir sous lui qu'il n'avait besoin que du contact de sa main pour obtenir sa propre jouissance.

— Je suis avec toi et je suis satisfait, déclara Paul. C'est tout ce dont j'ai besoin.

Anthony fronça un peu les sourcils.

— Pas ce soir. Ce soir, c'est mon tour.

— Je t'ai déjà dit oui, lui rappela Paul. Tu n'as pas besoin d'insister.

Anthony croisa ses yeux avec un regard perçant.

— Je pense que si. Je crois que tu es tellement concentré à essayer de me faire plaisir, que ce soit au lit ou avec des choses comme le match de rugby de ce soir, que même maintenant, tu ne peux pas te détendre et accepter que cette nuit soit simplement pour toi.

Paul secoua la tête en signe de déni automatique alors qu'un autre halètement lui échappait quand Anthony le caressa à nouveau.

— Tu es celui qui me touche, et non l'inverse.

— Et si j'ai bien cerné ta façon de penser, tu en es encore à te demander si je prends du plaisir à tout ça ou pas, rétorqua Anthony.

— Qu'y a-t-il de si terrible à vouloir que tu y prennes aussi du plaisir ?

Cela le blessait un peu qu'il soit aussi transparent, mais c'était également ce qui faisait qu'ils étaient si bien ensemble. Anthony savait reconnaître quand Paul disait des conneries et il n'hésitait pas à le lui faire savoir lorsque c'était nécessaire. Il ne s'était pas attendu à ce que cela soit nécessaire maintenant.

— Il n'y a rien de terrible. J'en ai pleinement profité, mais je veux faire la même chose pour toi. Tu t'inquiètes d'être égoïste, bien que tu sois l'homme le moins égoïste que j'aie connu de toute ma vie, mais en gardant tout le temps le contrôle de la situation, tu m'empêches d'avoir quelque chose que je veux aussi. Ce n'est pas égoïste de me laisser te faire l'amour quand je le veux autant. Même si je ne le dis pas toutes les deux minutes, te toucher, t'entendre gémir et te voir réagir sous mes mains et ma bouche est un véritable aphrodisiaque pour moi.

Paul laissa les mots d'Anthony le pénétrer, s'enfoncer vraiment à travers les couches de souffrance laissées par Gilles et ses mots cruels d'adieux, lui disant qu'il avait besoin d'apprendre comment prendre soin d'un homme s'il voulait en garder un ; à travers les années passées à obtenir des éloges de ses amants seulement s'il prenait le contrôle et faisait jouir son partenaire en premier ; à travers ses craintes de perdre Anthony s'il rencontrait quelqu'un de mieux que lui.

Il voulait désespérément croire Anthony, non pas parce qu'il était mécontent de leur vie amoureuse, mais parce que cela voudrait dire être capable de partager son fardeau de temps en temps, et n'était-ce pas de cela qu'était faite une relation ? Pas être égoïste, mais que chaque partenaire prenne soin de l'autre lorsque cela était nécessaire ?

Il pouvait le faire. Il pouvait avoir une relation équilibrée avec l'aide d'Anthony, surtout si cela signifiait avoir ses mains sur lui comme c'était le cas en ce moment. Oh, putain, et sa bouche !

— Tu réfléchis trop, dit Anthony avec un sourire malicieux. Je te veux ici avec moi.

— Continue à faire ça et il n'y a aucune chance que mon esprit erre, répondit Paul d'une voix rauque.

Anthony lui fit un clin d'œil et reporta son attention – et sa bouche – sur son sexe. Paul n'arrivait pas à se souvenir de la dernière fois qu'on lui avait fait une fellation, mais il repoussa cette pensée parce que la dernière chose qu'il voulait était de penser à d'autres hommes alors qu'il était au lit avec Anthony. D'ailleurs, peu importe où il était ou avec qui il était, ça n'avait jamais été aussi bon que ce que lui faisait Anthony maintenant. Ça ne pouvait pas être parce qu'Anthony l'aimait et qu'il aimait Anthony, et que cela faisait toute la différence du monde. Il avait su que le sexe avec l'Américain était différent longtemps avant qu'il soit prêt à mettre un nom sur ce qui le rendait différent.

208

Il maintint sa tête levée afin de pouvoir regarder l'étirement des lèvres d'Anthony autour de sa hampe et le mouvement de va-et-vient de sa tête, mais finalement la pression sur son cou vainquit son désir de voir et il la laissa retomber sur l'oreiller. Anthony prit cela comme le signe qu'il faisait quelque chose de bien et l'aspira plus profondément dans sa bouche. Paul gémit et résista à l'envie de pousser ses hanches vers le haut dans la bouche d'Anthony. Il ne voulait pas l'étouffer. Cependant, Anthony n'avait pas de tels scrupules ; il engloutit Paul plus profondément jusqu'à ce que la pointe de son sexe glisse dans sa gorge.

— Putain, grogna Paul.

Anthony fit un petit bruit de gorge, les vibrations déclenchant une décharge électrique de luxure, de désir et de besoin si fort qu'il faillit jouir. Il ne pouvait pas faire ça. Il fallait qu'il tienne et qu'il s'occupe de…

Anthony fit rouler ses testicules dans sa paume et appuya sur le point juste derrière eux. Des étoiles dansèrent devant les yeux de Paul et il perdit la bataille. Anthony avala tout ce qu'il lui donna et finit par se redresser afin de respirer, se léchant les lèvres alors qu'il croisait à nouveau le regard de Paul.

— Je suis désolé, dit ce dernier. J'aurais dû te prévenir.

— Est-ce que tu me vois me plaindre ? demanda Anthony. Ma seule inquiétude maintenant est de savoir combien de temps il te faudra afin d'être prêt pour la suite.

— La suite ? cria Paul.

Anthony lui sourit.

— Rappelle-moi ce que tu m'as dit au téléphone après le Salon du Livre ? Tu voulais me briser au point que je ne me souviendrais plus de rien à part ton nom ? Tu peux encore parler. Je n'en ai pas encore fini avec toi.

Paul gémit à la promesse contenue dans les mots d'Anthony. Il ne savait pas combien il pouvait encore en supporter ou combien de temps il lui faudrait pour récupérer, mais avec un tel encouragement, il allait faire en sorte de lui donner le meilleur de lui-même. Il retira complètement son boxer et rendit son sourire à Anthony.

— Fais ce que tu peux.

— Oh, j'y compte bien.

Paul voulait effacer d'un baiser le sourire suffisant sur le visage d'Anthony, mais cela aurait exigé qu'il se redresse. Au lieu de cela, il leva un genou afin que son pied repose sur le lit. Il haussa un sourcil en direction de son amant dans une invitation silencieuse.

Le sourire d'Anthony se transforma en un regard affamé alors qu'il tendait le bras vers le tiroir à côté du lit et en sortait des préservatifs et du lubrifiant. Paul se raidit malgré lui. Il y avait des années qu'il n'avait pas été du côté 'receveur' et cela n'avait pas été l'expérience la plus enrichissante de sa carrière sexuelle. Il faisait implicitement confiance à Anthony, mais cela ne l'empêcha pas de refermer les jambes par réflexe.

— Mets-toi sur le ventre, le pressa Anthony.

Paul obéit en tentant d'ignorer la boule de nervosité dans son ventre. S'il n'aimait pas quelque chose, tout ce qu'il avait à faire était de le dire à Anthony et il s'arrêterait. Tout le reste était tellement mieux avec Anthony. Cela le serait également. Le pincement des dents d'Anthony au sommet de sa raie lui tira un cri surpris. Il s'était attendu à des doigts froids lubrifiés, pas au souffle chaud de son amant.

— Quoi ? dit Anthony lorsque Paul se redressa sur un coude et le regarda. Tu pensais que j'allais directement plonger ? Je ne supporte pas le goût de lubrifiant. Si je veux y prendre du plaisir, je dois faire ça en premier.

Paul se rallongea sur le lit et écarta les jambes. Anthony prenait visiblement au sérieux le fait d'exercer sur lui toutes ses activités préférées. La fellation avait été un succès. Cela était de bon augure pour le reste.

Anthony fit glisser sa langue le long de sa raie, de ses testicules jusqu'à son coccyx et vice-versa avant de se positionner sur son entrée. Paul remonta un genou sur le côté afin de s'ouvrir aussi largement que possible et faciliter son exploration. Chaque terminaison nerveuse de ses fesses et de son aine palpitait de plaisir et d'impatience.

Il se souleva contre la bouche de son amant, recherchant plus de contact. Anthony saisit ses hanches d'une main afin de l'aider et glissa l'autre sous lui pour empoigner à nouveau son sexe. Paul gémit bruyamment sous la double stimulation. Anthony essayait de le tuer.

Il fallut beaucoup moins de temps que prévu afin que son membre durcisse à nouveau. Lorsqu'il fut pleinement érigé et balançant entre la main et la bouche d'Anthony, ce dernier se retira. Paul gémit en signe de protestation, mais Anthony l'apaisa avec une caresse de la main sur la courbe de ses fesses.

— Il n'y en a plus pour très longtemps, promit Anthony. Laisse-moi t'humidifier un peu et nous serons prêts.

Il devait avoir coincé le lubrifiant sous lui pour le réchauffer parce que ses doigts étaient glissants, mais pas du tout froids lorsqu'il les pressa contre l'entrée de Paul. Ce dernier essaya de ne pas se raidir, mais il fallut un moment à ses muscles pour se détendre après si longtemps. Même l'anulingus approfondi qu'Anthony lui avait donné n'avait pu le détendre que légèrement. Anthony joua de lui comme une symphonie après cela, un crescendo parfait de sensations jusqu'à ce que Paul ne puisse faire rien d'autre que crier le nom d'Anthony au milieu des sons inarticulés qui tombaient de ses lèvres. Il avait promis de briser Anthony, et maintenant c'était ce dernier qui accomplissait sa promesse.

Lorsqu'Anthony remplaça ses doigts par la pointe de son sexe, Paul se raidit à nouveau, mais il était trop excité pour rester crispé bien longtemps. Il remonta les deux genoux afin de pouvoir s'empaler sur le membre de son amant. Anthony se figea et lui donna le contrôle de la pénétration alors que Paul le prenait lentement en lui. Enfin, il poussa les derniers millimètres et sentit les poils du pubis d'Anthony frotter contre ses fesses. Il baissa la tête sur le matelas et prit un moment pour simplement respirer.

— Dis-moi quand je peux bouger, dit Anthony.

Il caressa tendrement le dos de Paul, l'aidant à se détendre encore plus.

— Maintenant, dit-il lorsque la brûlure de la pénétration se fut transformée en une plénitude confortable.

Il se prépara pour les coups d'Anthony, mais le mouvement ne vint jamais. Au lieu de cela, Anthony fit rouler ses hanches, remuant son sexe dans le passage de Paul sans se retirer. La stimulation constante sur sa prostate le laissa à bout de souffle et il se demanda pourquoi il avait attendu si longtemps pour faire à nouveau cela.

Un deuxième orgasme commençait à se construire à la base de sa colonne vertébrale, là où la pointe du sexe d'Anthony était logée en lui. C'était comme un éclair électricité remontant sa colonne vertébrale et traversant sa verge.

— As-tu une idée de combien tu es beau en ce moment ? déclara Anthony. Je pourrais rester comme ça pour toujours sans jamais me lasser de te regarder.

Paul gémit. Il voulait dire à Anthony que cela lui convenait parfaitement, mais les mots étaient plus que son cerveau ne pouvait gérer. Il s'effondra sur le lit, le visage enfoui dans les oreillers, soulevant encore plus ses fesses. Le changement d'angle le stimula différemment, ne faisant qu'ajouter à ses halètements. Il secoua la tête, essayant de faire fonctionner sa tête afin de pouvoir supplier d'en avoir plus, mais rien ne sortit de sa bouche à part un gémissement alors qu'Anthony allongeait enfin ses coups et augmentait leur puissance.

Avec un cri, il jouit une deuxième fois. Anthony le baisa tout au long de son orgasme, lui tirant des spasmes jusqu'à Paul pense qu'il allait s'évanouir. Lorsque continuer aurait été douloureux, Anthony se retira, l'abandonnant en tas frémissant sur le lit. Il voulait rouler sur le dos et masturber ou sucer Anthony jusqu'à ce qu'il jouisse aussi, mais cela exigeait plus de coordination qu'il en avait actuellement. Il entendit un gémissement, le long et bas qu'il en était venu à associer aux orgasmes d'Anthony, puis un liquide chaud atterrit sur son dos.

C'était grâce à lui. Oh, pas avec les mains ou la bouche, mais regarder Paul jouir, le faire craquer – et il était bel et bien brisé, merci, Anthony – avaient suffi à le faire jouir lui aussi. Il resta là où il était, affalé sur le lit, alors qu'Anthony le nettoyait et le faisait rouler hors de la zone humide. Lorsque son amant s'étendit sur le matelas à côté de lui, Paul se blottit immédiatement dans son étreinte. Anthony embrassa le haut de sa tête. Paul sourit et souleva le menton pour un vrai baiser.

— Merci, murmura Anthony.

Paul secoua la tête et embrassa l'épaule de son amant.

— Merci de si bien t'occuper de moi.

— Est-ce que ça signifie que tu me laisseras le refaire de temps en temps ? demanda Anthony.

— À une condition.

— Laquelle ?

— Lorsque nous trouverons enfin un endroit pour vivre ensemble, nous garderons ton matelas, dit Paul. Si tu comptes encore me baiser sur le lit, autant que ce soit sur le matelas le plus confortable des deux.

— Marché conclu. Quand pouvons-nous commencer à chercher ?

Paul rit et se blottit plus profondément dans les bras d'Anthony.

— La prochaine fois que j'aurai un jour de repos.

— Avec qui peux-tu échanger afin que nous commencions demain ?

— Je pourrais demander à mon père d'échanger son lundi.

Anthony réfléchit un instant avant de secouer la tête.

— Mercredi prochain est parfait.

— Papa t'apprécie suffisamment pour accepter.

— Peut-être, mais je suis enfin dans ses bonnes grâces, répondit Anthony. Je préférerais y rester. Deux jours de plus ne feront pas une grande différence du moment que je sais que nous chercherons bientôt. Je suis plus que prêt à ce que tu reviennes vers moi tous les soirs.

Paul l'était aussi.

Lorsqu'ARIEL TACHNA avait douze ans, elle a découvert deux choses : la langue française et les romans d'amour. Ces deux amours l'ont définie depuis. Au moment où elle terminait le lycée, elle avait écrit quatre romans que personne ne voudrait lire aujourd'hui, mettant en vedette une jeune femme qui était – vous l'aurez deviné – bilingue. Cette fille était tout ce qu'Ariel voulait être à douze ans et qu'elle n'était pas.

Elle vit maintenant dans la banlieue de Houston avec son mari (qui parle également français), ses enfants (qui comprennent le français, même lorsqu'ils sont trop paresseux pour le parler), et leurs deux chiens (qui refusent obstinément de répondre aux ordres en français).

Vous pouvez retrouver Ariel :
Sur son blog: www.arieltachna.com
Sur Facebook: www.facebook.com/ArielTachna
Par E-mail: arieltachna@gmail.com

Par Ariel Tachna

À votre service
Ses Deux Papas

Partenariat de Sang
Alliance de sang
Contrat de sang
Conflit de sang

Publie par Dreamspinner Press
www.dreamspinnerpress.com

ALLIANCE DE SANG

ARIEL TACHNA

Partenariat de Sang, Tome 1

Un magicien désespéré et un vampire désabusé et amer peuvent-ils trouver un moyen de construire un partenariat qui pourrait sauver leur monde ?

Beaucoup dans ce monde secoué par la guerre magique voient les vampires comme des prédateurs, des créatures de la nuit valant moins que les humains. Pourtant, avec le conflit qui s'intensifie, la Milice de la Sorcellerie a besoin d'avantages pour inverser le cours de la guerre en sa faveur et les vampires lui donnent un avantage contre les sorciers dans cette bataille meurtrière. Dans une tentative dangereuse pour montrer leur bonne volonté, la Milice de la Sorcellerie demande une rencontre avec les vampires afin de pouvoir plaider leur cause.

Un homme désespéré, Alain Magnier, et un vampire amer et sans illusion, Orlando Saint Clair, se rencontrent à Paris et le sort du monde dépend de leur bon jugement. Est-ce que les vampires vont envisager de se joindre à la cause et de former une Alliance avec les magiciens pour gagner la guerre ?

www.dreamspinner-fr.com

CONTRAT DE SANG

ARIEL TACHNA

Suite de *Alliance de sang*
Partenariat de Sang, tome 2

Les sorciers et les vampires ont forgé une Alliance fondée sur le sang et la magie dans l'espoir de renverser la tendance de la guerre contre les sorciers rebelles. Quelques liens sorcier-vampire sont aussi réussis que celui d'Alain Magnier et Orlando de Saint Clair, mais d'autres le sont beaucoup moins, menant à des disputes, des ressentiments ou carrément à des combats entre les alliés en dépit de leurs objectifs communs.

Suivant l'exemple de son meilleur ami Alain, Thierry Dumont accepte résolument un partenariat avec le vampire Sébastien Noyer et ce malgré l'inconfort du sorcier à être si proche d'un vampire – et un homme – si peu de temps après le décès de sa femme. Mais ils constatent que leurs désespoirs sont peut-être la clé pour former une Alliance qui fonctionne : Thierry et Sébastien sont presque immédiatement dévoués à la sécurité de l'autre.

Avec cette nouvelle force qui la soutient, les dirigeants de l'Alliance se préparent à annoncer son existence au monde entier dans l'espoir de les rallier contre les sorciers rebelles qui menacent de détruire la vie telle qu'ils la connaissent. Luttant pour trouver sa voie dans la guerre en pleine expansion, l'Alliance découvre que malgré ses avantages, les partenariats ont une incidence sur l'équilibre des pouvoirs magiques élémentaires dans le monde qui peut être une menace encore plus grande que la guerre elle-même.

www.dreamspinner-fr.com

CONFLIT DE SANG

ARIEL TACHNA

Suite de *Contrat de Sang*
Partenariat de sang, tome 3

Alors que les partenariats magiciens-vampires de l'Alliance deviennent plus forts, les sorciers rebelles en subissent les effets. Ils cherchent de plus en plus désespérément à trouver des informations capables de les contrer, ignorant la pression croissante des liens de la magie de sang sur les magiciens et les vampires.

Le conflit se propage. Les querelles des partenariats mal assortis, à la fois sur un plan personnel et professionnel, menacent de déchirer l'Alliance de l'intérieur, malgré les efforts d'Alain Magnier et d'Orlando Saint Clair, de Thierry Dumont et de Sébastien Noyer, et même de Raymond Payet et de Jean Bellaiche, le chef des vampires de Paris qui se bat pour établir un équilibre avec son propre partenaire afin de pouvoir donner l'exemple.

Alors que la guerre fait rage et que les pertes déchirantes augmentent dans les deux camps, les sorciers rebelles continuent à chercher des indices pour comprendre et contrer la force de l'Alliance, alors que les partenaires liés par le sang de l'Alliance font la chasse aux anciens préjugés et partent à la recherche de savoirs oubliés pour trouver un avantage qui pourrait inverser le cours de la guerre une fois pour toutes.

Avec cette nouvelle force à ses côtés, les dirigeants de l'Alliance décident d'annoncer son existence au monde entier, dans l'espoir de rallier des soutiens contre les sorciers rebelles qui menacent de détruire la vie comme ils la connaissent. Luttant pour trouver sa voie dans la guerre qui s'étend, l'Alliance découvre que, malgré ses avantages, les partenariats ont une incidence sur l'équilibre du pouvoir magique dans le monde, ce qui est pourrait être une menace encore plus grande que la guerre elle-même.

www.dreamspinner-fr.com

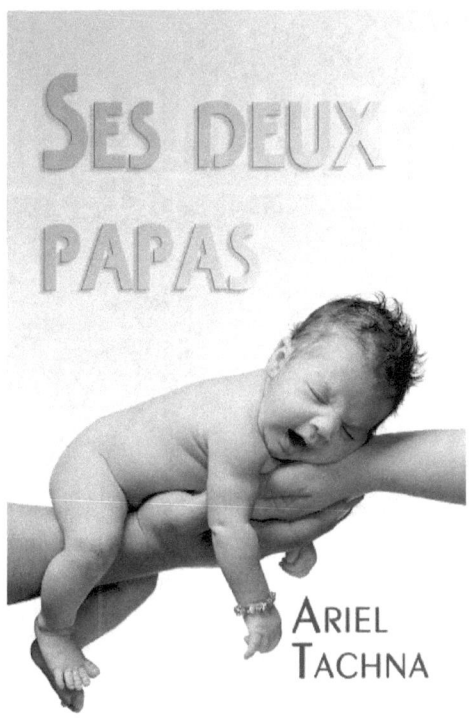

SES DEUX PAPAS

ARIEL
TACHNA

Srikkanth Bhattacharya est le célibataire gay par excellence et parfaitement heureux de l'être, jusqu'à ce qu'il reçoive un appel de l'hôpital local lui annonçant que sa meilleure amie est morte en couches. Sri avait accepté de donner son sperme afin que le rêve de maternité de Jill se réalise, mais il ne s'était pas attendu à être responsable d'une petite fille. Il décide de la placer dans une famille adoptive, mais une fois qu'il la voit, Sri ne peut se résoudre à le faire, et se débat maintenant pour apprendre à s'occuper d'un nouveau-né.

Son colocataire et ami, Jaime Frias, propose de l'aider, ne se doutant pas qu'il allait tomber amoureux du bébé et de Sri. Tout semble parfait jusqu'à ce qu'une visite des Services Sociaux plonge Sri dans le désarroi, lui donnant l'impression qu'il doit choisir entre sa fille et une relation avec l'homme qu'il était venu à aimer.

www.dreamspinner-fr.com